春陽文庫

仇討ち物語

池波正太郎

目次

運の矢

1

天野源助は、信州・松代《まつしろ》十万石、真田伊豆守《いずのかみ》の家来で〔勘定方〕に属していた。

硬骨をもって自他ともにゆるす父の八太夫とは、まったく性格も違い、天野源助へ張りつけられた〔小心者〕のレッテルは、容易にはがれそうもない。

これは、源助が妻を迎えたばかりの、つい一年ほど前の夏のことだが、例のごとく、二の丸外のお蔵屋敷内にある勘定方用部屋で、源助は同僚たちとそろばんをはじいたり、帳簿をめくったりしていた。

そこへ、地震が来た。

かなりひどい揺れ方であったが、被害が起こるほどのものではなく、五人ほど執務をしていた勘定方の者も、べつに気にかけずにいた。

ところが、源助は、もう、真っ青になってしまい、そろばんを片手につかみ、わなわなとからだをふるわせ、中腰になったまま、恐怖の目をみひらいて、なすところを知らない。二十六歳だが、色白のたっぷりと量感もあり、背も高い、りっぱな風采をそなえた天野源助だけに、その臆病ぶりは層倍の効果をあげた。

「プッ」と、同僚のひとりが、それを見て吹き出した。

一同は、笑いをこらえたが、そのうちに、ぐらぐらと大きい揺れが来たとき、源助はたまりかねたのであろう。ぴょんと机を飛びこえ、部屋の中央へよろめき出ると、

「おのおの。あの——あの、大丈夫でござろうか……」

泣かんばかりの声で叫んだものだ。

どっと、用部屋の中に笑いがうず巻き、地震はぴたりとやんだ。

それから当分の間は、藩士たちの間で、

「大丈夫でござろうか」という言葉が、なにかにつけて流行したものである。

この評判を聞いた天野八太夫《はちだゆう》は、息子をとらえ、庭の松の木へ縛りつけ、

「おのれの臆病によって、天野の家名も、このていたらくとなった。武士たるものが、地震ごときに慌てふためくとは、な、なんたる……」

カシの木刀をふるい、さんざんに殴りつけたという。

妻の――八太夫にとっては気に入りの嫁のさかえが、必死となってこれを押しとどめなかったら、源助は父の木刀に殴り殺されていたかもしれない。

これがまた評判となり、源助へ向けられる軽侮は、藩士のみか、城下の町民たちの目にも露骨となった。

源助も、さすがにしょげてしまい、城への出仕にも大きなからだをちぢめるようにしている。このことを耳にした藩の執政・原八郎五郎は、主君の伊豆守信安《のぶやす》や、重臣・家来たちが集まっている席上で、たまたま天野源助のことが笑い話になったとき、

「それがしは、かように存ずる。今の世の武士にはふたとおりのかたちがござる。それは、武道にひいでたるものと、経理や学問の道に達したるものと、この二つにて、双方とも、武士の心得としてなくてはならぬもの――なれども、人は、えてして、武を重んじ、もう一方のことを軽く見るかたむきがござるような――なれど、国の治政については、経理に達したる武士のほうがお役にもたち、重き役目を身をもってつとめ果たしておることはご承知のとおり。天野源助の経理の才能を、それ

がしは、わが真田家における宝ものの一つと考えおります」

と、こう言ってくれた。

「ふむ。まことに、原の申すとおりである」

殿さまの信安は、寵臣の原八郎五郎のいうことならなんでも正しいと思いこんでいるから、手をうって原の説に賛意を表した。

天野源助は、大いに面目をほどこしたと言うべきであろう。

この評判が、また広まるにつれ、源助は、ふたたび明るい顔つきを取り戻し、

「原様というお方は、まことにようできたお方だな」

愛妻のさかえに語っては、涙ぐんで、原八郎五郎への尊敬の念を新たにした。

原は、納戸役《なんどやく》見習いから、主君・信安の寵愛と抜擢をうけ、家老職のひとりとなり、勝手係をも拝命し、名実ともに藩の執政となった男である。千曲川の治水工事をはじめとして、苦境にあえいでいた真田家の財政建て直しにもよく働いてきたし、今では藩中一の実力者と言ってよい。

原八郎五郎が、その権力におぼれて悪臣となったのは、ずっと後年のことになる。

それはさておき——その年の冬に、天野源助は、思いもかけぬ悲劇に直面しなくてはならなかった。

愛妻のさかえが急死したのである。

軽い風邪をこじらせたのがもとで、ふだんは健康そのものだったさかえが高熱を発し、一夜のうちに容体が急変してしまったのだ。

葬儀がすむと、天野源助の豊頬は、げっそりとやつれてしまった。

2

さかえは、同藩の牛田左平次の娘で、その容貌は、おせじにも美しいとは言えなかった。

いや、むしろ醜女《しこめ》の部類に入ると言ったほうが適切で、

「あの、天野の女房の、あぐらをかいた鼻はどうだ。いったい、あのようなしろもののどこがよくて、天野は女房どのと奉っているのか、気が知れぬよ」

「あのまゆこそ、げじげじまゆと申すのだな」

「それに、あの尻の大きさ——もっとも、天野め、あの尻にほれたのかもしれんが……」

などと、藩士の評判もうるさかった。

事実、さかえは縁遠くて、源助の妻になったのは二十一歳のときであった。

「女は顔かたちではない。さかえどのは心がやさしく、しかも、意外にしっかりとしたところのある女じゃ。嫁にもらえ。わしがきめた」

天野八太夫にそう申し渡された源助は、少しいやな顔をしたが、とても父親にさからえるわけがなかった。

しかし、妻にしてみると、意外に、これがうまくいったのである。

夫婦の間のことは、当人のみの知るところではあるが、源助がいかに醜女の妻を溺愛するにいたったかの経緯も察しられぬことはあるまい。

さかえの肉体は、いささか肥えぎみながら、きめこまやかで、源助にとっては甘美きわまるものであったし、何よりも父八太夫の気に入られていることが、源助の家庭生活を快適なものにしてくれたのだ。

「見よ。わしの申したとおりの嫁であったろうが……これで、お前がもう少し、武士らしい強さをそなえてくれればなあ」

つくづくと、八太夫はそうもらしたものだ。

それだけに、さかえの死は、いたく八太夫を悲しませたのである。

むろん、源助の悲嘆は、八太夫のそれよりも深刻であった。そのあらわれとして、源助は自殺をはかった。

年が明けて正月となったある日——それは、松代名物の粉雪がさらさらと降る日の午後であったが、非番だった天野源助の姿が、城の北から西をめぐっている百間堀の堤の上を、千曲川のほうへ歩いていくのを、お舟手《ふなて》足軽の内川小六が見つけた。

(変だな——この雪の日に、天野様が……)

愛妻への追慕にやせおとろえた源助を、心の暖かい小六はかねてからいたましいと見ていただけに、なんとなくただならぬものを感じ、お舟蔵の詰め所を出ると、源助のあとをそっとつけていった。

百間堀の堤を下った源助は、そのまま千曲川に向かって歩きはじめた。そして、川岸へついてもなお、歩きやまなかった。

（これはいかぬ!!）

小六は、うすくつもった雪をけって駆けた。

そして、すでに川の水に没した源助を、ようやく引き上げることができた。

このことは、小六がだれにもしゃべらなかったので、評判になることもなく、父の八太夫にも知られずにすんだ。

春になると、また源助は自殺をはかった。

その日、公用で、松代城下から西へ二里ほどの矢代宿の本陣へ出向いた源助は、夕暮れ近くなってから、城下近くの岩野村まで戻ってきた。

そこへ、農家のあばれ牛が角をふりたてて、とつぜん、林の中から街道へおどり出してきたのである。

牛を追いかけてくる百姓たちの叫びも耳へは入らず、源助は、こちらへ突進してくる猛牛の角へ、自分からからだを投げつけていった。

ところが、どうしたものか、紙一重の差で、源助と牛がすれ違ってしまい、勢いあまった源助は、前のめりに街道へ転倒した。あまりに源助の勢いが激しく、牛のほうでめんくらったものであろうか……。

だが、猛牛は、ふたたびふり返って、突進の気勢をしめした。

源助は、ぶるぶると両手を合わせ、街道にすわり、蒼白となって観念の眼を閉じたのだが……。

「お侍さま、あぶねえ!!」

「早く、早く――」

ばらばらっと駆け寄った百姓たちが、いっきに源助のからだを街道からさらいあげてしまった。

この事件でも、さいわいに〔自殺〕をはかったのだとは見られなかった。藩内にもこのことは広まったが、

「源助なら、無理はないところよ」

「牛はおろか、犬にも勝てまい」

もっとひどいのになると、

「牛に蹴殺されれば、なき女房どののところへ行けてよかったのにな」

などというものもあって、それは、事実そのとおりの源助の心境なのだから、皮肉

であった。

お舟手足軽の内川小六だけは、それと察し、わざわざ天野家へたずねてきて、

「天野様。もうよいかげんにお忘れなさるがようございます。なにごとも、月日の流れが、お苦しみをやわらげましょう」

と、なぐさめてくれた。

「うむ――そうは思うが……なれど、小六。俺はもう、まったく生きているかいがないと、思いきわめているのだ」

「なにをおっしゃる。そのお若さで――」

「おぬしにだけいうのだが……何度、わが身に刀を突きたてようと思うたかしれぬ。なれど……なれど、おぬしも知ってのとおり、臆病な俺には、とうていできぬ。じつに、じつに、みずから死ぬということはむつかしいものだな」

こういうわけで、小さな自殺未遂は何度もあったらしい。

そのたびにうまくいかなかった。

雨の多かった夏が去り、秋が来た。

亡妻さかえの一周忌がまもなく来ようというある夜のことだ。

天野家に、またも異変が起こった。

今度は、父の八太夫が急死したのだ。

藩士の森口庄五郎というものに斬殺されたのである。

3

天野八太夫と森口庄五郎のけんかは、源助のことが素因になっている。その日は、天野家と同じ荒神町に住む高柳孫太郎の屋敷で、囲碁の会が催され、八太夫も夕飯をすましてから、これに出かけていった。

すでに、かなりの人びとが集まっていたが、八太夫が案内をされ、廊下を書院へ向かって歩をすすめていると、

「牛の飼食にもなりかねぬ腰ぬけ武士にまで禄をあたえているのだから、お家の財政が苦しくなるのも無理はないわ。アハ、ハ、ハ――」

大声にいう森口庄五郎の声を、八太夫は、はっきりと耳にした。

八太夫が部屋へ入っていくと、一座のものはぴたりと鳴りをしずめた。

森口だけは、ニヤリニヤリと笑っている。その森口庄五郎の前へすわった八太夫が、いきなり言った。

「百姓や村役人からの賄賂《まいない》で私腹をこやす犬侍が、他人のことへくちばしを入るるは笑止千万」

「なに!!」

森口は白い目をして、八太夫をにらみ、

「おのれ、きさまは……」

こう言ったとき、高柳孫太郎が割って入り、

「それまで!!」

さっと、天野八太夫の腕をとって、森口からずっと離れた席へ連れ去った。

郡奉行所に属する森口庄五郎の汚職は知る人ぞ知るで、たくみにぼろを出さないので表ざたにはならぬが、八太夫の言葉は、まさに的を射ていたと言ってよかろう。

なんとなくはずまない囲碁の会が終わり、八太夫が帰途についたのは、かなり夜

がふけてからであった。

散会してから八太夫だけがあとに残り、高柳のすすめる酒を少々よばれたのである。

荒神町の通りに出て、しばらく歩いていくと、

「おい」

闇の中から、森口庄五郎の声がかかった。

藩士の屋敷の土べいが続く人けもない道に、風が鳴っていた。

「八太夫。覚悟せよ」

「それは、こちらで言うせりふじゃ」

と八太夫も負けてはいない。

けれども、勝負はあっけなくついた。

森口庄五郎の剣術は藩内に知られたもので、八太夫は右のほおから首すじへかけて、すさまじい森口の一刀をうけ、たちまちに息が絶えた。

森口庄五郎は、そのまま松代城下から脱走した。その前に自邸へ寄り、妻に別れを告げ、路用の金をかきあつめて行ったことが、あとになってわかった。

このとき、森口庄五郎は三十二歳である。子はなかった。ふたりの子をもうけたが、いずれも病死している。

一夜あけて、城下町は騒然となった。

ともあれ、天野源助は武家のならいとして、父のあだ討ちに出発しなくてはならなくなった。

家老・原八郎五郎は、ひそかに源助を呼び、

「おぬしは、親類縁者も少ないと聞くが……どうかな、わしのところに腕ききの若党がおる。助太刀につけてやってもよいぞ」

こう言ってくれたが、源助は、

「お心、かたじけなく頂戴いたしますが、私、ひとりにて結構でございます」

「そうか……」

「はい」

「大丈夫か……」

「はい」

意外に、天野源助はおちついているのである。

あの臆病者の源助が、どんな顔をしてあだ討ちに出かけるのかと、藩士たちは半ばひやかし半分に、城下を出発する天野源助を見送りに集まった。

城下町のはずれにある勘太郎橋という橋のたもとに集まった藩士たちは、

「や。平然としたものではないか」

「ふむ。大丈夫でござろうか」

「あれはな、もうやけぎみになっとるのだ」

「きっと、あだ討ちをするつもりではないのだろうよ。このまま浪人になって、二度と城下へは戻らぬつもりなのではないか——そうだ。いや、たしかにそうだぞ」

一同、ひそひそとささやき交わすなかを、旅姿の源助は、続けざまに妻と父を失った悲しみの中にも、妙に沈んだ静かさのただよう顔つきで、

「お見送り、かたじけのうござる」

あいさつも神妙に、ゆったりした足どりで街道を去っていった。

(かたきの庄五郎に出会えば、俺も死ねる)

これであった。

父の恨みを、なぞということは少しも念頭にない。

斬り合ってもぜったいに勝てぬ相手なのだし、だいいち、源助は、あれほどなき八太夫がうるさく言っても、剣術のほうは、さっぱりだめであったのだ。

少年のころから、藩の指南役、榊精七《さかきせいしち》の道場で、笑いものになっていたのは有名な話だ。

殿さまの小姓になっているうち、原八郎五郎から目をかけられ、その引きたてをこうむらなかったら、おそらく恥のかきどおしで、ろくなお役にもつけなかったことであろう。

(庄五郎に殺してもらって、妻と父のそばへ行こう)

この諦観が源助のすべてを支配していた。

では、かたきにめぐり会えなかったらどうする。

話によれば、二十年三十年もかかって、ついにかたきにめぐりあえぬものもあると言うではないか。

(そのときは、坊主になろう)

はっきりしたものであった。

4

天野源助が森口庄五郎に出会ったのは、松代を出てから半年後の春であった。

中仙道・美江寺の宿はずれの茶店に休んでいた源助が、茶代を払って街道を出るのと、街道をやって来た森口が茶店の前へさしかかるのとが、同時であった。

すでに日は落ちかかってい、源助と同様に森口庄五郎も、美濃赤坂の宿へ泊まるつもりだったのであろう。

「天野源助、あらわれたな」

森口は、一歩さがって笠をかなぐりすてた。

「抜けい!!」

「うむ……」

源助も、とりあえず森口に合わせて抜刀した。茶店の老婆は腰をぬかしてしまったようだ。

(これで死ねる)

ぼんやりと刀をさげたまま、森口を見やっていると、森口は、

「さ、斬ってこい、さ、まいれ」

「そちらから来い」

「黙れ!!　おのれのごとき腰ぬけに、俺から初太刀《しょだち》がふりこめるか。さ、来い。来い!!」

「では……」

迷いも何もなかった。両手につかんだ太刀を、とにかく森口庄五郎に向け、源助は、かつて岩野村で猛牛にぶつかって行ったときと同じような気持ちで、地をけって死地に飛びこんで行った。

「ギャーッ!!」

けたたましい森口の絶叫である。

源助が我に返ると、道に倒れた森口庄五郎の胸板に、源助の太刀が、ぐさりと突き刺さっていて、源助は、二間ほど離れたところで、ぶらんと両手をたらし、ぼうぜんと、立ちつくしていたのだ。

役人が駆けつけてきた。

しかたなく、源助はあだ討ちに必要な書類を出してみせる。役人は「おみごと、おみごと」とほめそやす。

(どうして、俺に庄五郎が殺せたのか……)

こうなれば、帰国しないわけにもいかなかった。

松代へ帰ると、たいへんな騒ぎになった。

「わしは、天野源助という男、いざとなれば、かなり骨の太いやつと見ておった」

と、原八郎五郎までが言い出す始末だし、藩士たちも、

「見直したな」

「なにしろ、あの森口の胸板を、ただ一刺しにやったというのだからな」

「ともかく、驚いたわい」

がらりと、源助への評判が変わった。

「このうえは、新しき妻をめとれ」

と、これは殿さまじきじきのすすめであった。ことわることはできない。

天野源助は、夏も終わろうというころになって、原八郎五郎の口ききにより、中西弥次右衛門の娘清乃を、二度めの妻に迎えた。清乃は、前妻のさかえとくらべて

雲泥の差があった。

つまり、美女なのである。年も十九で、信州名物のアンズの花のような、清らかさ、におやかさなのであった。

しかも、性質はやさしく、心情もゆたかだというのだから、こたえられない。

天野源助の性格が、一変した。

城へ上がっても胸を張り、いつも微笑をたたえ、以前は、きょろきょろとおちつかなかったまなざしにも、なんとなくゆったりしたおちつきが加わった。

「しあわせだな、おい、天野——」

同僚が肩でもたたくと、ふたたび肉づきの豊かさを取り戻した源助は悪びれもせず、豊頰《ほうぎょう》をゆるませ、

「うむ。しあわせだよ、私は——あのような女房どのを、またもらえようとは、思ってもみなかったものな」

ぬけぬけと、のろけるのだ。

「前の、なくなられた女房どのと、どちらがいい？」

「どちらもよい。だから、言うておるではないか。あのような女房どのを、またも

——よいか。またもらえようとはと……」

「わかった、わかった。もうよいわ」

その年も暮れ、源助にとっては幸福そのものの新年を迎えた。

父のあだ討ちをとげたことによって禄高もふえたし、役目のほうにも昇進があった。

そして、天野源助の経理における才腕は、いよいよ発揮され、

「いずれは、勝手元取締頭取をやってもらうようになろう。そのつもりで、精を出してお役目にはげむように」

原八郎五郎から内々に、こんなことも言われた。

そのころ、真田藩江戸屋敷に、

「信濃善光寺の普請をわが藩へ申しつけられるといううわさだぞ」

という情報が入った。

つまり、幕府から大名へ申しつける課役なのである。

このころの大名たちは、いずれも財收の逼迫《ひっぱく》にあえいでいるから、課役ともなると一大事だ。

莫大な出費は借金をもってまかなわなくてはならぬが、こんなばかばかしいことはないのだ。自藩のためではなく、幕府のために借金をし、人手をとられ、しかも大公儀の威光にさからうことのできぬ悲しさ、つらさなのである。

この情報は、江戸屋敷の外交官とも言うべき留守居役が耳にしたものだ。とりあえず、執政の原八郎五郎へ知らさねばならぬと言うので、小山六之進という士が騎馬で、松代へ飛んだ。

こういうことは、一時も早く、手をうつ必要があるからだ。

幕府老中の秘書官である奥御祐筆の役人に賄賂をつかい、課役をほかの大名へまわしてもらうことも不可能ではない。

多少の運動費をつかっても、課役をのがれられれば、それにこしたことはないのである。

馬を駆って、急使・小山六之進が松代城下へ到着したのは、一月二十日の夕暮れであった。

この日——。

天野源助は、ちょうど非番で、紙屋町裏の天光院へ碁をうちに出かけた。

天光院の和尚は、亡父八太夫の碁敵で、源助も、碁の道だけは父ゆずりで、きらいではない。

しかし、二度めの新婚をむかえた源助は、非番の日など家にこもりきりで、清乃のそばから離れようともしない。

「気がすすまぬのだが、和尚が来い来いと、前まえから言うのでな」

「ようございます。行っておいでなされませ」

清乃は、甘くすねてみせる。

「お前がいかぬというなら、私は……」

「いえ、よろしいのです。どうぞご遠慮なく……」

「すまぬな」

「そのかわり、はやくお帰りあそばして――」

「もちろんだ。言うにゃおよぶだ」

甘い、くすぐったさをかみしめつつ、天光院へ出かけ、勝負にくどい和尚が引きとめるのを振り切り、

「フ、フ、フ――きょうも和尚に勝ったな」

何もかも快適であった。

夕闇がただよう神田川沿いの道を、天野源助は新妻の待つわが家に向かって、急ぎ足となり、馬喰町《ばくろうちょう》の道へ出た。そのとたんであった。

江戸からの使者・小山六之進を乗せた馬が、かなたの番所を駆け抜け、清乃の顔を脳裏に浮かべながら通りへ出た天野源助とはち合わせのかたちとなり、

「アッ!!」

馬上の小山の叫び声とともに、源助は、疾走してきた馬にはね飛ばされた。

それほどひどくはね飛ばされたわけでもなかったが、あおむけに倒れた源助は、頭の打ちどころが悪かったのか、そのまま、あっさりと世を去った。

火消しの殿

「なるほど……ふむ、ふむ。なるほどなあ……」

沢口久馬をひと目見るなり、奥村忠右衛門が、おもわず感嘆の声をもらした。

その嘆声が、自分の美貌へ向けられたものだということを、久馬はじゅうぶんに心得ている。

だが、あくまでもつつましく、前髪の下の面を薄紅色に上気させ、久馬はせいいっぱいにかしこまっていた。

十六歳の、しなやかな肢体を包んでいる衣服はそまつなものであったが、はかまだけは父親の心づくしで真新しかった。

双眸はいくらか青みがかってい、そしていつもうるんでいた。くちびるは、ぷっくりとした受けくちである。

「まだ、はっきりと決まったわけではござらぬが、まず殿さまに一度お目みえがかのうてからのことと思うてもらいたい」

「はい」

「では、きょうのところは、これで——」

「よろしゅうお願い申しまする」

両手をつき一礼する久馬の白いうなじの肌がにおいたつようであった。

播州《ばんしゅう》赤穂《あこう》の領主・浅野内匠頭長矩《たくみのかみながのり》の用人をつとめている奥村忠右衛門にも、久馬と同じ年ごろの息子がいる。

(薄ひげのはえかかった、あぶらくさい、わしのせがれとは大違いじゃ。これなら……)

これなら——久馬なら、国もとに七人もいる児小姓《こごしょう》たちのどれとくらべても、ひけはとるまいと奥村は思った。

久馬が去ると、中座していた斎藤宮内《くない》が戻ってきて、

「いかが?」

ときいた。

「いや、思いのほかに……」

と奥村。

「そうでござろう。あれならば、浅野侯でのうても、ちょいと手を……」

「そのことよ。わしも、おもわずあれのうなじへ吸いつきとうなりましてな」

「いや、これは――ハ、ハ、ハ……」

あとは酒になった。いまはやりの踊り子たちも呼ばれた。

浅草橋北詰め、平右衛門町にある船宿の一室であった。

斎藤宮内は、高家筆頭・吉良上野介《きらこうずけのすけ》の側用人《そばようにん》をつとめている。

奥村と斎藤とは、ひそかに赤坂裏伝馬町の売春宿で、比丘尼《びくに》買いをしているうちに知り合った遊び友だちであった。

酒と女の香に酔いながら、この日のふたりは、それぞれの主人が、近いうちに恐ろしい紛擾《ふんじょう》へ巻きこまれようとは思ってもみなかったのである。

1

まもなく、沢口久馬は浅野家へ奉公することにきまった。

内匠頭の児小姓としてである。

内匠頭は久馬を見て、すぐに、「かかえよ」こう言い捨て、さっさと奥へ入ってしまった。

久馬の支度金として三十五両がおりたのだが、このうちの二十両を、奥村忠右衛門がくすねてしまった。くすねたなかには、久馬を斡旋《あっせん》してくれた斎藤宮内への礼金もふくまれている。

だが、久馬は何も知らない。

「なにせ、代々ご倹約のお家がらゆえ、些少だがかんべんせいよ」

こう言われて、奥村から手渡された十五両を父の精助に見せると、

「支度金なぞはどうでもよい。浅野家は五万三千石ながら、ご内福の家がらだという。これからはお前の心がけしだい。せっかくご奉公がかのうたのだから、りっぱに身をたててくれい」

心から、父はよろこんでくれた。

久馬の父、沢口精助は、もと松平綱昌の家来で、十五年前に主家が改易となった際、浪人の身となった。

まもなく、母が病没した。

久馬は父親とともに、上州沼田の遠縁のもののところで暮らしたり、信州飯山藩に奉公しているおじのところへやっかいになったりした。

江戸へ出てきたのは、二年前のことである。

父はからだもじょうぶだし、当初のうちは小金もいくらかあったので、浪人ながら久馬の衣食に事を欠かすようなことはなかったが、今では浅草諏訪明神裏の長屋に住み、父親は手習いの師匠などをしている。まず清貧にあまんじているといった暮らしぶりであった。

久馬の美貌は、近辺でも評判になっていた。

あたりの町娘たちが、久馬の顔をのぞきに、わざわざ長屋の路地へ押しかけてくることもたびたびである。

この評判が、斎藤宮内の耳に入った。

久馬の家からほど近い駒形堂の裏に、宮内の妾宅《しょうたく》があったからである。

あるとき、ともに新吉原へ遊んだおり、久馬の評判を、宮内が奥村忠右衛門に語

ると、

「そりゃ一度、首実検をしてみましょう」

と、奥村は乗り気になった。

前にも一度、美貌の児小姓を世話して、色子好みの内匠頭にほめられたことがある奥村用人であった。

「でかした。また頼むぞ」

ぬかみその中にまで目が届きそうな倹約家の内匠頭が、ぽんと気前よく支度金を出してよこす。

前のときは二十五両だった。それを久馬には、奥村がおそるおそる持ちかけてみた三十五両を、

「よきにはからえ」

あっさりと出してくれたのである。よほど久馬が気に入ったものとみえた。

沢口久馬が、築地鉄砲州の浅野家江戸屋敷へ上がったのは、元禄十三年の初冬であったが、このとき久馬は、まさかに自分が殿さまの寝所へはべる役目をも——い

や、その役目こそ奉公の主要目的だということは思ってもみなかったのである。

ともかく、屋敷へ上がったその深夜に、久馬は、けたたましく邸内に鳴りひびく番木・太鼓の音に目ざめた。

児小姓たちの寝所は、奥御殿と表御殿の境になっている大廊下を右に切れこんだ突きあたり十畳ほどの部屋であった。

(や……?)

久馬は飛び起きた。

「火事でござる!!」

「大台所より出火!!」

諸方の廊下から大声にふれて走る声と足音が、しだいに高まってくるのだ。

「おのおの方、出火です!!　お起きください!!」

すばやく衣服を身につけながら、久馬が床を並べて寝ているふたりの児小姓に声をかけた。

昼間、奥村用人から引き合わされた同僚の児小姓は三名だったと記憶している久馬なのだが、そのうちのひとりが今ここに眠っていない、などということに気がつく余裕もなかった。

はかまをつけ、脇差をさし、身じたくをととのえた久馬が何度叫んでも、ふたりの児小姓は夜具の中で身じろぎもしないのである。

たまりかねて、久馬は廊下へ飛び出した。

大廊下へ出ると、火事装束に身を固めた侍たちが十名ほど、どどっと走り抜けていった。

広大な屋敷内の諸方で呼びかわす声と足音とが、夜の闇の中に流れ、うず巻いている。

廊下の掛けあんどんの光で、ぼんやりと浮いてみえるあたりのどこにも、まだ火炎の色や煙の流れを見いだすことはできなかったが、久馬は夢中で、大台所の方向へ走りだしていた。

手燭《てしょく》をかかげた侍女の一団が、整然と薙刀《なぎなた》をかかえ、どこかへはせつけていくのが、かなたの廊下に見えた。

大台所へ駆けているつもりだったが、なにしろきょう来たばかりの広大な邸内なのである。

いくつも廊下を曲がり、走っているうちに、十六歳の久馬は、心細くなり、どこかの暗い小廊下に立ちすくんでしまった。

(おや……)

気がつくと、人びとの叫び声も足音もうそのように消えていた。

まして、火や煙の気配は、邸内のどこにも感じられない。

キツネに化かされたような気になり、久馬は、とぼとぼと廊下をたどっていった。

祐筆部屋の少し手前の、これは見覚えのあるあたりへ出てくると、火事装束やたすきはちまきに身を固めた藩士たちが、あくまでも静粛に、くろぐろと寄り集まっていた。

久馬は息をのみ、廊下の曲がりかどに立ちつくした。

このとき、さっと大廊下のあたりから手燭やぼんぼりの灯の群れが近寄り、諸方のふすまをうち払った大広間の上座へ動いていった。

(あ——殿さまだ!!)

明るくなった大広間の床几《しょうぎ》へ、つかつかと進み寄って腰をかけたのは、つい五日ほど前、目通りを許されたときに見覚えている浅野内匠頭長矩なのである。

内匠頭は、火事装束でいかめしく身をよろっていた。ずきんにも、火事羽織にも金糸銀糸がけんらんと縫いつけられ、家紋を金で大きく浮き出させた皮の胸当てや、どんすの馬乗ばかままでが、集中された灯をあびて、ぴかぴかと輝いている。

家来一同、いっせいに平伏した。

久馬は柱の陰にいて、がたがたとひざをついた。急に十二月の寒気がからだじゅうにしみわたってきた。

「一同、集まりおるか!!」

内匠頭が手にもった大薙刀《おおなぎなた》の柄《え》をトンと突き、大声に呼びかけた。

「ははッ」というような答えが、家臣全体の声となって整然とひびく。

「よし!!」

兜《かぶと》の下の内匠頭の、ややかぎ鼻ぎみの長いとがった鼻が、こくりとうなずき、

「このたびはよし!!　一同、手ぬかりなく働いたの。このたびの働きを、ゆめ忘るるな!!」

かん高い主君の声を頭上に聞き、家臣たちは平伏したままであった。

「よし、よし!! 休め」

薙刀を近習に渡し、内匠頭は床几から立ち、さっそうと奥御殿へ、灯の群れに囲まれて去った。

久馬は目を輝かせ、感嘆して、うっとりと殿さまを見つめていた。

火事を消しとめたらしいことは、久馬にもわかったが、短い間に、殿さまみずからが一分のすきもない火事装束に身を固め、消防の指揮にあたったという勇ましさが、久馬を興奮させた。

(このようなお家にご奉公できて、しあわせだった!!)

大広間から広縁、大玄関まで明け放った向こうに、おおぜいの下士や足軽も控えていたようである。

久馬が、薄暗い小廊下をいくつも回って部屋へ戻ると、ふたりの児小姓は、まだ夜具にうずもれたままであった。

久馬に、激しい怒りがこみあげてきた。

そのとき、鈴木重八という児小姓が、夜具のうちから声をかけてきた。

「久馬。火消しの演習はすんだか？」

「……………？」

「ク、ク、ク……」と重八が笑って、

「おい。われら児小姓のみはな、いちいち出ていかぬでもよいのよ。殿さまの仰せなのだものな」

「火消しの……えんしゅう？」

「殿さまのお好みでなあ、たびたびあるのよ。ク、ク、ク……」

2

浅野家の消防演習は、夜間のみか、早朝や白昼にも行なわれた。

年の暮れの早朝に一度。年が明けて元禄十四年の正月の、しかも松飾りもとらぬ三日の昼下がりに一度あった。

日中の演習には、児小姓たちも内匠頭のあとにつき従う。

出火の場所は、殿さま自身が想定する。それによって「どこどこより出火!!」の号令がかかると、藩士たちは、かねてからの訓練によって編成された隊伍をととのえ、持ち場へ駆けつけ、出火場所から火勢を食い止めるための演習をやるのだ。

「それ、風が東に変わったぞ!!」とか、
「それ、馬屋に火がかかったぞ!! 馬を救い出せえ」とか、
「米蔵じゃ、米蔵じゃ!! 中の米はどうする!!」

などと、内匠頭は例の大薙刀をこわきにかいこみ、馬上にあって邸外を駆けまわりつつ、次々に火事の情況を想定した号令を下すのである。

むろん、藩士一同、上も下もなく必死に働く。

とびぐち、長短のはしご、竜吐水《りゅうどすい》などの消防用具は完備してあって、あたりいちめんは水びたしになることもある。

なにしろ、殿さまの一存で、いつ「出火」の号令がかかるかわかったものではない。

しかも、自分の「号令」に対し、少しでも家来たちの失敗があったり、聞きまちがいがあったりすると、青ぐろい顔貌をみるみる怒らせ、薙刀をふりまわして、

「おのれ!!　何たるざまじゃ。そのようなたるい働きで火が消えると思うのか。おのれはなんのためにいただき、なんのために浅野の家来となっておるのじゃ!!」

正月のときの演習では、米蔵の裏側の料理人などが住む長屋の一角へ火が移ろうとする想定のもとに、足軽の一隊をひきいて働いていた大隈与左衛門という侍が火勢の動きが読めず、手違いをやったというので、内匠頭は烈火のようになり、

「おのれは——おのれは、なんたるざまを……おのれ!!　手討ちにしてくれる」

蒼白となった大隅の前へ、薙刀を突きつけてしかりつけた。

さすがに手討ちにはならなかったが、大隅は一ヵ月の謹慎を申しつけられた。万事がこのように激烈な演習ぶりなので、それは武家のたしなみとしてりっぱなものといえばいえようが、あまりにも気違いじみている。

沢口久馬も、はじめて演習を見たときには感激したのだったが、二度三度と、まるで（火消し狂い）とでもいってよい内匠頭の度を越えた演習ぶりを見て、

（殿さまは、どうかされているのではないだろうか……）

なんとなく、そら恐ろしくなりさえもした。

「お国もとでは、もっともっとすさまじいぞ」

児小姓の杉山和一郎というのが、久馬にいった。

杉山の語るところによると、殿さまの（火消しじょうず）は有名なもので、また浅野家の消防といえば大名たちの間にも評判をとるほどのみごとなものだという。

以前は、奉書火消しを幕府から命ぜられ、江戸の町の出火の際に、臨時の大名火消しとして出動することがあったものだそうだが、内匠頭が火消しに出たと聞くと、どこの大名の家でも「もはや大丈夫。浅野侯が出たからには、火は消えよう」とまで言われているらしい。

六年前に、赤坂にある浅野本家（芸州侯）が火災を起こしたときも奉書火消しを命ぜられ、内匠頭は勇躍して駆け向かった。そのときの陣頭に立っての指揮ぶりのあざやかさ、みごとさは、今も語りぐさになっているらしい。

「なにしろ、殿さまおんみずから火の中へ飛びこまれるのだもの、家来たちがあとへ続かぬわけにはいかぬというもの。わしも、殿さまの、そんなお勇ましいお姿を一度でよいから……」見たいものだと、杉山和一郎は、うっとり目を細めて言うのであった。

児小姓は久馬をのぞいて七名いるという。そのうちの三名が、去年の夏に出府した殿さまについてきているわけであった。

この初秋に内匠頭が帰国するとき、久馬もこれに従い、はじめて赤穂の土をふむことになる。

江戸屋敷にいる児小姓は、鈴木重八（一七）杉山和一郎（一八）永野勘之丞（一八）の三名で、いずれも美貌である。

二名ずつ交替でつとめるのだが、久馬は鈴木重八について、日々のつとめを見習っている。

内匠頭も、児小姓たちにはやさしかった。

つきそってみるとわかるのだが、江戸家老の安井彦右衛門や奥村用人など、いつも呼びつけられてはしかりつけられている。ことに、勘定方の書類を差し出させては、みずから微細に目を通し、少しの手ぬかりでもあると、

「家の金をどぶへ捨てるつもりか!!」

内匠頭の額に血管がふくれ上がり、怒声はやむことをしらない。

かと思うと、とつぜん、表御殿へ出て諸役の用部屋はじめ大台所や物置きなどの点検を行なう。

五万石の殿さま自身でである。

「このような炭の用い方をして、この物価高の世に生きていけると思うか!!」その次には、またも（家の金をどぶに……）となるのであった。

下情によく通じているらしい。いや、通じすぎてせせこましい……と、これは年少の久馬にも感じられるほどだから、家来たちは、倹約家の殿さまの癇癖《かんぺき》にぴりぴりしているらしい。

こんな内匠頭なのだが、児小姓たちを見るまなざしはまったく違っていた。

まもなく、久馬がひとりでつきそうようになってからも、太刀をささげて控えている久馬を、ちらりちらりと見やっては、ぶきみな微笑を投げかけてくるのだ。

青ぐろい顔も鼻も長く、背も高い内匠頭が笑いかけると、久馬はひやりとした。

顔じゅうが笑っていても、目は笑っていない。目は獲物を狙うタカのような光を、じいっとたたえているのである。

「そち、つとめには慣れたか？」

ねっちりとした低い声できかれたことがある。

「はい」

「いまに、もっと慣れねばならぬことがある」

そうつぶやき、内匠頭は、ふくみ笑いをした。

「ま、気長にの——気長にいたそう。な、久馬……」

「は——」と答えたが、気長に何をいたすのか、さっぱりわからなかった。

鈴木重八にきいてみると、重八は、ニヤリとして、

「そりゃな、久馬——われわれから話してもよいが、話すと殿さまにしかられる。いまにわかる。悪いことではないのよ」と言うのみであった。

二日おきに、小姓のうちのひとりが奥御殿へ入ったまま帰ってこないのを、すでに久馬は知っていたが、それも単なる宿直だとばかり思っていた。

宿直から部屋へ戻ってくる小姓を、ふたりの小姓が取り囲んで、ひそひそと、ふくみ笑いを交えながら何か秘密のささやきをかわしているのを見たこともある。

同僚たちは、まだ何も久馬の不審を解いてくれはしなかったが、なんとなく、自

分のつとめに異常なものを久馬が感じていたのはたしかなことであった。

それに、屋敷内に住む藩士たちや侍女までが、久馬たち児小姓へ向ける目の中に、軽侮と憎悪の色が、はっきりと浮かんでいることを、久馬は知った。

(なぜ……なぜなのだろう?)

正月二十五日の夕暮れであったが、奥御殿の居間で、何か書き物をしている内匠頭のそばで、久馬が墨をすっていると、急にうなじのあたりへ熱い呼吸を感じた。

(あ……)

内匠頭が、そっとそばへ来ていたのである。

すぐに、久馬は身をよけようとした。その手をつかみ、内匠頭は、きらきらと光る双眸《そうぼう》を久馬の全身へ射つけつつ、ゆっくりと、久馬の白い指を両手に握りしめ、愛撫した。

久馬は、赤くなって、うつ向いたが、すぐに殿さまの手を懸命に振り放した。本能的に嫌悪感が背すじを走ったからだ。しかし振り放したとたんに、殿さまの怒声を久馬は予期した。

内匠頭は笑っていた。

「ま、よい。そちのようなのが、かえって楽しみじゃ」

「……？」

「ま、気長にいたそう。のう、久馬……」

「は……」

その夜は、永野勘之丞が奥御殿へ呼ばれていった。

ここまできても、まだ久馬は、自分が殿さまの色子になることを予見できなかった。

男色が武家や大名の間でさかんに行なわれていた時代なのだが、物がたくてそぼくな父親の手ひとつに育てられた十六歳の久馬は、男と男が、男と女のように愛撫し合うなどということを、考えてもみなかったのである。

もうひとつ、気にかかったことがあった。

それは、殿さまの奥方が姿を見せないことであった。

殿さまには、ほとんど児小姓がつきそい、侍女たちはいても、奥方は奥御殿の一郭にこもったまま、めったに姿をあらわさない。一、二度、奥庭のかなたの廊下を侍女に囲まれて歩むうしろ姿を見かけたことはあったが……。

しかも、殿さまにはひとりの子もないらしい。

それは、二月に入って間もないある日のことであった。久馬はその日を、たしか四日だと記憶している。

ちょうど当番だった久馬が、江戸城中から帰邸した殿さまについて奥御殿の居室へついていくと、あとから来た江戸家老の安井彦右衛門に、内匠頭がいった。

「彦右衛門。また物入りじゃ」

「は？　物入りとは、また……」

さもいまいましげに舌打ちをした。

「伊達殿とともに、勅使ご供応の役目じゃ。本日、仰せつかっての」と、またも舌打ちである。

「さようで……それはまた、おめでとう……」

「バカもの!!　何がめでたい。またしても、無駄な出費をしいられるのじゃ。たまったものではない」

「は——御意」

「この前に、お役をつとめたのは、天和三年であったの。供応役など一度でたくさんじゃ。よりによって、なぜまたも……よし。このたびは、よほど切りつめねばならぬ、よいか」

「ハッ」

内匠頭は、いらだたしげに侍女をしかりつけながら、着替えにかかった。

次の間に控えている久馬の耳に、内匠頭の舌打ちが何度もくり返されるのが聞こえた。

久馬はそのとき、殿さまの〔火事狂い〕は、火事を憎み、火事によって金品が消失することを恐れているからだ……ふっと、そう思った。

3

将軍家から京の朝廷へ年始の祝儀のために使者が行き、その答礼として勅使が江戸へ参向するという儀式は例年のものである。

浅野内匠頭は、天和三年に十七歳で勅使供応役をつとめたが、そのときは、いま国もとで城代家老をつとめている大石内蔵助《くらのすけ》の亡父頼母《たのも》が国もとから駆けつけ、年少の殿さまを助けて万事に采配をふるった。

そのときの書類・帳簿をつぶさに点検したのち、内匠頭は使者を馳せて、四年ほど前にこの役目をした伊東出雲守へ、そのおりの入費を聞き合わせにやった。出雲守とは比較的に親しかったからだ。

返事が来た。千二百両かかったという。

「躬《み》が十九年前につとめしときは四百両。四年前が千二百両。物の値の上がりようもすさまじいものじゃ」と、内匠頭は嘆いたが、

「よし。四、五百両ではすむまい。というて、出雲殿ほど見栄をはることもなし。八百両ほどにて切りもりせよ」

「では、さっそくに吉良様までごあいさつに……」

安井家老がこう言って立ちかけた。三日にわたる勅使参向の儀式について、供応役の大名は、いずれも高家筆頭・吉良上野介の指揮を受けねばならない。このため、役目をすます前後に、吉良邸へあいさつに行くのが慣例となっており、そのと

きに金二枚ずつを付け届けとして贈るのも慣例となっている。

「このたびはお役すみてのちに、祝儀として金一枚を持ち行け。まずはあいさつのみでよい」

と、内匠頭が言った。

二枚を一枚にへらせと言うのだ。

安井家老は、居合わせた藤井又左衛門という国もとから来ている家老とちょっと顔を見合わせたが、殿さまのしわいのは肝に銘じている。口を出してしかりつけられるのはいやだから、ふたりとも「承知つかまつりました」と引き下がった。

数日して、吉良家の用人・斎藤宮内が、遊び仲間の浅野家用人・奥村忠右衛門と、例の船宿で飲んだときに、宮内が言った。

「そちらからあいさつにみえられたが、慣例の付け届けの金一枚、どうして惜しみなされたのじゃ」

「それがのう、斎藤殿」と、奥村は頭を振って、

「わが殿のしわいのにも、ほとほとあきれ申した。さだめしご不快であったろう

な?」

「そりゃ、まあな。手前あるじの耳へも、いずれは入ることでござろうが、やはり、よい気持ちはなさるまい。なにも金一枚がほしいというのではない。金のやりとり、付け届けの仕様は、いまの世のならいでござる。そのならわしを破られては、礼儀に欠くるというものじゃ」

「いかにも……」

「いや、そう恐縮なされては、こちらが困る。互いに主人どうしのことじゃ」

「そりゃまあ、そうじゃが……」

「ときに、例のほれ、沢口久馬はいかが?」

「まだ、お手がつかぬらしい」

「浅野様のお気に入らなんだので?」

「いや、お気に入ったればこそ、長引いておるので」

「そりゃまた、なぜ?」

「楽しみは待つが長いほどよいとか申しますな。つまり、あれでござるよ」

「なある……気短な浅野様にも、そういうところが……」

「いかにもな。色子と火消しについては、まるでお人が変わり申す。付け届けの金一枚は惜しんでも、色子の支度金と、火事羽織の誂《あつら》えには、ぽんと気前よく……」

「ほほう、ほほう。火事羽織をな……」

「おそらく、二十にあまる火事羽織をお持ちでな。やれ絵柄がどうの、金箔のぐあいがどうのと、お気に入るまで金をおかけなさるので」

「ほほう、ほほう……」

こんな話があったことを、久馬は知らない。

内匠頭は、てきぱきといっさいのさしずをしてしまうと、また、もとの日常に戻った。

勅使が江戸へ着くまでは、まだ一ヵ月近くもあった。

沢口久馬に、はじめて夜の宿直が命ぜられた。

真新しいはだ着、紋服などが届けられ、久馬は、鈴木重八の指導のもとに、入浴、結髪をすまし、はだ着には香をたきこめられた。

あまりにものものしいので目をみはっていると、重八がねたましげに、

「久馬。首尾ような」

と言い、いきなり久馬の二の腕をつねった。

「痛い」

「はじめはな、痛むぞよ。ク、ク、ク……」

夜になって奥御殿へ行くと、四人の侍女が寝所の次の間へ連れ込み、手荒く久馬の衣服をはぎとって白の寝衣に着替えさせた。

侍女たちは押し黙ったまま、能面のような顔をして、久馬のからだをこずきまわすように扱った。そして、久馬ひとりを残し、ふすまをしめて去った。

まもなく、寝所から内匠頭の声がかかった。

「久馬。入れ」

えたいのしれぬ不安で手足をふるわせながら寝所へ入ると、殿さまは、何枚も重ねた夜具の中から、

「来い。来ぬか、久馬」と、おっしゃる。

おずおずと近寄った久馬の手をつかみ、いきなり内匠頭は夜具の中へ引き込んだ。

「あ――」

声にならなかった。内匠頭のなまぬるいくちびるが、久馬のくちびるをつよく吸ったからである。

久馬はもがいた。力いっぱい、内匠頭の腕をはねのけて、夜具の外へころがり出た。

「いやか……？　これ、いやか？」

ふるえながら、きちんとすわり直し、久馬はうつむいたままであった。

涙が、ぽろぽろとこぼれてきた。

「なにを泣く？」

手討ちになってもいやだと思った。一時も早く、自分のくちびるを洗いたかった。

「そちは、美しいの」と、殿さまがおせじをいってくれたが、自分の美しさが、こんなことのために必要だったのかと思うと、久馬はくやしくてたまらなかった。

「よい、よい。そちのようなのがかえって楽しみじゃ。気長にいたそうな。のう、久馬……」

「は……」

くちびるを早く洗いたかった。

（男と男で、こんな……きたならしい）

久馬のくちびるは、すでに女のくちびるの感触を味わっていた。

たおやかな美少年ではあるが、沢口久馬は生得の〔男〕であったのだ。

4

勅使が江戸へ到着する日も迫った。

内匠頭も、家中のものも、毎日忙しくなった。年始祝儀の使者として京へ行っていた供応指南役の吉良上野介が、勅使に先だち二月二十九日に江戸へ帰ってきたからである。

供応役を命ぜられた浅野内匠頭と伊達左京亮《さきようのすけ》（伊予吉田の領主）は、ほとんど毎日、江戸城中へつめきって、上野介のさしずのもとに、諸般の打ち合わせや支度に忙殺された。

消防演習も、このところは行なわれない。

それはよいのだが、どうも吉良上野介と内匠頭の間がうまくいかないといううわさが、屋敷内のそこここで、ひそやかに聞こえるようになった。

「殿がしわいのはわかっていることだ。家老ともあろうものが、うまく取りしきって、付け届けるものはちゃんと届ければよい」と言うものもあるし、

「それにしても、吉良殿が、ことごとに、わが殿をないがしろにし、伊達侯のみへ親切をつくしているそうな。いかに賄賂《まいない》横行の世の中とはいえ、あまりに目に見えすぎるわ」と息まくものもいる。

久馬が耳にはさんだところによると、伊達侯は千四百五十両の予算を計上したうえ、吉良家への付け届けはもちろんのこと、かなりの進物までも届けたらしい。

けれども、内匠頭は緊張しているためか、生まれつきのかんしゃくもたてないようで、毎日登城しては、夕暮れに帰り、かえって黙念とした様子が見える。夜も、児小姓を呼ばない。

いつもより静かな殿さまなのだが、家臣たちは、なんとなく内匠頭の挙動から不

安なものを感じた。

三月七日に、勅使の宿所に当てられた竜《たつ》ノ口《くち》の伝奏屋敷の畳替え（浅野家の受けもち）がすみ、これを吉良上野介が検分した。

このとき、内匠頭と上野介との間に口論があった。

少ない予算でやりとげてしまおうというので、畳表やへりなども、例年にくらべて品が落ちていたのを、吉良が見とがめたのである。

「もし、あとになって、あの畳表、畳のへりはなにごとだということになれば、それはみな、この上野介が責めらるるのでござるぞ」

吉良の叱責を、内匠頭はびくともせず、こう答えたものだ。

「私は、ただ無駄の入費をさけたまででござる。畳表、畳べりなど、このたびの仕様が先例となれば、かえって結構なことと思われます」

吉良上野介はいやな顔をした。そして、何も言わず、憤然として去ったという。

これは、内匠頭に付いていた家中のものが、はっきりと見ていたことであった。

「ご倹約は、むろん悪いことではない。しかし、伊達侯とくらべられた場合に、どうもな……」

と、そんな声もする。

あすは内匠頭自身が伝奏屋敷へ移り、翌々十一日に江戸へ到着する勅使一行を迎えようという三月九日の夕刻であった。

帰邸した内匠頭の佩刀《はいとう》をささげ、久馬が奥御殿へ入ってすぐ、用人のひとり片岡源五右衛門が伺候した。片岡は内匠頭より一つ上の三十六歳だが、文字どおり眉目秀麗の美男子で、年少のころは殿さまの寵愛ただならぬものがあったというわさも、なるほどとうなずける。

「おお、源五か」と、内匠頭も片岡には愛情のこもったまなざしを与える。

「なんじゃ？　何か用か？」

「は――べつに……ただ……」

「ただ？　なんじゃ……」

「は――」

「ふむ……わかった。なに、心配するな。吉良殿とのことを心にかけてじゃな？」

「おそれいりたてまつる」

こういうところは、内匠頭も頭がするどい。

久馬も見ていて、ちょっと感心をした。

「躬《み》も気は短いが、吉良殿ごときになんのということはない。そちが心配するほど、躬が何も知らぬわけではないわ」

「は――」

「勘定ずくの今の世に、大名の家で財政が苦しゅうないものはない。躬は先んじて、このようなお役目の無駄な費《つい》えをはぶこうとしておるのじゃ。なにごとにも慣例慣例と、吉良殿はうるさいが、躬は平気だわ」

内匠頭は、むしろふてぶてしく笑った。

「あの老人がどんなにいやな顔をしようとも、躬は押し切ってみせる!! なに、あと四、五日のことじゃ」

「ご心労のほど……」

「よい。よい。伊達殿が千四百両もかけたるところを、躬が八百両ですましたことが知れたなら、他家も驚くことであろう」

殿さまは、みずからの算勘じょうずなやり方を、むしろ得意げに言ってみせるのである。

殿さまというものを、なにか別世界の、もっと鷹揚なものだと思っていただけに、浅野家へ上がってからの久馬にとっては、内匠頭のすべてが驚異であった。

この夜に、久馬へ宿直の命が下った。

ただもう平あやまりにあやまるか、舌でもかみ切るか、それとも殿さまの意のままになるか……。思いきって逃げようと考えてみたことも何度かあった。

だが、それは父親の期待を裏切ることであり、久馬の脱走に対して浅野家がきびしい処置を下すこともわかっていた。

内匠頭の激怒によっては、追っ手に切り殺されるかもしれないのである。

それやこれやで、この数日の久馬の苦悩はなみなみではなかった。

（しかたがない、たまらなくいやなのだが……）

心を決めたわけでもないが、いちおうは、低頭してお許しを請おうと考え、久馬は、おずおずと夜の寝所へ向かった。

この前のときと同じようなことが行なわれ、久馬は寝所へ入った。

その夜の内匠頭は荒々しかった。

ものもいわずに久馬を抱きすくめ、久馬の寝衣をはだけた。

内匠頭のくちびるが、久馬のくちびるや胸肌や、腕のつけねなどへ気味悪くはいまわった。

「お許し……お許しを……」

「こしゃくな。黙れ」

内匠頭の手は、久馬のあらぬところをはいまわった。

「ご、ごめんくだされましょう」

「うぬ。あるじにそむくか、おのれ……」

「お許し……」

「躬《み》はお役目で心労がつもっておるのじゃ。な、久馬。躬をなぐさめてくれい」

ほとばしるように内匠頭が久馬にいい、その耳たぶをつよくかんだ。

「あ――」

もう夢中であった。今夜と同じように相手から愛撫されたこともある久馬だが、相手にもよりけりであった。

浅野家奉公の仲介に立ってくれた斎藤宮内に、浅草の妾宅で会って以来、久馬は二度ほど、宮内のめかけおゆうに呼ばれ、宮内も下女もいないおゆうの部屋で、豊艶な彼女の愛撫をうけてしまっていたのである。

「だれにも、言ってはいけませんよ、久馬さん」

久馬の四肢にはじめて加えられた女の愛撫は、おそろしい魅惑をともなっていた。

奉公に上がってからは、一度も父親のところへさえ帰れない久馬であったが、おゆうのくちびるや、むっちりと湿った肌の感触は、今もまざまざと久馬のからだのすみずみに生きている。

耳をかまれたとたんに、久馬は殿さまのからだを必死に突き飛ばした。

「う……」

どこを突いたものか、内匠頭は急に腹のあたりを押え、首をがくりと折ったまま動かなくなってしまった。

久馬は、目をつり上げ、夜具の中からころがり出た。

あたりは森閑としている。一間をへだてた向こうに宿直の近習が寝ているはずであったが、さいわいに気づかれなかったらしい。

どこをどう抜け、どう走ったものか、よく覚えてはいないが、空がしらみかけるころに、沢口久馬は白の寝衣一枚で、諏訪明神裏の長屋へ駆け戻っていた。

父の精助は、息子を迎え入れて驚いた。

久馬は、泣き泣き、すべてを語った。

「よし!! お前を色子にしてまで奉公させようとは思わぬ」

義理がたい精助は、すぐに手紙をしたためた。仲介をしてくれた斎藤宮内へ、いっさいを打ちあけ、了解を請うたのである。でも、殿さまが気絶したことまでは書かなかったようだ。

この手紙を隣家の左官職にたのみ、宮内の妾宅へ届けてもらうことにしておいて、沢口父子は、身じたくもそこそこに、長屋を逃げ出した。

ほとんど入れ違いに、奥村忠右衛門が四名ほどを従え、駆けつけてきた。間一髪のところである。

精助の決断がおそかったりしたら――いや、内匠頭が失心状態から戻るのがもう少し早かったら、久馬は捕えられ、首をはねられたかもしれない。

「おのれ!!　草の根を分けても捜し出せ」

内匠頭は烈火のようになったが、きょうはそれどころではない。

勅使到着をあすに迎えて、用務は繁忙をきわめている。


この日の夜——呉服橋ぎわの吉良邸内で、斎藤宮内が、沢口精助からの手紙を主人上野介に見せていた。

「いやはや、浅野様にも驚きましてございます」

「色子狂いも度がはずれておるの。醜態きわまる」

吉良上野介はにがにがしげに言った。

殿中の大廊下で、浅野内匠頭が吉良上野介へ斬りかかったのは、それから四日後の元禄十四年三月十四日である。

その日、大廊下ですれちがったとき、内匠頭が上野介をにらんだ。久馬が逃げて以来、押えつけていた癇癖《かんぺき》が一度に発して、家臣たちもしばしば怒声をあびていたのだ。

久馬が吉良家用人の仲介で奉公したことを、内匠頭は知らない。

しかし、上野介は知っている。

この十日間、互いに胸の中で角を突き合っていただけに、上野介は内匠頭の顔を見ると愉快でたまらなかったのだ。

(いい大名が色子狂いにうつつをぬかし、しかも逃げられて……)

おもわず、ニヤリとしてしまう。

その嘲笑を、神経のするどい内匠頭が見のがすわけがなかった。しかも、たびたびのことである。

(ぶ、無礼な!! 何がおかしい!!)

十四日の大廊下でも、上野介が嘲笑をちらりと見せてすれちがい、ちょうど向こうから来た将軍御台所付きの梶川与惣兵衛と何か打ち合わせをはじめたのを見ているうちに、こみあげてくる怒りの激発を押えきれなくなった。

「このごろの遺恨、おぼえたるか!!」

小刀を抜きざまに、内匠頭は上野介へ飛びかかった。

久馬は旅の空の下で、殿さまの刃傷、切腹。そして浅野家の改易を知った。

もう追っ手の目を恐れることもなかった。

刃傷のあとの、殿さまの神妙な態度や、切腹にのぞんでのりっぱな、五万石の大名らしい挙動もうわさに聞いた。

風さそう花よりもなおわれはまた
　春のなごりをいかにとかせん

という辞世の句を殿さまがよまれたことも知った。

人間というものは不思議なものだと、つくづく久馬は思った。

死にのぞみ、これだけの辞世がよめる殿さまと、火消し演習に血まなことなっていた殿さまと、自分を抱きしめてきたときの殿さまと……どれが殿さまの本体なのか、さっぱりわからなかった。

父親にきくと、

「そのうちのどれもが浅野侯の正体なのだ。お前も大きくなればわかる」ということであった。

翌元禄十五年十二月十四日未明に、赤穂浪士が吉良邸へ討ち入り、上野介の首をあげたことを知ったのは、信州飯山城下におちついてからであった。

飯山藩松平家にいた親類の世話でなんとか暮らしているうち、久馬は、酒問屋の奈良屋七右衛門方へ婿入りした。

親類のすすめもあり、父の精助も、

「世の中がこうなってはなあ。これからはなんというても町人の力が物をいう世になろうから、それもよいだろう」

こう言ってくれたし、久馬は、むしろこれをよろこんだのである。

三年後に父がなくなり、五年後に養父がなくなった。

雪深い信濃の城下町で、奈良屋七右衛門となった久馬は、妻との間に、次々と子をもうけた。

火事にしろ、たきびにしろ、いろりのほむらにしろ、燃える火の色を見るたびに、久馬は浅野の殿さまのことを思い浮かべた。

歳月がたつにつれ、それはなつかしい情緒さえともなって久馬の胸をみたした。

そういうとき、久馬の脳裏にまず浮かぶのは、あの美しい火事装束に身をかため、大薙刀をこわきにして馬上に号令する殿さまの姿であった。

そのほかのときの殿さまの印象は、しだいにうすれていった。
町方の消防に対する奈良屋七右衛門の熱心さは、飯山城下でも評判のものとなった。

うんぷてんぷ

1

いとこの福田弥太夫《やだゆう》が部屋へ入ってきた。

夏目半介《はんすけ》はすわり直し、

「わざわざ、どうも……」

ぴょこりと頭を下げるのへ、弥太夫は、立ちはだかったままとげとげしく、

「おい、半介。国もとのおふくろさまがなくなったぞ。この正月十五日の夜ふけだったそうな。おぬしの耳へは、まだ入ってはいまい」

「そうでしたか……知りませぬでした。私は、おととい、越後から江戸へ戻ったばかりなので……」

きのう、藩邸へ弥太夫をたずねたときには——門番が、あす、この船宿で待てとのいとこの伝言を取り次いでくれただけだ。母のことは何も聞いてはいなかった。

「そうでしたか。とうとう……そうでしたか」

神妙にうなずいてみせてはいても、半介には、母の死が衝撃となって胸を打ってはこない。十年も前からこの日が来ることは覚悟していたし、母の死に目にも会えぬと決めこんでいたのだ。

むしろ、背負っている重荷の半分が振り落ちたような、ホッとしたものが半介にはあった。

弥太夫は舌打ちをし、ちょうど顔を出した女将《おかみ》に酒を命じてから、半介と向かい合ってすわった。

「おふくろさまも、さぞ残念であったろうよ。なあ、半介——そうであろうが——」

半介は、首うなだれ、黙念としている。

弥太夫は舌打ちを繰り返した。

あけはなった窓の向こうの大川の水は、初夏の日ざしを吸ってふくらみ、ツバメが飛びかっている。

どこか遠くで、あめ屋の太鼓が眠たげに鳴っていた。

骨格はたくましいが、肉の薄いからだにあかじみたあわせをまとい、よれよれば かまのひざをそろえ、しょんぼりとうつむいている半介の顔には長年の旅のほこりが日に溶けて、こびりついているかのようだ。

「どうなのだ？　少しは見当がついたのか」

「かたきのことか？」

「決まっとるではないか！」

あまり気力のない声をおもわず出してしまった半介に、弥太夫は興奮したらしい。みるみるこめかみに青筋をたてて、

「少しはわれら親類どもの身にもなってみろ。おぬしが路用の金を藩邸へ取りに来るそのたびに、俺も親父も寒けがする。いや、金のことをいうておるんではない。現に、現にだ、おぬしがきのう藩邸へ来たことが殿さまのお耳にもきこえたとみえ、けさな、殿さまがご家老の野方様におききあそばされたそうな……夏目半介は、まだかたきが討てぬのか——こうおっしゃって苦笑いをあそばされたそうだ、苦笑いを……それをまた、聞こえよがしに、俺の耳へ入れるやつがおる。肩身が狭いやら、外聞が悪いやら、じつにたまったもんではない。とにかく、とにかくだ

……」

荒々しく言いつのるいとこの言葉を、かしこまってうけたまわる態度を見せてはいるが、半介は腹の中で別のことを考えている。

かたきの笠原孫七郎《まごしちろう》は、半介より八つ年上だ。天明四年（西暦一七八四年）のことしで、五十六歳になる。病気かなにかで、もう死んでしまっているかもしれないのだ。

今までは、故郷で寂しげにひとり息子がかたきの首討って帰るのを待ちかねている母親のことを思うと、半介も惰性的ながら、なまけっぱなしでいたわけでもない。（だが、母も死んだ。こうなると考えねばならんぞ。俺も年だ。野たれ死にはしたくないからなあ）

なにしろ、三十年も捜しまわって見つからないかたきだ。もう望みはないと言える。

現在の半介は、生活のかてを得るための労働もしていた。約二年めごとに親類からもらうあだ討ち費用の金も遊ばしてはおかない。

けれども、そんなけぶりを、いとこの弥太夫には針の穴ほどものぞかせてはならない。親類から出る金は唯一無二の金づるだ。はじめの十年ほどは激励もし、金も快くくれた親類や主家の態度が、目に見えて冷淡になり、硬化してきているし、いずれは、この金づるも絶ち切られてしまうことだろう。

（だがな、もらえるまではもらいに行くぞ）

半介も今は腹をすえていた。弥太夫の皮肉や嫌味には、もう慣れきっている。

「……よいか。だからな、半介、これからはだ、じかに藩邸へ来るな、みっともないから——手紙にしろ、手紙に——そうすればだ、こうした船宿なりどこでなり、俺のほうから場所を決めて出向く。いいな」

前にもそう言われた。手紙を出したら、返事もくれなかった。（くそ！）と思って藩邸へ出かけていったら、弥太夫め、顔色を変えて飛び出してきたものだ。よくものめのめとつらが出せたものだ、と言いたいところだろうが、藩邸へ直接に来られては、体面上、親類としてほっておくわけにはいかない。

しぶしぶくれる金も、近年は、まるで無駄に半介へくれてやるような気がしているらしい。

「とにかく、早くだ。かたきを見つけろ。なあ、半介。このままでは、俺のほうも、とてもたまらん」

「すまん！」

半介は、急に、伏せていた目を白くむき出し、のどをひきつらせ、悲痛に満ちた声を絞り出した。

「私も、私もなあ、もう汗みどろになって、いっしょう懸命に孫七郎めを……なれど弥太夫殿、日本国じゅう、この足が踏まぬ土地はないまでに歩き続け、捜し求めても……天は、天は半介に味方をしてはくれぬのです」

半介の鬢《びん》の毛が、むさくるしくほおのあたりに乱れ、ぶるぶると震えている。

弥太夫は目をそらした。

けっきょくは、ここまでくると、弥太夫も（こいつもかわいそうだ、考えてみれば……）と、思わざるをえなくなるのだ。

半介の父、夏目宗右衛門《そうえもん》は、信濃松本六万石、松平丹波守の家来であった。

宝暦四年五月十九日の夜——宗右衛門は、藩士服部某邸で催された囲碁の会に招かれ、その席上、同じ組の下役、笠原孫七郎に斬殺された。

理由はつまらぬことだ。対盤上の口論にすぎない。

負け続け、いらだっていた孫七郎は、勝ち続けてきげんのよい宗右衛門の軽い揶揄に逆上した。ひとことふたことやり合ったかと見る間に、孫七郎はいきなり脇差を抜き放ち、宗右衛門の耳下から首にかけて斬りつけた。その刀を狂人のように振りまわしつつ、孫七郎は庭の闇へ駆け込み、逃走してしまったのである。

一太刀ながら重傷であった。宗右衛門はまもなく絶命した。

半介は当時十八歳。好むと好まざるとにかかわらず、父の無念をはらさなくては、夏目家の存続は不可能である。それが武家のおきてだ。半介は、若党の木村百次郎に付き添われ、かたき討ちの旅に出発した。

藩主丹波守光徳《みつやす》は、かたきを討って戻るまでの間、半介の母のいねに二人扶持をくれた。

故郷を出て十一年めに、若党の百次郎が逃げた。もうかたき討ちに飽きてしまったのだろう。

(うぬ！　恩義を忘れた犬畜生め!!)

当時は、目に見えぬかたきの刃《やいば》と対決して、緊張した年月の流れを、ひた向きに押し渡っていた半介だ。怒りも激しかった。しかし、現在、どこかで百次郎を見かけたら、

「どうした。元気でやっているか」

と、肩をたたいてやるつもりでいる。百次郎も生きていれば六十をこえていよう。永久に肩をたたいてやることもできまいが……。

「とにかく、これだけ持参した」

弥太夫が金包みを出した。

「このごろは、俺のところも苦しいのでな」

「申しわけない」

半介は両手をつき、頭をたれる。そこへ酒がきた。

「俺は帰る。ご用繁多なのでな」

あわただしく杯をやりとりして、すぐに弥太夫は立ち上がった。

「残りの酒は、私、いただいてよろしいか。酒も一年ぶりで……」

酒も飲まずにかけずりまわっているというところを見せる半介であった。

むっつりと廊下へ出た弥太夫の背中へ、半介の声が生臭く追いかけてきた。

「伯父上にもよろしゅう。半介、必ずや孫七めの首を……」

返事もせずに弥太夫が去ったあとで、半介は大あぐらをかき、ペロリと舌を出した。

すぐに金包みをあけてみる。

(十両か。この前のときより、五両も削りゃあがったな)

薄笑いして金包みをしまいこむ半介の面貌に、苛酷な運命を背負って生きながら、その苛酷さを習慣として身につけてしまったもののふてぶてしさがにじみ出てきていた。

「見つからねえものはしかたがねえ」

半介は、そうつぶやき、杯をふくんだ。

ぼんやりと、大川をすべる櫓《ろ》の音を聞きながら、半介は、ふっと、子どものころに母が打ってくれたそばの味を思い起こそうとした。

思い出せなかった。

2

三年ほど前から、夏目半介は親類からもらった金を、両国の盛り場でつじ講釈をやっている〔とんぼきりの陣六〕という老人の女房おこうに斡旋を頼み、貸し金に回していた。

三十年も放浪生活をしていると、旅芸人や香具師《やし》、小どろぼう、行商人等、こうした知り合いがふえるともなくふえてくる。良いやつもいる。悪いやつもいる。

彼らを通じてかたきの所在を探ろうと、かつての半介が努力したことはさておき、半介も彼らの好意や同情を利用して生きていくすべを学ぶとともに、手痛いめに会わされたことも数えきれない。

古いなじみの陣六夫婦などは信頼のおけるほうだ、貸し金の利息の半分を手数料としておこうにやるというばかに割りのいい契約なので、ばあさんにとっては結構いい内職になる。先年、盲人の官金貸しがとがめられ、町奉行所に引き立てられた検校《けんぎょう》や座頭も多かったが、おこうのやり方は、それほどにあくどく高利をむさぼるというのではない。利息も払いやすく低率だし、また金主が半介なのだから、貸す金もしれている。

おこうが相手にするのは、どうせ、その日暮らしの裏店《うらだな》階級だ。そのうちでも日銭の入る物堅い連中が突発的な病気や不幸に見舞われ一両か二両ほしいというときに、よくよく人がらを見きわめてから貸すのだ。今までにまちがいはなかった。ちなみにいえば、物価の高い江戸でも一両あれば親子五人が大いばりで一ヵ月食べていけた時代である。

半介は苦労してためこんだ資金の三十両をおこうに任せ、江戸へ戻ったときに利息の上がりを受け取る。それに自分が労働して得る賃銀を加えれば、一年をみじめに送らずとも済むようになってきていた。

いとこの福田弥太夫には「越後から戻ってきたばかり……」などと言ってはいても、近年の半介は、あきてもいるし、からだにもこたえるので、遠い旅は避けている。

夏季には、それでも下総《しもふさ》へ行き、行徳《ぎょうとく》の塩田に雇われるし、種々雑多な行商なども平気でやる。あらゆる街道のあっちこっちで、夏目半介の顔は、かなり売れているのであった。

半介は江戸へ戻ると、浅草阿部川町の本立寺《ほんりゅうじ》という寺に寄宿している。むろん、一文もいらない。

これは、ずっと以前に、東海道を下る道中で知り合った住職の玄良和尚の好意によるものだ。

深川の船宿で、いとこ弥太夫と会うことになった朝に、半介が六軒町の長屋へたずねていくと、

「やあ。半年ぶりだね。どこへ行ってなすった？」

はげまじりの総髪にくしを入れていたつじ講釈師の陣六が、飛び出してきた。

「ちょいと上州を回ってきた」

「かたき笠原孫七郎のそっ首、いまだ討ち落とすてえわけにはまいらなかったようだなあ」

「もう、俺は、あきらめとるんだ」

「まあ、上がんなさい。ちょうどいっぱいやろうと思っていたところだ」

腰が痛むとかで床についていた女房のおこうも起き出して、酒の支度にかかった。

夫婦とも五十を越えてなお血色盛んな大男大女で、半介には好意を寄せている。冗談めかす口の裏では、ふたりともそれぞれに、笠原孫七郎が江戸にいたらと、聞き込みをしたり、探りまわったりしてくれているのだ。

半介も若いころは、こんなにたやすくかたき討つ身を他人に口外したりはしなかった。討つ身すなわち討たれる身だからだ。

向こうも、つけ狙われる恐怖から一時も早く脱け出したいのだから、こっちにすきがあれば先手をとって、必ず返り討ちをしかけてくるにちがいない。

討つほうも討たれるほうも、隠密に隠密にと動き、追いかけ、逃げまわるのがかたき討ちの実態なのである。

(だが、今の俺は、むしろかたき討ちを暮らしのてだてとして利用するようになってしまったなあ)

恐怖や執念もあまり長い年月にさらされてしまうと、そのむごい境遇が、むしろひとごとのように思われ、現実感を喪失してしまうものだと、半介は知った。

それよりも、日常の生活手段に奔命することのほうが、今では先になってしまうのだ。

（バカやろうめ。たかが勝負ごとに負けたからとて逆上し、俺の親父を殺したばかりに……孫七郎、きさまも俺も、とんでもない一生を送ってしまったわ）

おこうのすすめる酒を飲みつつ、半介はいつも考えることをまた考え、ゆううつになってきた。

三人で飲み続け、利息の上がりを分け合ったりしているうちに、おこうが、こんなことを陣六に話しはじめた。

「お君のあまが、けころへ帰ってきたそうだよ。腰の痛みがなおりしだい、さっそくに踏み込んで、今度こそけりをつけなきゃ、あたしアおさまらない」

そのお君という女に、半介の金を三両二分ほど貸してあるのだと言う。ところが、女は利息も払わず、この正月に雲がくれをしてしまい、やっきになっていたところ、上野山下の〔けころ〕で商売しているのを、同じ長屋に住む菓子行商の儀八が見かけたというのだ。

〔けころ〕というのは一種の娼家で、前にもお君はそこで働いていたことがあるらしい。

「年はくっているが、なんとも色っぽい女でねえ、だんな。それに、ものごとに親切で気前もいいというので、この長屋でも評判の女だったんですよ」

女ひとりでぶらぶらしているからには、どうせまともな――と思ってはいたが、「おばさん、おばさん」となつかれ、鼻薬もかがせてもらっていたらしいおこうは「いなかのおとっつぁんが急病で、どうしてもお金が……」と頼まれると、断わりきれずに金を貸した。貸して十日もたたぬうちに、女は所帯道具いっさいも置き放しで、サッと消えてなくなったのだそうだ。

「見かけによらねえ太えあまだったよ、ほんとうに――腰がなおるまで待っていたのじゃ、また消えちまうかもしれない。そうだ。お前さんが、行っておくれよ、あしたでも――夏目のだんなに申しわけないからさ」

おこうは顔をしかめて腰をたたきたたき、陣六にそう言った。

「俺がか？――いやだなあ」

陣六は、さっぱり気が乗らない。

半介は、酒の茶わんを置いていった。

「よし。深川でいとこに会って、その帰りに、ひとつ俺が行ってみよう。逃げられては三両ふいになる。俺にとっては大切な金だ。捨てちゃあおけない」

「そうしてくれますか、だんな――」

前にも自分から取り立てに行ったこともある半介だが、おこうは念を押した。

「ちょいと男から見たら、たまらねえところのある女ですからね。鼻毛を抜かれちゃあいけませんよ、だんな――」

「ふん。そんなあめえのと、俺は違うよ」

3

深川亀久橋の船宿を出た夏目半介が、青く晴れわたった初夏の空の下を、暑苦しく編みがさをかぶり、永代橋から日本橋へ出て、まっすぐに上野山下へやって来たのはハツ半（午後三時）ごろになっていたろう。

広小路の盛り場の雑踏にもまれ、黒門口へ抜けてきた半介のからだは、汗びっしょりになっていた。

(夏だな、もう……)

こざっぱりしたひとえも持ってはいるが、きょうはわざとあかと汗の気ふんぷんたるあわせを着込んでいる半介であった。そのほうが、いとこから金をもらうにも、女から金を取り立てるにもききめがあるからだ。

母親の死は、半介の気分を重くしたが、歩いているうちにそれも散った。

(いまさら、悲しんだところで、悔やんだところではじまるものか。おふくろさまは、俺が十八のときに国を出たそのときに、死んでいたともいえるわけだものな)

そう思い捨てるよりほかに道があるというのか……。

袴腰《はかまごし》の石がけに沿い、左に緑したたる上野山内を見上げながら、半介は、おこうから教えられたとおりに山下の広場を突っ切り、料理茶屋の立ち並ぶ一郭を右に入った。

そのあたりに、〔けころ〕の娼家が散在している。娼家は二間から九尺の間口で、格子戸をあけると、土間の向こうの畳敷きにびょうぶを立て、三人から四人のしろうとふうの女が、浅黄色の前だれをかけてすわっているのだ。

お君のいる〔けころ〕の店は、すぐにわかった。

五条天神裏の小路に面したところで、まだ日中だというのに、ひやかしの男たちが、ぞろぞろ歩いている。両大師の縁日には、明け七ツ（午前四時）から営業しているという〔けころ〕のはやりぶりもなるほどとうなずけた。上野山内のなまぐさ坊主なぞも、夕暮れになるとやって来るらしい。

「ごめん」

半介が土間へ入ると、びょうぶの陰にいた女が三人、うさんくさそうに、半介をながめまわした。

「お君さんというのは、おられるかな？」

「あの……お客さまなんでしょうか？」
十七、八の若いのが立ち上がってきた。
「だいじな用があって来た。取り次いでくれ」

「お君さんって……おもんさんのことなんでしょうか？」

「おもん？——あ、そうか。ここでは、それが呼び名になっているのか。おそらく、そうだろう」

「ちょいとお待ちを……」

女は薄暗い奥へ入っていった。

土間には日が入らない。ひんやりとしている。

半介は、出てくるだろう女を待った。

「どなた？」

女が出てきた。半介はつばを飲んだ。

べつに美人というほどのものではない。

（む……なるほどなあ）

顔よりからだが、ものを言っていた。

アヤメを染め抜いた白地のひとえに、両鬢《びん》をふくらませた、はやりのとうろうまげで、ぐっと広げた胸もとに盛り上がっている肌が、肉が、化粧の下からあざやかな血の色を見せている。

初夏の温気《うんき》にむれきった、健康な年増女の濃い血の色であった。

半介は、われにもなく全身につき上がってくる興奮を押えつつ、お君自筆の証文を出して見せ、

「この用事で来たのだが……」

お君は、半介を凝視した。

やがて、彼女は、はんなりと笑い、

「あら、まあ——ま、とにかくお上がりなさいまし」

背を見せて先にたつお君の、しぶとそうな腰のあたりに視線を射つけつつ、半介は土間へぞうりを脱いだ。


お君の父親は、筆屋渡世をしていたそうである。

今はない両親とも同情心のきわめて強い人だったと、お君は半介に、

「ほんとにもうバカバカしいんですよ、だんな——ひとからだまされ続けて商売もできなくなり、もう一生、貧乏のままで死んじまって……」

他人に同情することに、みずからもおぼれていくものの陶酔を、両親の遺産として譲り渡されたものか——二十七になるいままでに、お君も男にはだまされほうだ

い。そのくせ、いつまでも甘い性根が抜けなくて困るのだと、お君は屈託なげに語った。

「だんなのお金を、おばさんからお借りしたのも、実はねえ……」

以前、この商売をしていたときの客で、さる旗本の渡り用人をしていた老人の世話になり、ちょうど病気中の母親を引き取って根岸に一軒持たせてもらい、母親は安らかに死ぬことができた。

その後、その用人が主家の金を使い込み、発覚しそうになっていることを打ち明けられた彼女は、それもこれも自分ゆえにと思い、すぐに六軒町の裏店へ移り、あらんかぎりの借金をして二十両ほどの金をまとめ、用人の、そのだんなに渡したのだという。その金の中に、半介の三両二分も入っていたことは言うをまたない。

それっきり、だんなの永山甚助《じんすけ》老人は顔を見せなくなった。

「どうやらあぶなくなってきたので、そのお屋敷を逃げ出したんです。どっちにしても、私のほうは借金だらけ。働かなくちゃあ返せませんし、それで、また……」

もとの商売へ舞い戻ったのだそうだ。

「そちらのほうはあとになっちまいましたけど、なんとかかせいで必ずお返ししますから、ご安心なすってくださいまし」

悪びれずに、すなおに、お君は言うのである。

宿場女郎や飯盛り女のあじけないてくだには、かなりすれている半介だけに、

(ほんとうかい、この女……)

お君のすなおさ、率直さを、いちおうは疑ってみなくてはおさまらない。

「これだけひどいめに会いながらも、男ができるたんびに、私は、きっとしあわせになれそうな気がするんです。この年んなって、ほんとうなんですよ。笑っちゃいやですわ、だんな……」

うそをつけい、と半分は気を引きしめ、そんな口説《くぜつ》では借金を煙にはできんぞ、と言ってやりたかった。

「ふん……どうだ。利息だけは棒引きにしてやろうか」

「え……？」

「そのかわり、一晩泊まっていいか。どうだ？」

「え……私でよろしかったら……」

「俺もなけなしの金だ。元金は全部、きっと返してもらうぞ」

「わかってます、だんな――」

引き寄せると、お君は、うっとりと目を閉じてみせる。

半介のような境涯にある男には、女の存在が貴重なものであることは言うまでもない。旅で抱く女なくしては、あてどもないかたき捜しになんの張り合いがあったろう。

(買った女だと思えば、利息ぐらい惜しくはないさ)

半介は、思いきりさいなんでやろうと心を決め、荒々しく女の衣装をはぎとった。

明るい初夏の夕暮れの光に浮かんだお君の、肉のみちみちた裸身は、肌のあぶらでうぶ毛まで輝いてみえる。

体臭は濃かった。

いつだったか、北陸の旅で食べたとりたてのタラの切り身のように、プリプリした歯ごたえがする女のからだであった。

半介はたまりかねて呼吸を乱し、お君は鼻を鳴らして半介を抱きしめてきた。

翌朝の薄明の中でも、半介はまたいどみかかった。

帰りぎわに、半介はきいた。

「その前の、お前さんのだんなは、今もまだ見つからないのか？」

「いいえ、それが……」

と、お君は気弱げに、

「ときどきみえるんです。ここに私がいることなんか、すぐにわかってしまうおじいちゃんなんです。べつに私は、あのおじいちゃん、好きってわけじゃないんだけど……でも、前には義理も恩も、まあ、あることですしねえ。困っているんですけど……」

何をしているのかしれぬが、永山甚助は町人の風体に化けてやって来るという。

「そうか……」

ちらりと、半介はお君をにらんだ。おもわず、嫉妬していたものらしい。

（ふん。もう二度と、こんな女は抱かぬぞ）

たかが一夜の女だと思い込もうと努力しながらも、半介の口もとは、だらしなくゆるんでくるのであった。

（俺にも、まだあれだけの力があったのかなあ……まだまだ捨てたものではないな）

降りだした朝の雨がけむるなかを、半介は、お君がむりに貸してよこした傘をさして、ふらふらと歩いた。

（そうだ。この傘を返しに行かねばならんのか。チェ、めんどうな……）

舌打ちをしてみた。しかし、不快の舌打ちではない。自分を偽った舌打ちだ。

それが証拠に、半介は、翌日の夕方、傘を持って、ふたたび〔けころ〕へ出かけた。

てれくさいので、陣六の長屋には顔を見せなかった。

「今夜もいいかな。元金から差し引きで……」

「ええ。よござんすわ」

お君は不快な顔を見せない。

精根をつくして翌朝帰り、一日置いてまた出かけた。

一文も払わぬ客だ。店でもいい顔はしまい。そうなるとお君が気の毒だからと、気をきかしたつもりで、今度は昼間出かけた。

お君は、むしろ、いそいそと半介を迎えた。いやな顔を今度はされると思っていたあてがはずれ、半介はめんくらったが、悪い気持ちはしなかった。

〔けころ〕の揚げ代は二百文。泊まりは二朱がきまりである。

この日、半介は帰りしなに、

「これは別だ。俺の気持ちだから……」

考えるより先に、自分の手が、百文包んで、お君に渡していた。

(われながらだらしがないぞ。どうかしとる)

またも舌打ちを鳴らしつつ本立寺へ帰ってくると、陣六が心配して様子を見に来たのへぶつかった。

陣六は、ニヤリと半介を見て言った。

「夏目さん。証文は無事なんでしょうね」

「あたりまえだ。それほどに、俺が甘く見えるというのか」

真っ赤になって半介は、陣六をどなりつけた。

4

お君は、半介が来るのを待つようになっていた。

はじめは借金への申しわけに鼻を鳴らしてやったつもりなのだが、通いつめる半介に歩調を合わせ、お君も気がたかぶってきた。

中老《ちゅうぶ》けの貧乏侍が、あれだけ自分に打ち込んでくれていると思うとうれしかったし、四十八だと聞いたが、細いようでいて裸になると、からだはまだ引きしまっていて、たくましい。

このごろでは、こざっぱりしたひとえの着流しでやって来る半介の体臭は、渋くて清らかな、お君の好ましいにおいなのである。

渡り用人の永山甚助は、小がらで、ずんぐりしていて、毛むくじゃらで、やたらにしつっこいくせに彼女のからだには思いやりが薄く、かってなことばかりする。

それと違って、半介は、優しくて、しかも激しい。

このごろでは、遊び代も借金から差し引くほかに、きまりの金を置いていくこともあるし、店では渋い顔をされるが、お君は店一番の売れっ子なので、主人も黙認の形だ。

ただ、半介は近ごろになって、執拗に永山老人と別れろと迫るのが困る。

「人のいいお前を、どこまで金づるにするつもりなんだ。別れろ、別れろ！」

やきもちを男がやいてくれるのはありがたいのだが、お君にしては苦しいところだ。

「そういうことができない性分なんです、きっぱりと……前には義理もあることですしねえ」

「古臭いのが抜けきらんのだな、お前というやつは……」

三日ほど前に泊まったときも、半介は煮えきらないお君に怒ったが、そのあとで、ボツリボツリと、わが身の上を語りはじめた。

お君も、中老の半介が、かたき討つ身だとは思いもかけなかっただけに「フム、フム……」とか「まあ、たいへん……」とか、驚きと親身の情との交錯した合いの手を入れながら、熱心に聞き入った。話が半介の母親の死にいたると、お君はすすり泣いた。

「これであと、俺も十年かそこら生きればいいほうだ。十八の小僧からこの年になるまで、俺はいったい、なんのために生きてきたのだかなあ」

自嘲して、かわいた笑いを漏らす半介をお君は抱きしめ、

「かわいそうに――かわいそうに……」

と、ほおずりをくり返したものだ。

(私、夏目さんが、ほんとうに好きになっちゃったのかしら……)

きょうも格子戸越しに、暮れかかる戸外をぼんやりながめていると、男の影が、すーっと入ってきた。

「あら、だんな――」

「上がってもいいのだろうな?」

永山甚助であった。

まげも着物も小商人のこしらえだ。

もめんぶろしきで包んだ荷物まで背負っている。

永山は、きょろりと戸外をうかがい、白髪頭を振りふり、そそくさと二階へ上がった。

二階の小部屋に、お君が灯を入れると、永山は慌てて、

「消せ。消しなさいと言うのだ」

「あい」

灯を消させ、永山はお君を横倒しにして乗りかかってきた。あえいでいる永山のからだは汗臭かった。

「どうなすったんですよウ、だんな……」

「お前に会わんと、わしは寂しくて……」

「でも、どうかしてますよ、今夜は――」

「おととい、細川の仲間部屋でばくちをやっていてな。ちょいと耳にはさんだのだが、どうも、いよいよあぶなくなったらしいのだよ」

永山甚助が、表六番町の旗本、糟屋《かすや》六郎兵衛の渡り用人になったのは七年前のことだ。

理財に長じているのを見込まれ、近年は、仕送り用人なみに家計を任されるよう

になったことが永山にわざわいをした。お君を知る前には、吉原へもだいぶ通ったらしい。

主家の金を元手にばくちもうつし、出入りの商人となれ合いで悪もうけをいろいろとたくらんだこともある。

はじめはうまくいってボロも出さなかったのだが、ついに隠しおおせなくなり、永山は屋敷を逃げ出した。お君から二十両をせしめたのはこのときである。

しばらくは武州熊谷《くまがや》辺に隠れていたが、どうしてもお君を忘れられず、永山はふたたび江戸へ潜入してきたのである。

老人ながら永山は、かなり悪いほうにも顔がきくらしい。

主家の訴えにより、奉行所でも永山甚助探索の網の目を張っているのだが、永山はたくみにかいくぐって、悪い仲間のところを転々と渡り歩いてきた。しかし、いよいよ、これ以上は江戸にいるとあぶないというわけだ。

だが、旅へ出ても先だつものは金だ。金が入ったら、今度はお前もいっしょに逃げてくれと、永山は、お君の胸乳《むなぢ》に鼻をこすりつけ、子どものようにせがみ、

「わしは、お前のようなあったかーい気持ちの女ははじめてなのだ。なあ、わしも

ひとり身のままこの年になってしまい、寂しいのだよ。察してくれ、助けてくれ。逃げてくれ、お君……」

五十を越えた永山が、声を震わせてかきくどくのだ。お君もいたたまれない。

永山がこんなことになった原因は自分にもある――と、お君はどこまでも善意に考え、すまないと思うだが、そうかといって、半介と別れ、永山のじいさんと逃避行をするのも情けない。

「困ったわ、だんな……」

「逃げようよ。なあに、逃げることには、わしゃ慣れとる。どうにかなるもんじゃ。おう、そうだ、湯治に連れていってやろ。どこか静かな湯治場で、のんびり暮らしてみるのもいいもんだぞ、お君――うまいものも食べさせてやる、着物も買うてやろう。な、な、お君……」

なんとか説き伏せようと、永山は必死だ。

「けれど、困ったなあ……この家には借金もあることですしねえ」

「そんなものはほっとけ、ほっとけ」

永山はこともなげに言う。

こんなじいさんだから、十日後に手に入る金というのもあやしいものだ。なんの金だかしれたものではない。

「でも——とにかく、そんな……だめですよ、だんな。それに、この暑いのにさ、旅をするなんて、いや」

お君も懸命だ。ここで永山に押し切られては、ずるずると、もはや抜け上がれぬ泥沼へ足を突っ込むことになる。なにしろ、じいさんはおたずね者ではないか。

永山は嘆息した。それでもあきらめない。

「考え直してくれよ、なあ——わしもかわいそうな男なんだ」

と、お君には効果的な同情を引くことに努めながら、

「わしだって、これでももとは、信濃松本六万石、松平家に仕えたりっぱな侍だったのだぜ。もっとも、三十年も昔のことだがな」

(あ……)

と、お君は声をのみ下した。

(もしかしたら……もしかしたら?)

お君は動悸で、胸のみか腹まで痛くなった。

「そ、それが、どうして……？」

「うむ……それがなあ……」

永山もちょっと口をつぐむ。

青ざめたお君の顔に、今度は血がのぼった。

夏目半介に聞いた話と、じいさんの前身とは、ぴたり符号するではないか――。

「そんなご身分を、どうして捨てちまったんですよう？　え、だんな……」

お君の声はこわばっていたが、さいわいに灯が消えているので、驚愕に乱れている表情はじいさんに気づかれてはいない。

「なに、つまらぬけんかをやってなあ。それで……その当時、わしの名は笠原孫七郎と言うてな。剣術も、これで相当なものだったし、これでも、れっきとした……」

と、おもわず言ってから、

「まあ、このくらいにしてくれ。どっちみち、わしは気の毒なやつ、哀れなやつなんだよ」

そんなことよりも逃げてくれ。どうしてもだめか、と、永山はねばり強く、またもせめたててくる。

頭の血が、今度は凍りついたようになり、お君は暗闇の中でからだをすくめ、息をつめていた。

半介から聞いたかたきの名を、じいさんがしゃべったことによって、彼女ははっきりと思い出した。

「江戸から離れればつかまることはない。きっと大丈夫。ほとぼりがさめたら、今度はまじめに暮らそうよ。なあに、年はとっても、まだ食っていくぐらい、わしはどうにでもする。安心してくれ。な、だから、お君――頼む。拝む……」

気がつくと、じいさんは涙声を出していた。

5

夏目半介は決意した。

おこうに頼み、資金をなるべく早く引き上げてもらい、お君といっしょに暮らそう決めた。

（ここいらが潮どきだ。あと十年もたてば、親類や主家にも見放されてしまうだろうし、かたきの孫七郎も六十六歳。まず病死していよう）

腰が曲がって女も抱けなくなってからこじき坊主かなにかになるよりも、お君と出会ったこの機会を逸してはなるまい。

どこか静かな土地で、いま持っている金で女に小商売でもさせ、自分も働くだけ働く。あの親切な女のことだ、きっと死に水ぐらいはとってくれよう、と半介は考えたのである。

まだお君には話してはいないが、反応はじゅうぶんにある。

「あきれましたねえ、まったく——そんなにあの女、だんなをくわえこんじまっていたんですかね」

おこうも話を聞いてうなった。半介の決意と熱情には、断固たるものがあったのだ。

「かたき討ちより女の情というのもわかるがね。しかし、夏目さん、あんたも年だ。あのあぶらっこい女と一つ屋根の下へもぐり込めば、あったら命を縮めますぜ」

と、陣六もあきれて忠告した。

「かまわん。本望だ！」

「こりゃ驚いた。私は、あんたのかたき討ちを講釈で語ってみてえと思っていたんだがなあ」

「母も草葉の陰で許してくれると思う」

「だんなのおっかさんこそ、いいつらの皮だ」

女だけに、おこうもいい気持ちではないらしく、しきりに、お君を弾劾する。

「だが、ふたりとも考えてみてくれ。もしもだ、というよりおそらくはだ。これから先、かたきが見つかる望みがあると思うかどうだ？　陣六先生……」

陣六夫婦は沈黙した。

正直に言って、あてにはならぬことだ。

「俺はな、この年になるまで、人間らしい思い出の一片をももってはいないのだ。あてどもなく、ほっつき歩いてきただけなのだ。もうやめた!!　今の俺の、かたき討ちと、あの女と、はかりにかけて計ってみてくれ」

「なるほどなあ」

と、陣六はうなずき、

「女のほうが重いなあ」

おこうが陣六の太ももをつねり上げた。

最後の転機なのだ。逃がしてなるものか――半介は、らんらんと目を輝かせ、きおいたった。

おこうもけっきょくは、貸し金引き上げを承知した。

永山のじいさん、すなわち笠原孫七郎が〔けころ〕の一室で、お君に逃げてくれ、離れないでくれとかきくどいた翌朝、半介は胸を張って上野山下へ出向いた。

（きっと、あいつ――うれしい、夏目さん……とかなんとかで、俺に飛びついてくるだろうな。フム、大丈夫。大丈夫）

青年のような力が、五体のすみずみにみなぎってくるような気持ちであった。

〔けころ〕へ着くと、お君の朋輩《ほうばい》の女が「おもんさんのだんなが、ゆうべからお泊まりで……」

「よしッ」

ちょうどよい。くだらぬ義理と恩義をたてに、女のからだをむさぼるおいぼれの寄生虫を踏みつぶしてやろう。何もかもさっぱりさせて、お君をこの腕に抱くのだ。

昔むかし、かたき討つ旅に出発したときのような若々しい願望への欲求が、熾烈に半介を刺激した。

大刀をぐっとつかみ、半介はお君の部屋へ駆け上がった。

(おらん!!)

小部屋に乱れた夜具のみが、半介を迎えた。

かぎなれたお君のにおいがわずかに残っている。

〔けころ〕の店でも大騒ぎになった。

だんなとお君は逃走したのである。

(ちくしょう!! やっぱりくだらん女だったのか……)

広小路の人ごみにあてどもなくもまれ、半介は泣きべそをかいたり、歯をむき出して怒ってみたり、不審そうに半介の顔をのぞき込む通行の人々をどなりつけたりしていうちに……。

（待てよ）

むりやりに、恩と義理には弱いお君を、あの渡り用人くずれが連れ出したとしたら――いやがるお君を無理無体にだ。

（よし!!　なんとしてでもお君を捜すのだ）

半介は、第二の人生の出発を、まだあきらめるには早いと考え直すにいたった。

じりじり照りつける夏の日をあび、汗まみれになって六軒町に戻った半介は、陣六夫婦にも頼み、自分もまた血眼になって、それから連日連夜、江戸市中を駆けずりまわった。

陣六にも、おこうにも、半介の異常な情熱は押えきれそうもない。あきれながら、夫婦はそれでも心あたりを捜しまわってくれた。

（お君が見つかれば、もう一度、出直せる）

相手の男をたたき斬っても奪いとってみせるぞ、と半介は刀の柄をたたいた。

梅雨がやってきた。

こやみもなく降る雨にぬれ、半介は狂人のように歩き続けた。

お君は見つからなかった。

「江戸にはいねえのじゃあねえか……」

陣六もこんなことを言いだした。

やがて……ついに、半介も疲労困憊の極に達してしまった。

本立寺の和尚は、やつれきった半介の顔をつくづくと見守り、

「毎日よく精が出るようじゃが、かたきの手がかりでもついたのかいな？」

と聞く。

「は——まあ、そんなところで……」

「そりゃ結構。それで？」

「どうやら……どうやら今度も、む、無駄のようでござる」

和尚の質問がうるさいので半介は陣六の家へころげこむことにした。

陣六の長屋へ移ったその晩から、半介は発熱した。

四十八歳の肉体は、雨にぬれての力闘に……いや、その前からも、彼の年齢にしても過激にすぎた女体への耽溺にいためられていたのだろう。ともかく、いろいろ

無理をしすぎた。

いちじは命もあぶなかったほどで、熱にうかされ、しきりに「お君――お君……」と口ばしる半介を見て、陣六夫婦も、

「これほどまでにとはなあ」

「でもさ、この年をして……ちょいと気味が悪くなってきたよ」

「なに、これでだんなも、よく見てみれば煮つまったドジョウじるほどには踏めるよ」

梅雨があけた。

半介は床払いをした。半介の面には諦観の色がしずかに漂っていた。

「旅に、出ようかと思う」

「旅へ？　またお君を捜しにですかね」

「じゃあ、かたきを……」

「違う」

「それじゃ、何の旅に出るので？」

「わからん」

半介は、蕭然《しょうぜん》と身を起こし、窓ぎわに立った。

路地のアオギリの、茂った葉の向こうに、夏の青空があった。その空に吸い寄せられ、溶け込んでしまいたいと、半介は思った。


やがて――集めるだけ集めてもらった金と、いとこから受け取ったまま手をつけずにあった金と合わせて二十両あまりを懐中に、夏目半介は、よくいえば飄然《ひょうぜん》と、意地悪くいえば蹌踉《そうろう》として、江戸をあとに東海道をのぼっていった。

二十両余を使うだけ使い、使いつくした土地で、人夫でもこじき坊主でもなんでもやって、あとは野たれ死にしてしまえばよいのだ。

（俺は、世の中の、どんなものからも見捨てられる宿命をもって生まれたやつなんだ。どうで世の中も人間も運否天賦《うんぷてんぷ》。なるようにしかならんのだ――けっしてもう悪あがきはしないぞ）

思えば惨憺たる人生であった。

彼が半生に得たものは、返り討ちの恐怖と、人生の裏街道における唾棄すべき生活と、じょうぶな足と――それに、現在握っている二十両余の金だけである。

今はただ、かたきの首も女への恨みも捨て去り、水に流れる草の葉のように、抵抗も執着もない男になってしまおうと、半介は覚悟をした。

真新しい薄黄色の上布に茶の帯。すそをはしょった旅姿で、すげがさをかぶった半介は、ゆっくりと街道を歩いた。

まず、京へ行ってみるつもりであった。

大磯から小田原へ向かう途中、海沢というところで雷雨に会った。

たたきつけてくる雨をのがれ、半介は街道沿いの〔つたや〕という休み茶屋に飛び込んだが、雨が上がらないうちに激しい胃ケイレンを起こした。とても歩けたものではなかった。

胃が痛むことは前にもあったが、これほど激しいのははじめてのことである。

(こいつは、もう俺もいかんかな)

野末の骨となる覚悟だが、やはり心細かった。

(こんなときに、お君がいてくれたら、あの女、どんなにか暖かい看病をしてくれることか……)

と、そう思いたくはないが、思わずにはいられない。

二日間、その休み茶屋のやっかいになった。まだ重苦しい鈍痛が消えぬ胃袋をさすりさすり、やっと小田原へ着いた半介は、もう精も根も尽き果てた気持ちになった。

6

三方を山に囲まれ、東に海をのぞんだ熱海《あたみ》の町は、山から吹いてくる微風も、夏にはあまり役だたない。

町を包むセミの声さえも江戸のそれと違って、暑苦しく、うるさい鳴き方をする。

セミの声がひどいときには、山の上いっぱいにむくむくと雲がわき、海のかなたの初島という島も鉛色にけむって、じりじりと汗ばんでくるのだ。

お君が、この町へ来てから二十日あまりになっていた。

あれから、しばらく江戸にひそんでいて、その間に笠原孫七郎はどこからか通行

手形を手に入れてきた。孫七郎は法の裏にもよく通じているようで、手形のみか、金もいくらかまとまったものを握ってきて、

「さあ、さあ、約束じゃ。湯治に連れていってやるよ。なあ、いいだろう」

「わたしゃ、どっちでもようござんす」

半ばふてくされているお君のきげんをそこねまいと汗だくになり、孫七郎はやっと江戸から脱出したのであった。

（いっそ、夏目さんに知らせ、かたきを討たせてあげようか……）

と思案したこともあったお君だが……。

孫七郎も景気のよいときは、かなりぜいたくもさせてくれたし、母親が重病にかかっているときなども、こまやかに気を遣ってくれたものだ。「お前のおふくろは甘いものが好きだから……」と、市ガ谷の大黒屋の〔雪みぞれ〕などをみやげに買ってきてくれたこともある。

そんな優しいところもないではない〔だんな〕なのだ。

いちじは自分だってまんざらいやでもなかったではないか、などと考え及んでくると、お君には、とてもだんなの首を飛ばすてつだいなどできるものではない。

生まれてはじめて温泉にひたるお君だったし、こんな長旅をしたこともない。江戸から五里にも足らぬ川崎大師へ参詣したことが、彼女にはいちばん長い道中であった。

(これが夏目さんといっしょなら、どんなに楽しいかしれやしないのに……)

そう思いはじめると、つくづく、ふんぎりのつかない自分が情けなくなってくる。

熱海へ来てから、孫七郎も一度にどっと疲れが出たらしく、夜になっても前ほどに執拗なことをしなくなった。孫七郎は、ひたすら、お君に逃げられることを恐れていた。

「ああ、疲れたよ、わしも……」

寂しげに笑い、五十六の年齢を丸出しにして腰をたたきつつ湯から上がってくる孫七郎を見ると、

(もう、どうなろうとかまやあしない。だんなもとる年だし、かわいそうだ。いまさら捨てて逃げるわけにゃあいかない……)

肩をもむお君の手を握りしめ、孫七郎は、しみじみとこんなことをいう。

「お前が逃げたら、わしは死ぬよ。いや、ほんとうにだ。わしひとり、生きてみてもしかたがないからなあ」

「そんなことを考えないでくださいよ。ついていくだけはついて行きますから」

「ほ、ほんとうかい」

「え……」

「働く。わしだって、まだ一働きも二働きもやれる。疲れが抜けたら大坂へ行こう。あっちは暮らしよいところだ。行けばなんとかなる、なんとかなる」

お君を、いや、自分自身を励まし、残り少ない晩年に立ち向かっていく元気を、孫七郎はどうにか取り戻したようであった。


その日——暑い日盛りを昼寝している孫七郎を宿に置いて、お君は、宿から近い来宮《きのみや》大明神の境内のうっそうとした木陰に来て、ものおもいに沈んだ。

(今ごろ、どうしているかしら？　夏目さんは……)

神社の鳥居のかなたに、山の下の、ひなびた湯の町や、海が見える。

「もしもだ。もしも俺が、お前と所帯をもちたいと言ったら、どうする、お前……」

夏目さんはそんなことも言った。そうだ、あのときが最後になってしまったんだっけ。大望がおありなさるのに、おからかいになっちゃいやですよ、とあまり本気にもしていなかったが、あれは夏目さんの本心だったのだろうか。それとも、やっぱり商売女の歓心を買うための口から出まかせにすぎなかったのか……。

そこのところが、もうひとつお君にははっきりとつかみきれない。もし、孫七郎が〔けころ〕を訪れた日がもう一日遅れ、半介の決意を聞いてからのお君だったら、孫七郎にくっついてはこなかったろう。

そうなっていたとしたら、彼女は半介の存在をひそかに孫七郎へ告げてやり、〔だんな〕をひとりで逃がし、孫七郎についてはみじんも語らず、半介の女房になっていたかもしれない。

とにかく、男ふたりの運命は、お君の手一つにさばかれ、その事実を半介も孫七郎も知らないのであった。

（ああ――いやだ、いやだ）

お君は洗い髪をくしゃくしゃとかいた。そうして、参道の山道を下りはじめた。

日もかたむいてきたようだ、風がさわやかに肌をなぶった。

海で網をしかけている漁船も数が少なくなっている。

神田鍋町のおしろい問屋、柳屋彦兵衛夫婦と名のってふたりが泊まっている宿は、糸川あたりに坂を少し上ったところにある〔角兵衛の湯〕という宿であった。

神社から下って一本道なのだが、お君は、せかせかとこっちへのぼってくる孫七郎の姿を木立ちの間から発見して、

（うるさいねえ。逃げやしないといっているのに……）

少し狼狽させてやれというういたずらごころが起こった。お君は小道へ切れ込み、地蔵堂のうしろを上町の通りへ抜けて、孫七郎をやりすごした。

上町から本町へかけて、両側はほとんど宿屋になっている。

（慌ててるよ、きっと――私が見つからないもんだから……）

お君は、本陣今井半太夫の前を通り、湯けむりが漂っている道を本町へさしかかった。

きょうはひとつ、とっぷり暮れるまで、海べをぶらついて〔だんな〕を困らせてやろうと思ったのである。

7

「お君ッ!!」

とつぜん、猛烈な力で肩をつかまれ、お君はふり返ってみてぎょうてんした。

「お、お前は……お前は……」

夏目半介の顔が、憤怒と安堵をまぜ合わせた複雑なゆがみかたで、お君の目の中へ飛び込んできた。

「どこへ、お前はッ……な、なぜ、逃げたッ」

「ご、ごめんなさい、ごめん……」

「許さん!! いいや、だんじて許さん」

半介はわめいた。野末に骨を埋めようという寂々《じゃくじゃく》たる心境はどこへ行った……？

逃げにかかるお君の腕をつかんでゆさぶり、なおも半介はどなり続ける。

道の両側の宿の二階から、農家の湯治客が次々に並び、好奇の目を下の道へ投げた。

道を通る漁師たちも足を止め、ただごとでない男女のもみ合いをながめている。

「夏目さん。ひ、人が見て……」

「む……うむ……」

半介も人ごこちがついた。女の腕をつかんだまま、通りを左に折れた九郎兵衛の湯という宿の横手にお君をひっぱってきた。

(困った!!　これから、どうしたらいいのか……)

血ばしった半介の目を見返すこともならず、からだじゅうが冷や汗にぬれ、お君は紙のように青ざめて、うつむいたままである。両ひざがガクガクして、とても立ってはいられそうもない。

「なぜ……いや、もうきくまい。俺は、俺はなあ、お君……武士としてのいっさいを投げ捨て、お前と所帯をもつ決心をしたんだぞ。わかるか、わかるか、おい……俺はなあ、お前に逃げられて……もう、こじき坊主にでもなろうかと……」

あれから半介は、小田原でかごをやとい、山道を一日がかりで熱海へやって来たのである。

休み茶屋の亭主が、胃腸の病には熱海の湯がとてもよくきくといっていたのを、半介は小田原の宿で思い出したのだ。

(行ってみるか。どこへ行ったとて同じことなのだからなあ)

山道を揺れていくかごの中でも、まだシクシクと胃が痛んだ。

小田原からの道が熱海の町へ入り、肴《さかな》町の通りを本通りへ出て、かごの中から半介は、目の前を歩いていくお君の姿をみとめ、かごを止めさせて、ころげ落ちるように道へ降りたのであった。

かごかきが、慌てて追いかけてきて請求するまで、かご賃を払うことも忘れていたほどの逆上ぶりだ。

「お前に会えた以上……以上はだ。俺はもう、死んでも、お前を離さんぞ」

道端のサルスベリが、鮮紅色の花を枝に群がり咲かせていた。

道をへだてた向こうは畑になっている。小さな寺がある。漁師の家もある。海も少し見えた。

「相手の男といっしょか？　そうなのか……？　よし、わかっている。お前は、その男と俺と、どっちが好きなんだ。言え。言ってくれい」

「そりゃあ、私……あんたが、好き」

「ほんとうか!!」

お君は、せつなげにうなずく。

「よし。話をつけてやる」

「いいえ、もうかまいません」

そのとき、お君のほおに、パッと血がのぼった。半介の腕に彼女はしがみついた。

「このままでいいんです。このまま、夏目さんといっしょに、私、江戸へ帰ります」

「そ、そうか。だが、きちんと話だけはつけておいたほうが、あとあとのためにもいいのじゃないか」

「かまわないんです。その人に、あんたがお会いにならないほうが……あの、いいんです」

「お前がそういうのならかまわんがね」

「夜道をかけてでも、行くところまで……ね、野宿をしたってかまやしません、夏なんですもの」

「よし。では、このますぐにか」

「あい」

「そんなにこわいのか、その男が――」

「いいえ。こうなったら、一時《いっとき》もここにいるのがいやなんです」

猶予はならない。こうしているうちにも孫七郎が自分を捜しに現われよう。こうなったら、半介と別れることは、もうできない。

(だんな。かんべんしてくださいね)

お君は半介をせきたて、ふたりは小田原道を小走りに走りだした。

半町ほどで道がふたまたになり、高札場がある。あたりは一面の松林であった。

半介のわらじのひもが解けかかった。

かがんで結びにかかる半介へ、

「早く、早く……」

呼びながら高札場の前へ先に出てきたお君は、上町のほうから下っている小道の、すぐそこに、孫七郎が笑いながら近寄ってくるのを見た。

「ヒャ……いけないッ。た、たいへん！　い、いけない……」

身をもんで、お君は悲鳴をあげた。

「お君。捜したぞ、捜したぞ」

両手を差しのべ駆け寄ってきた孫七郎と、

「どうしたのだ、おい……」

腰をあげて高札場前の道へ現われた半介とは、お君を中にしてばったり顔を合わせた。

お君は、高札場の竹がきにとりつき、おろおろとしゃがみ込み、両手で顔をおおった。

男ふたりは、一間の距離をおいてにらみ合った。

「おぬしが、永山殿か」

「だれだ？　おぬしは……」

暮色が漂いはじめてきたが、まだあたりは明るい。

お君の杞憂にもかかわらず、ふたりは、三十年の歳月を経た互いの面貌を思い起こせなかった。だが、お君が割り込むすきはもうなかった。

孫七郎と気づかぬままに、半介は一歩踏み出した。

「この女、私がもらい受ける」

「なにッ！」

「私は、松平丹波守の家来――いや、浪人で、夏目半介というものだが……」

家来を浪人と言い直すことによって、さらに決意を新たにしたつもりだったが、とたんに孫七郎の目玉が飛び出しそうになった。

「くどくどとは申さぬ。とにかく……」

こう言いかけた半介に、孫七郎が老人とは思えぬ激しさでおどりかかった。

孫七郎は、いきなり半介の腰から大刀をさやごと引き抜き、飛びさがって抜刀した。

「何をする！」

半介は狼狽した。

わけのわからぬ叫び声をあげ、孫七郎が斬りかけてきた。

「やめて。やめてえ……」

お君が金切り声をあげた。

網を肩にした漁師や、湯治客など、本通りから駆け集まった人々が騒然となる。

土ぼこりをあげて、半介と孫七郎は、幅一間ほどの道を右に左に飛びちがった。

ふたりの呼吸は、ふいごのように鳴った。

「やめろ！　やめんか、バカッ」

半介は必死に止めようとした。

孫七郎はかたき討ちの名のりをかけられたものと思い込んでいる。こうなっては、とても逃げおおせるものではないと覚悟したものか、攻撃は意外に鋭い。

ひらめく白刃を何度くぐったか——。

半介も、カッとなった。

こんなじじいが、今までお君のからだを……と思うと、憎悪がむらむらとこみ上げてきた。

「やるかッ！」

憤然と、半介は脇差を抜いた。

道に入り乱れつつ、ふたりは本通町の方向へ争闘の位置を移していった。

孫七郎の足もとが、ふらつきだした。

急に鈍った孫七郎の斬り込みを払いのけざま、半介は、背を見せた孫七郎が慌てふり向くところへ、脇差を突っかけた。

「うわ……わ、わ、わ……」

孫七郎は、サルスベリの幹にからだをぶっつけ、倒れた。

サルスベリの花が、パラパラと、突っ伏した孫七郎の白髪頭に散り落ちてきた。

(やった。斬ってしまった)

反射的に、半介はお君のそばによろよろと駆け寄った。

「逃げ、逃げるんだ、お君――」

叫んだつもりだが、のどがひりつくようで声にならない。

遠巻きに囲んだ人がきが、どよめいている。

「役人が来る。早く逃げるんだ」

今度は声に出た。半介は、お君の腕をつかんで引き立てようとした。

ゴクリとつばをのみおろし、お君は、やっと言った。

「いいんです。いいんです、もう……」

「バカな、なにがいいのだ」

「あのひと、ほんとは笠原孫七郎っていうんです」

「な、なんだと……」

握りしめていた脇差を捨て、半介は孫七郎のそばへ戻っていき、老人を引き起こし、その顔を凝視した。

(あ……)

十八のときまでに、松本の城下町で何度も見かけた孫七郎のおもかげが、みじめな苦悶のうめきをあげているしわの深い面上の底から浮かび上がってきたのだ。

(これが、孫七郎だったのか……)

恨みも憎しみも、まったくわいてこない。

孫七郎は白い目で半介を見上げ、すぐにその目を閉じた。

からからにかわいた孫七郎のくちびるから、ためいきが漏れた。

「おみごと――殺されるがいやさに、三十年、不安と後悔にさいなまれつつ、逃げ……生きのびてきたが……いざ、死ぬときが来てみると、それほど……それほどに、死は恐ろしくないものじゃ。かえって、安らかな気持ちがする」

不思議な愛憐の情のみが、半介の胸に迫ってきた。

「孫七殿。しっかりしろ」

おもわず、半介のくちびるを割って出たのは、この言葉であった。

「こ、こんなことなら……もっと早く、討たれて、あげればよかった……」

ひきつるようなかすかな笑いを見せ、孫七郎は、お君の名を二度ほど呼んだ。

がっくりと、孫七郎の頭が半介の胸にうまった。

夏目半介あだ討ちの報は、すぐさま代官所から江戸呉服橋内の松平藩邸へ飛んだ。藩邸内は大騒ぎになった。

半介は旧禄に加増され、百石をもらい、やがて松本へ帰国した。

あだ討ちは故郷でも大評判となった。

ことに、切り合いの際、丸腰のかたきに、みずから刀を、しかも大刀を与えて勝負を決したという話が伝えられ、半介への賞賛は倍加した。

藩の若侍などが、後学のためとかで、半介の家を訪れ、あだ討ちのもようを聞き

たがると、半介は、にがにがしく首を振って、

「なに、つまらぬことでござった」

と、答えるのみである。

これがまた謙譲の美徳だというので、大いに喝采を博すことになった。

帰国してからの半介は、武士の亀鑑という重荷を今度は背負わされ、謹厳誠直な日常をいささかも崩そうとはせず（崩すこともならず）妻もめとらず、家中の岩戸家の次男、吉馬を養子に迎えた。

寛政七年の秋——夏目半介は、五十九歳の生涯を終わった。

あばた又十郎

1

疱瘡《ほうそう》――すなわち、天然痘のことだが、この病気がわが国に渡来したのは、およそ千二、三百年ほど前のことだという。

昔は、この病気の流行に世界の人々は手をやいたものだ。

余病を出さぬかぎり、命にかかわるほどの危険さはともなわぬが、あとが困る。

顔や手足に〔おでき〕ができて、病気がなおったあとも、みにくい痕跡を残す。

顔に、この跡が残ると、いわゆる〔あばたづら〕となる。

この病気も、西暦一七九八年、かのジェンナーの発見した種痘法の発見によって、ほとんど流行を見なくなったが……しかし、日本においても、ちょんまげ時代には、〔あばた〕の顔をした人が、かなり多かったものだ。

女性にとってはむろんのこと、男性にも、みにくい〔あばたづら〕が好まれるわけがない。

けれども、例外というものは、いかなる場合にもあるもので、

「しめた!!」

疱瘡にかかり〔あばたづら〕になったことを、大いによろこんだ男がいた。

堀小平次《ほりこへいじ》が、これである。


小平次が、疱瘡にかかったのは、二年前の、三十九歳のときであった。

病状によっては、〔あばた〕のあとも、ごくうすくて済む場合があるのだが、小平次のは、まことにひどく、

「あの浪人さんも、気の毒になあ」

病気中にやっかいをかけた上州・熊ガ宿の旅籠《はたご》〔むさし屋〕の主人・文藤《ふみとう》夫婦にも、いたく同情をされたものだ。

「どうも、みにくい顔になってしもうて……」

小平次も、表面では、さもがっかりしたように見せてはいたが、内心では、

(しめた!!)

手をうって、よろこばざるをえない。

（まるで、俺の顔は、変わってしまったわい。これなら、だれが見ても、わからん）

ということは、だれかに見つけられては困る理由が、堀小平次にあったからである。

小平次は、かたきもちなのだ。

かたきを討つほうではなく、討たれるほうなのである。

堀小平次が、津山勘七を斬り殺し、上田城下を逃亡したのは、十八年前の享和元年夏であった。

津山勘七は、小平次と同じ松平伊賀守《いがのかみ》の家来で、役目も同じ〔勘定方〕に属していた。

ただし、勘七のほうが禄高も多かったし、年齢も一まわり上で、いえば小平次の上役であった。

上田城の北面、鎌原《かんばら》町に、堀小平次も津山勘七も住んでいた。

ときに、小平次は二十三歳である。

姉の三津は〔鎌原小町〕と言われたほどの美人だから、小平次のほうも、まんざらではなかった。

父が病死すると、すぐに小平次は三十石二人扶持の家をつぎ、〔勘定方〕へつとめるようになったが、

「若いに似ず、なかなかに、ようできた男じゃ、堀のせがれは……」

藩中の評判もよかった。

まじめな性格だし、父親ゆずりに筆もたつ。そろばんもうまいものである。

堀家は、祖父の代から〔勘定方〕役目をつとめていたので、城下の町人たちとも知り合いが多く、そういうわけでもあるまいが、

「ぜひに……」

城下の豪商・伊勢屋長四郎が、せがれの嫁にほしいと、小平次の姉をのぞんできた。

家老の口ぞえもあって、姉の三津が伊勢屋へ嫁入りをした、その年の夏に、小平次の身に異変が起こった。

その事件を、はじめから、くだくだとのべてみてもしかたがあるまい。

てっとりばやくいえば……。

二十三歳の堀小平次が、津山勘七の妻よねと、姦通をしたということになる。

よねは、三十三歳であった。

いつの世にも、こうした事件は起こるものだ。

両家は、細い道をひとつへだてて向かい合っており、小平次は、少年のころから津山家へ出入りもし、むしろ、勘七には、よくかわいがってもらった覚えがある。

魔がさしたのであろうか。

信州・上田の、さわやかな夏の夜ふけに、よねと何度めかのあいびきをするため、小平次は津山家へ忍んでいった。

勘七は、当直で城内へ詰めていて、留守であった。

「小平次どの……」

「よねどの……」

下女も小者もいる。

ふたりは、よねの寝所で、声をひそめつつ、互いのからだをまさぐり合った。

そこへ、とつぜん、津山勘七があらわれたのだ。

どうも、小者が感づいて、事前にふたりのことを密告したものらしい。

「おのれ!!」

勘七は激怒した。

「小せがれめが、いつの間に――」

こうした場合には、武士たるもの、慎重な態度がのぞましいわけなのだが、短気の勘七は、いきなり刀を抜いた。

「ア、アアッ……」

小平次は、もう夢中である。

ただもう、斬られたくはない、死にたくないの一念で、勘七のからだへ飛びついていった。

「ギャア……」

すさまじい悲鳴があがり、勘七が板戸を倒したように転倒した。

気がつくと、小平次は勘七の小刀を手につかんでいた。

もみ合ううちに、相手の刀を抜き、それで勘七を刺したものらしい。

よねの叫びと、隣室に寝ていた津山のひとり息子の鉄之助の泣き声とに気づく余裕もなく、堀小平次は、もう夢中でわが家へ逃げた。

一刻のちゅうちょもならなかった。

津山勘七を殺したことを、母の勢喜に知らせる間もなく、小平次はあるだけの金をつかんで家を飛び出したのである。

それから、十八年たった。

十八年前に五歳だった津山のせがれの鉄之助は、いま二十三歳になっている。

ちょうど、小平次が彼の父・勘七を殺害したときと同じ年齢にまで成長しているのだ。

鉄之助は十七歳のときに、殿さまのゆるしを得て、父の敵・堀小平次を討つため、上田城下を出発している。

小平次と通じ合った母のよねは、父の死後、藩奉行所の取り調べ中に自殺してしまっていた。

「おのれ、小平次め!!」

津山鉄之助の恨みは、すさまじいものだという。七歳のころから新陰流《しんかげりゅう》をまなん

で腕前も相当なものだし、

（もしも出会ったら、とても、俺が勝てようはずはない）

小平次は、青くなった。

こうした情報は、すべて上田の〔伊勢屋〕方から、小平次の耳へ入ることになっていた。

母は、あの後、親類預けになり、悲しみのあまり翌年の秋になくなっている。

だが、姉の三津は、いまや伊勢屋の女房であるし、このほうにはなんの〔おかまい〕もなかった。

伊勢屋は、松平五万三千石にとって、大切にしなくてはならぬ金持ちでもある。

「つかまってはいけない。どこまでも逃げのびておくれ」

弟思いの三津は、十八年間にわたって、弟小平次が路用の金に事欠かぬよう、はからってくれている。

一年に一度だけ、小平次は、江戸の日本橋青物町にある呉服屋〔槌屋《つちや》幸助《こうすけ》〕方へあらわれ、姉からの金をうけとっていた。

槌屋は、伊勢屋の親類なのである。

「お気をつけなされませ。あなたさまをつけ狙う津山鉄之助というお方はな、この江戸市中の剣術の道場でも、かなり評判の腕前らしゅうございますよ」

ことしの春に金をうけとりに行ったときも、槌屋幸助がまゆをひそめて小平次に言った。

「ふむ……」

いささか気味が悪くなったが、

「だが、幸助殿。この、俺の顔を見てくれ。昔の俺を知っている松平家の者が、いまの俺を見たとしても、おそらくは、わかるまいよ」

「なるほどなあ……」

「俺が、はじめて、このあばたづらをおぬしに見せたときも、おぬしはわからなかった。たった一年前に見たばかりの俺の顔を、このみにくいあばたの中から見つけることができなかったではないか」

首を討たれるという恐怖は今も去らないが、その恐怖の度合いが、だいぶ、うすれてきている小平次であった。

当時、五歳の幼児にすぎなかった鉄之助は、あばたづらになる前の小平次を見ても、それとは気づくまい。

だから、鉄之助は、小平次の顔をよく知っている叔父の笹山伝五郎とともに、小平次を捜しまわっているという。

（伝五郎とても、気がつくまい）

小平次には、自信があった。

いっぱいに赤黒い瘢痕《はんこん》が広がっている自分の顔は、自分が見ても自分ではないような気がする。

（大丈夫だ。なんとしても、俺は逃げのびてみせるぞ）

旅から旅へ逃げまわる人生は、まことに苦しいものだが、あばたになってからの小平次には、かなりの安心も生まれてきて、

（死なん。俺はけっして鉄之助に討たれてはやらぬぞ）

旅はつらいが、酒もあり、女もある。

まして、伊勢屋からの援助で、一年の暮らしには困らないのである。

ことし——文政二年で、堀小平次は四十一歳になっていた。

〔あばたづら〕になってからは、小平次も、いろいろな変装をやめ、浪人姿に戻った。

やはり大小を差しているほうが心強いからであったし、見つからぬという自信も

あったからだ。

名前は、むろん変えていた。

小平次は越後浪人、熊川又十郎という強そうな名前を名のっている。

(そうだ、熊川又十郎も、俺と同じ、あばたづらであったなあ……)

小平次は、ときどき名前を借りた浪人者のことを、なつかしく思い浮かべること

があった。

熊川又十郎という浪人に出会ったとき、堀小平次は、まだ疱瘡をわずらってはい

なかったのである。

又十郎と知り合ったのは、四年前のことだ。

2

四年前の、その朝……。

堀小平次は、中仙道今須《います》の宿場の〔大黒屋〕という旅籠に泊まっていた。

今須の宿は、有名な関ヶ原の古戦場から西へ一里のところで、山と山にはさまれた小さな宿場である。

旅籠も〔大黒屋〕が一つきりしかない。

前夜は、少し酒を飲みすぎ、

(油断をしてはならんぞ、油断をしては……)

そのころは〔あばたづら〕でもなんでもない小平次であったから、自分をつけ狙う津山鉄之助の刃を一日たりとも忘れたことはない。

ハッと、目がさめた。

旅籠の表口で、がやがやと人の騒ぐ声がしたからだ。

(なんだ?)

追われる身にとっては、日常のすべてに少しの油断もならない。

津山鉄之助が、自分の所在を知って旅籠へ飛び込んできたかもしれないのだ。

そうでないと、だれが言いきれよう。

番頭や女中の声もまじり、騒ぎの声は大きくなるばかりだ。

小平次は、大刀をつかみ、油断なく身構えた。

(違うらしいな……)

どうも、自分には関係のない騒ぎらしい。

(ともかく、起きよう。寝すごしたわい)

廊下へ出た。

小さな旅籠だから、小平次の泊まった離れの部屋から、秋草がしげっている中庭を通して、向こうに、旅籠の表口から入った土間の一部がのぞまれる。

(なんだ!? ありゃあ……)

土間には、女中が三人と、主人らしい男や下男たちが、ひとりの浪人を取り巻いて騒ぎたてているのだ。

「払うといったら払う。なにも借り倒そうというのではないッ」

うしろ姿しか見えないが、いかにもみすぼらしい浪人であった。

「俺も武士だ。払わんとはいわん!!」

浪人が、しぼり出すような異様なひびきをもつ声を張りあげて叫んでいる。

（ははあ……）

小平次も、のみこめてきた。

あの浪人は、金もないのに宿へ泊まり、飲み食いをしたあげく、朝になって逃げ出そうとしたのを、旅籠のものに見つかったものらしい。

のこのこと、小平次は見物に出かけた。

日はのぼっているのだろうが、まだ山肌にさえぎられているらしく、表の街道にもひえびえとした朝の大気が張りつめている。

「だれか、お役人を……」

主人らしい男が叫んだ。

「黙れ!!」

出ていこうとする下男のえりくびをつかんだ浪人者は、

「そのようなことをすれば、斬る!!」と、わめいた。

下男のからだは、おそろしい力で土間にたたきつけられた。

廊下の柱の陰から、小平次は、五間ほど向こうに見える浪人の横顔を、はじめて

たがな……)

(ほう。こんなやつが、ゆうべ、ここへ泊まったのか……ちょっとも気づかなかっ

見た。

年のころは、小平次と同じほどに見えた。

小平次は、息をのんだ。

浪人者は、ひどい〔あばたづら〕なのである。

背の高い、やせたからだにつむぎの着流しという姿なのだが、そのそでの着物も色あせて、ぼろぼろの、ひどいものであった。

刀は、脇差を一本、腰にさしているのみであった。

「旅籠賃と酒代を合わせて六十文。きっと払うが、今はないと申しておる。必ずや、いつの日にか借りを返しに、俺はやって来る。それまで待てと言うのだ」

浪人の声が、変に、かすれたものになった。

「なれど、そのような、無理を……ともあれ、お役人に……」

主人が、必死で言いかけると、

「よし」

浪人の目が、オオカミのように光った。

「よし。きまった」と、浪人は言った。

言うと同時に、目にもとまらぬ速さで腰の脇差を抜き放った。

「キャーッ――」

女中たちが頭をかかえて、帳場や廊下に突っ伏してしまう。

「行くなら行け。俺も、もう、このうえ恥はかきたくない。こうなれば、ここで死ぬ」

おどかしているのではなかった。

浪人は、みんなが目をみはっている前で、いきなり脇差をさか手に持ちかえ、刀を腹へ突き立てたのだ。

このとき、堀小平次が、浪人のうしろ二間のところで見物しに出てこなかったら、浪人の命も、それっきりになっていたかもしれない。

そこは、小平次も侍である。

浪人が刀を突きたてるのと同時に、飛びついた小平次の腕は、脇差を持った浪人の腕を押え込んでいた。

しかし、わずかに浪人の腹から血が走った。

またも、女たちの悲鳴が起こる。

旅籠の亭主は腰をぬかしてしまった。

「放せい」

のどがかき裂かれたかと思うような声で叫び、浪人は、小平次を振り飛ばした。

なんとも、すさまじい力だ。小平次は土間へころがってしまったのだ。

「ま、待たれい」

小平次が叫んで立ち上がったとき、ふらりと、浪人のからだが土間の上でゆれ動いた。

脇差が、突っ立ったまま、浪人の手から、ぽろりと土間に落ちた。

「あ……」

小平次がささえる間もなく、浪人のからだは、すとんと、うつ伏せに土間へ倒れていた。

「この男の借りは、俺が払う。早く、医者を呼べ」

夢中で、小平次は叫んだ。

その浪人者を、なぜ助けてやる気になったのか、堀小平次は自分でもわからなかった。

しいていえば、〔流浪の貧しい浪人〕への同情であったかもしれない。

（だが、それのみではなかったのだな……）

四年後の今になってみると、小平次にも、あのときの自分の心の動きが、いくらか、わかりかけてきたような気もする。

武士として、このうえ、恥をかきながら無銭飲食を続けて行かねばならぬ身の上を、いさぎよく清算してしまおうとして、あのときの浪人者の脇差が、なんのためらいもなく、おのれの腹を突き破ろうとしたとき、

（いかん!!）

衝動的に飛び出し、浪人の腕を押えた小平次の心の中には、一つの感動が火のように燃えたったのである。

一瞬のことであったが……。

（俺にも、これだけの気構えがあったら）

これであった。

当時は、津山鉄之助が成人して、自分を捜し、首を討つための旅に出たということを、江戸の〔槌屋幸助〕から聞いたばかりで、

（死にたくない、討たれたくない!!）

その一心で、夜も昼も、からだが宙に浮き上がっているような恐怖感に、さいなまれ続けていたのである。

（そうだ。俺にも、あの浪人の気構えがあれば、鉄之助に出会うても、むしろ、こちらから相手を返り討ちにしてやるという、それだけの意気組みも出てこようというものだがなあ……）

残念ながら、四年たった今でも、そんな強い人間にはなれぬと、小平次は、あきらめてしまっている。

あのとき浪人の死を見ることは、自分自身の死を目の前に見るような気がした……そういう心の動きもなかったとはいえない。

こじきのような浪人が、しかも自分と同じ年ごろの男が、山の中の小さな旅籠の土間で、たったひとり、流浪の人生の始末をつけようとした凄惨な姿を、どうしても傍観することができなかったのだ。

ということは、堀小平次が生来は心のあたたかい、気のやさしい男だったことにもよるのだが……。

浪人は、それから旅籠の一室で手当をうけた。

腹の傷は、それほど重いものではなかったらしい。

だが、手当を終えた宿場の医者は、小平次を見て、首を振ってみせた。

「いかぬのか？」

ぐったりと目をとじている浪人を部屋へ残し、小平次は医者を廊下へ連れ出してきいた。

「病気でござるよ」

老いた医者は、小平次にささやいた。

医者は、自分の胃のあたりに手をあててみせ、

「ここが悪い」

と、つぶやいた。

「刀を突きたてなくとも、あと一ヵ月はもちますまい」

その夜も、小平次は大黒屋へ泊まった。

翌朝になって、浪人の病室をおとずれると、

「やー、これは……」

床の上から首をもたげて、浪人が微笑をした。弱々しい笑いであった。

顔いちめんの、みにくい〔あばたづら〕なのだが、よく見ると、ととのった顔だちで、浪人暮らしのあかも、あまりついていないように見うけられた。

「お世話をかけ申した」

「いや……いかがでござる」

「これまででござるよ」

「え……？」

「貴公、無駄なことをなされたものだ」

「……」

「それがしは、どちらにしても、もう長い命ではなかったのに……」

「なれど……」

「いや、お心はありがたく……死にのぞんで、それがしは今、久しぶりに、人の心

のあたたかさをかみしめておるところだ。行きずりのそれがしを助けてくれた貴公の……ありがたい。このありがたいという気持ちをいだいて死ねることは……それがしにとって、思うてもみなんだしあわせというものでござる」

医者からも聞いていることだし、小平次も、浪人に向かって何もいうことができなかった。

（いったい、どういう経歴をもつ男なのか……）

それとなくきいてみようと思い、看病をしてやりながら話をそこへ持っていくと、浪人は、かすかに笑って、

「それがしの身の上など、お話しするべきなにものもござらぬ」

そして、また、うつろなまなざしを天井に向けたまま、黙り込んでしまうのであった。

あばたの顔の色は、もう鉛のように変わり、吐く息もせわしくなってきて、その日の夕刻には、おびただしい血を吐いた。

「こりゃ、もういかぬわ」

浪人は苦笑をして、

「急に、さしせまってまいったようだ」

「なんの——案じられるな」

「貴公、お急ぎの旅ではござらぬのか？」

「いや、その……」

小平次は、慌てて首を振った。

「それがしも浪々の身で……」

「さようか……それにしても、貴公は、路用の金にお困りではない。結構なご身分じゃ」

「何を言われる」

「すまぬ。浪人してから口が悪うなってなあ……」


翌朝は、雨だった。

音もなく降りしきる秋の雨を、浪人は見たいと言った。

小平次と女中が障子をひらいてやると、浪人は、ややしばらく、中庭の草にふる雨を見つめていたが、

「せめてものお礼ごころ、名前だけはお聞かせ願おうか」

と言った。

「申しおくれた。それがしは……」と言いかけて、小平次は口をつぐんだ。

女中もいることだし、本名を名のるわけにはいかない。そこで、宿帳に書いた変名を名のると、浪人は、ニヤリとして、女中を去らせてから、

「それは、まことのお名前ではござらぬな」

「いや、それは……」

「まあよいわ。貴公にも、いろいろとご事情があるとみえる。人それぞれに、いろいろとな……だが、それがしは、もはや死ぬ身だ。ありのまま、本名を名のろう」

「……」

「熊川又十郎と申す」

「うけたまわった」

「いかいお世話になり申した。ありがとうござる」

「何を言われる」

「さて——そこにある、それがしの脇差、おうけとり願いたい」

「めっそうもない」

「旅籠賃のかわりにはじゅうぶんになるしろものだ。なれど、大刀は売っても、この脇差だけは、売れぬ……いや、手放せぬわけが、それがしにもござってな」

「はあ……」

「もはや、こうなっては、その脇差に用もない。おうけとりくだされ」

「もしも、お身寄りの方でもござるなら、それがしがお届けしてもよろしいが……」

「バカな……」

又十郎は吐き捨てるように言った。

「二十年前より、この熊川又十郎は、ひとりぽっちとなったのでござるよ」

「……？」

「その脇差、さしあげるが……なれど、身につけずに売ってしまったほうがよろしい。なにせ、縁起の悪い脇差ゆえなあ……」

「……？」

「売ってくだされ、たのむ」

「……？」

「売った金で、酒などくみ、それがしのことを思い出してくださるならしあわせでござる」

くどくきいても、わけは話さぬにきまっている。

やがて、堀小平次が昼飯をしに行き、すましてから又十郎の部屋へ戻ってみると、又十郎は、しずかに息をひきとっていた。

浪人の脇差は〔伊賀守金道〕の銘刀であった。

寛永年間に禁裡《きんり》御用をつとめたといわれる初代金道作のうちでもみごとなものだということが、鑑定してもらってわかった。

そうなると、売る気にもなれず、あの浪人の形見だと思い、小平次は今も、この脇差を腰にしているのだ。

二年前に疱瘡にかかり〔あばたづら〕となったとき、

（俺も、熊川又十郎殿と同じ顔になってしまったな）

ふしぎな因縁だと思った。

（そうだ。これから俺は、熊川又十郎になってしまおう。くだらぬことで一生をあやまった堀小平次の一生を捨ててしまうのだ!!）

なんとなく明るい気持ちになった。

3

また、二年たった。

津山鉄之助は、二十五歳になっていた。

父のかたき・堀小平次を、まだ見つけ出すことはできない。

「上田の伊勢屋が、小平次めの居どころを知っているにちがいないと、それはわかっておるのだが……」

鉄之助の叔父・伊勢屋・笹山伝五郎も手をこまぬいている。

もちろん、伊勢屋への探索は行なっていた。

むかし、津山家につとめていた下女の孫娘を長久保の村からひそかに呼びよせ、これを、上田城下の伊勢屋長四郎方へ奉公させてある。

現在の伊勢屋の主人は、小平次の姉・三津の夫である。

夫婦仲もよく、四人の子をもうけていた。

そういうわけだから、伊勢屋長四郎が女房の弟である堀小平次をなにかと助けてやっているらしいことは、だれにも想像がつく。

「津山のせがれな、あれはかたきを討てぬまま一生を終えてしまうやもしれぬぞ」

「なにしろ、伊勢屋がかたきのうしろだてをしているのではなあ」

上田藩の侍たちも、こんなうわさをしているほどだ。


伊勢屋は城下屈指の米問屋でもあるし、上田藩とも密接な関係を有している。

家老や重役たちとのつきあいも広い。

このころになると、大名も武家も、商人の実力に押されがちになっており、商人との政治的なつながりがなくては、藩の経済がなりたたぬというところへきている。

伊勢屋のような富豪は、上田藩でも大切にあつかわなくてはならない。

だから、いきおい、津山鉄之助へ対する藩の態度は冷たかったといえよう。

「妻を寝とられたあげく、おのれの命までもとられたとは、津山勘七も男を下げたものじゃ」

当時、家老のひとりがにがにがしげにもらしたということだ。

鉄之助のかたき討ちをゆるしはしたものの、積極的な応援を、藩はしてくれない。

そのうえ、殺された津山勘七よりも、殺した堀小平次のほうに人気があって、

「堀のせがれに手を出したのは、津山の妻女のほうからだということだ」

「小平次も、あのようなことで一生をあやまり、気の毒にのう」

「このうえは、なんとか逃げのびてもらいたい。わしは、ひそかに、そう思うとる」

短気で、融通のきかなかった津山勘七ばかりか、鉄之助までも、まことに損な立場におかれている。

けれども〔かたき討ち〕は、封建時代における一種の刑罰制度である。

上田領内で人を殺したものが、他の大名の支配する領土へ逃げ込んでしまえば、そこには別の制度があり、別の国がある。

そこで、かたきを討つほうも、一時は浪人となり、主家を離れた自由な立場になったうえで、〔かたき討ち〕が行なわれるのだ。

〔かたき討ち〕の物語はいくつもある。

殺したほうに正当な理由があり、殺されたほうが悪い場合だって、むろんあるわけだ。

けれども、〔かたき討ち〕のおきてがある以上、武士たるものは、討つほうも、討たれるほうも、その後に来るバカバカしい苦労を考え、殺人をせずになんとかすませるという理性をもっていなくてはならない。

いや、その理性を求め、殺人事件を起こさぬように願えばこそ、〔かたき討ち〕のおきてが決められたとも言えよう。

まったく、逃げるほうも苦しいが、追うほうも苦しい。

うまく短い月日のうちに敵の首をとることができればよいが、二十年、三十年かかってやっとかたきを見つけ、首を討ったときには、自分も旅の空で人生の大半を送り、白髪の老人になってしまった、ということもある。

それでも討てるならまだよい。

一生かかって見つからぬこともある。

見つけても、反対に、こっちが斬られてしまうこともある。いわゆる〈返り討ち〉だ。

しかし、とにかく、武士たるものは、かたきを討たねば自分の領国へ戻れず、殿さまの家来として暮らすこともできないのだ。

「必ず、俺は、小平次を見つける!!」

津山鉄之助は、まだ若い。

それに、父と母を同時に失った恨みは激しい。

腕にも自信はある。まず、小平次の返り討ちにあうことはないといえよう。

鉄之助と、叔父の笹山伝五郎は、この八年間に、日本国じゅうを歩きまわってきた。

叔父の伝五郎は、もう五十に近く、

「わしが死なぬうちに、小平次を見つけぬことにはな。なんせ、お前は、あいつの顔を覚えておらんのだから……」

このごろでは、心細いことを言いだすのである。

文政四年の夏となった。

津山鉄之助は、叔父とともに、一年ぶりで江戸の地を踏んだ。

大坂にしばらく住み、堀小平次を捜していたのである。

ふたりは、浅草阿部川町・本立寺裏の長屋に居をさだめた。

日本橋青物町の呉服屋〔槌屋幸助〕が、伊勢屋の親類であることは、すでにつきとめてある。

「叔父上は、槌屋を見張っていてくだされ」

「無駄ではないかなあ。すでに、江戸へ来るたび、槌屋へ探りを入れてあるが、何もわからなかったではないか」

「いや、きっと槌屋は、小平次めとかかわりあいをもっておると、私はにらんでおります」

「そうかのう……」

ふたりとも、暮らしは苦しい。

かたき討ちの費用も、信州・飯山藩にいる親類が助けてくれているのだが、このごろでは、あまりいい顔をしなくなってきている。

「このうえ、かたきが見つからぬとあれば、わしもお前も、どこかの大名屋敷へ仲《ちゅう》間《げん》奉公でもしながら、小平次めを捜すよりほかに道はないのう」

笹山伝五郎が、こんなことを言う。

「叔父上にはご苦労をかけて、申しわけありませぬ」

「なんの——わしにとっても兄のかたきじゃ」

そう言ってはみても、養子に出て笹山の家を継いだ伝五郎には、妻も子もある。八年も旅を続けていると、もう兄のかたきなど、どうでもよいと思うことさえあるのだ。

「なかなかに、見つからぬものじゃな」

こぼしながらも、笹山伝五郎は、毎日、日本橋へ出かけていった。

槌屋の店先を編笠《あみがさ》で顔を隠しつつ、何度も往来する。

近くの路地にある〔一ぜん飯屋〕などへ入って、それとなく槌屋方のうわさを聞き出そうとこころみる。

いずれも、だめであった。

「同じことじゃ」

夏もすぎた。その日の夕暮れ、笹山伝五郎は槌屋の前を通りぬけ、阿部川町の長屋へ帰ろうとして、ぼんやり歩いていた。

秋の、もの悲しい夕暮れだ。

夕焼けの色が、伝五郎にとって、ひどくさびしいものに見える。あわただしい人の往来を縫って歩いていると、向こうから、身なりのよい浪人ふうの侍が歩いてくるのに気がついた。

(浪人でも、あんなのがおる。金をもっているのだな。名ある剣客でもあろうか……)

すぐ近くまで来て、その浪人が、みにくい〔あばたづら〕であることに、伝五郎は気づいた。

(あばたでも、こんなひどいのがあるのかのう、気の毒に……)

そんなことを思いながら、笹山伝五郎は、その浪人とすれちがい、とぼとぼと夕闇の中へとけ込んでいった。

4

笹山伝五郎とすれちがった浪人は、堀小平次であった。伝五郎は編笠をぬいでいたし、小平次もなにげなく歩いてきて、眼前に伝五郎を見たときは、全身の血が凍りつくかと思った。

(見られた!!)

逃げようにも逃げられぬ近間《ちかま》であった。

(いかぬ)

さっと、ななめ横に身をそらしつつ、刀の柄《つか》に手をやりかけたが、

(おや……!?)

すたすたと、伝五郎は遠ざかっていくではないか……。

（伝五郎め、気がつかぬ）

うれしかった。

（よかった。俺は、あばたづらになって、まことによかった）

笹山伝五郎は、まだ老いぼれて目がかすんだというわけではない。

目と目を合わせても、わからなかったのだ。

（もう大丈夫だ。これで、俺が両刀を捨てて町人姿になったら、もはや……）

もうぜったいに見つけ出されないという自信を、堀小平次はもつことができた。

事実、近いうちに、小平次は武士をやめることになっていたのだ。上田の姉が、
槌屋幸助を通じて、こんなことを言ってきたのである。

「お前さまも、もう顔つきが、まったく変わってしもうたということではあるし、いっそ、思いきって、両刀をお捨てなされ。何か小商いでもはじめたらいかがなものか？　その決心がついたなら、商売をするための金は、こちらから出してもあげましょう」

これには、槌屋幸助も大賛成であった。

「旅から旅へ逃げまわるよりも、いっそ江戸へ腰をおちつけなすったほうが、か

えって安全かもしれませぬ。いや、それにもう、あなたさまの顔を見つけ出すなどということは……大丈夫、この幸助がうけあいましょう」

長年、腰にさし続けてきた両刀を捨てて、前だれ姿になり、客にぺこぺこ頭を下げて暮らすなどということは、考えてもみなかった堀小平次なのだが、そう言われて、

（よし、思いきって、そうするか）

決意をかためたのには、わけがある。

小平次に、恋人ができたのだ。

もちろん、旅の空で行きずりのままに抱く女たちとは違う。

そのころ、堀小平次の江戸における住まいは、日本橋泉町《いずみちょう》にあった。

ここに、豊島屋平七という薬種店がある。

小石川にある豊島屋が本店で、そこから別れた、つまり支店のようなものだが〔家伝・痔の妙薬――黄金香〕という薬が評判をとり、なかなかよく売れる。

この豊島屋平七の家の離れに、堀小平次は暮らしていた。

すべて槌屋幸助の世話によるものであった。

豊島屋で暮らすようになってから、小平次の痔病が、すっかりなおってしまったので、

「幸助どの。よいところを見つけてくれた。おかげで、ほとんど尻の痛みもとれたし、出血もとまった」

小平次は、槌屋へ来て、こんなことを言いだした。

「長年、旅を続けていると、どうもからだにこたえる。俺もことしで四十三になってしもうたよ。いいかげんに、このあたりでおちつきたいものだ」

「そうなさいまし。もう、その、こういっちゃあ失礼でございますがね、あなたさまのお顔を見て、気づくものはありゃあしませぬ」

「それでだ」

「はあ!?」

「妻をもらおうと思う」

「へえ……なるほど、それは知らなかった。心あたりの人でもございますかね」

「ある!!」

「どなたで⁉」

「豊島屋の女房の妹だ」

「あ――あの、出戻りの……」

「子どもができぬというので、三年も連れそったのに離別されたという、あのお新さんだ」

「へえ、へえ」

「とんでもない」

「何がで？」

「いや――子ができぬ女ではない。あれは、その向こうの、前の亭主のほうが悪いのだ」

「よく、そんなことがおわかりになりますね、だんなに……」

「いまな、お新は、ちゃんと子をはらんでおる」

「へ……？」

「俺の子だよ」

こう言って、堀小平次はがらにもなく顔を赤くした。

あばたづらだから、赤くなると、かえって顔の色がどす黒く見える。

「こりゃ、どうも……驚きましたね」

「去年、久しぶりで江戸へ戻り、おぬしの世話で、豊島屋の離れに住むようになったとき、おぬしも知ってのとおり、俺は、この痔の痛みで居ても立ってもいられなかったものだ」

「なればこそ、ちょうどさいわい、痔の妙薬の黄金香を売っている豊島屋が、私の古い友だちゆえ、あなたさまを……」

「うむ。それでだ。さすがに、豊島屋の薬はようきいた。その薬を、俺の尻に塗ってくれ、まめまめしく、俺を看病してくれたのが、お新さんだ」

「ほほう……」

「出戻りというても、豊島屋の女房の妹だ。なにも、そう働かぬでもよいのだが、まことによくできた女じゃ。もう毎日毎日、女中とともに、朝早くから夜おそくまで、働きぬいておってな……」

働きもののお新のような女が、遊び好きの前の亭主にはおもしろくなかったのかもしれない。

お新が、下谷の婚家先を追い出されたには、いろいろわけもあろうが、それにしても、堀小平次とお新が、病気の看病にことよせ、互いに情熱をかたむけ合うようになったのは、もう半年も前のことである。

「さようでしたか」

槌屋幸助は、一度見たことがあるむっちりと肉づきもゆたかな女盛りのお新のからだを思い浮かべつつ、

(堀のだんなも、案外に手の早い……)と思った。

〔あばたづら〕でも、もともと堀小平次は美男のほうへ入るだけの顔だちをもっているのだし、心情もやさしいところがある。

長年、旅へ出て苦労もしているから、侍くさい堅苦しいところがなく、きさくであった。

お新も、さびしい日を送っていたところだし、彼女の二十四歳の肉体に、小平次が火をつけるのに手間はかからなかったようだ。

美人というのではないが、くちびるのぽってりとした、肌の白いお新なのである。

「俺は、大小を捨てるよ」

小平次は、お新の肌の香に何もかもうめつくし、女にささやいたものだ。

「大小を……？」

「捨てて、町人になる。槌屋でも、そうすすめてくれておるのだ」

「まあ……」

「いかぬか？」

「でも……そんな、もったいない……」

「なんの、お前のためなら、どんなことでもするぞ」

中年になってからの恋だけに、小平次も熱の入れ方が違う。

若者の恋とは違う情熱なのだ。

女とともにおちついた家庭をもち、平和にこれからの余生を送りたいという熱望があるだけに、女の心も動かされ、それまでは、まさか小平次と夫婦になれようと思っていなかったお新は、

「うれしい、あたし……」

もう夢中になってきている。

豊島屋夫婦もふたりのことを知っているらしいのだが、何も言わない。

出戻りのお新を、あわれに思っているらしい。

こうしたさなかに、堀小平次は、槌屋の近くで笹山伝五郎とすれちがったのである。

(あぶない、あぶない……)

胸をなでおろすと同時に、

(大丈夫。見つからなんだわい)

自信が強くわき上がってきた。

年があけて、文政五年の正月から、小平次とお新は、深川八幡近くへ、小間物屋の店をひらくことにきまった。

しかし、こうなっても、さすがに小平次は自分の身の上を打ちあけてはいない。

「越後浪人の熊川又十郎」だと、豊島屋にも、お新にも名のっていたのだ。

5

木枯らしが鳴っていた。

「それにしても、くれぐれも油断なきように……」

と、姉は言ってきている。

感慨深いものがある。

なんといっても、四十年も続けてきた武士を捨てて小間物屋の主人になるというのだ。

物理学者が左官職人になるほどの転向といえよう。

お新とふたりで暮らす家も見つかった。

あしたから小平次は町人姿となり、お新とともに本所の小間物屋へ通い、商売のしかたを習うことになっている。

豊島屋夫婦も大よろこびであった。

「又十郎さまのおかげで、妹が、このようにしあわせになろうとは……」

豊島屋の女房はそう言って、感涙にむせんだものだ。

(もうすぐに、正月だなあ……)

その日——文政二年十二月十日の昼下がりであった。

堀小平次は、槌屋幸助の店へ行き、上田から送ってきた金五十両を受けとり、新和泉町の豊島屋へ帰るところである。

「お前さまが、その気になってくれて、姉は何よりもうれしく思います……」

金にそえて、姉の手記もとどけられていた。

朝から、ひどく寒い日であったが、堀小平次の胸のうちは、あくまでも明るくふくらんでいる。

(いよいよ、あしたからは、大小も捨て、髪をゆい直し、しまの着物に前かけをしめるのか……)

(そうだ。俺の首を狙う津山鉄之助がおるかぎり、気をひきしめていなくては……)

思うそばから、なに、もう大丈夫という気持ちになってくる。

(いかぬ、気をゆるしては……だいいち、俺は三ヵ月ほど前に、この江戸で、鉄之助の叔父に行き会わしたではないか。鉄之助はいま、江戸におるのだ)

そのことは、槌屋幸助にだけは話しておいた。

幸助は、ややしばらく沈思していたが、

「これは……なんでございまする。私がしゃべらぬかぎり、もう大丈夫と見てよろしいのではありませぬか」

と、言ってくれた。

旧知の笹山伝五郎が見てもわからぬ小平次の〔あばたづら〕なのだ。

「かえって、江戸にいたほうがよろしゅうございましょう。向こうのほうでも、いつまで江戸を捜しまわってもいられますまい」

「そうだな」

あとは槌屋方の店のものや下女たちの口からもれることだけを用心すればよい。

もちろん、年に一度か二度、槌屋をおとずれる浪人が、かたきもちの堀小平次だとは店のものも知らぬし、幸助の女房でさえ知らないのだ。

「あのお方は、私が伝馬町へ奉公をしていたとき、出入り先のお旗本の次男坊でいられたお方でな。いまは、わけあって家を出ておられるのだが……」

幸助は、女房にもそう言ってあった。

「お新さんと所帯をおもちになったら、もう二度と、私方へはおみえにならぬほうがようございますよ」

と、槌屋は念をおした。

「わかっておる」

「私のほうで、そちらへ、ときどきうかがいましょう」

「めんどうをかけたな、いろいろと……」

江戸橋をわたり、堀小平次は、堀江町と小網町の境にある道を通り、親父橋をわたった。

橋をわたりきったところに、稲荷の社《やしろ》がある。

橋の上に立つと、道をへだてて六間町の長屋が見え、さらに目を転ずると、鎧の渡しのあたりで渡し舟が波の荒い川を、のろのろわたっているのも見えた。

人通りも、風がつよいので少なかった。

堀小平次は、橋をわたり、ニコニコしながらなにげなく稲荷の社の前に行き、銭を賽銭箱に入れ、ポンポンと手をうちならし、頭を下げた。

心が爽快なので、ふっと、こんなまねをしてみたかったのであろうか。

「もし……」

このとき、小平次の背後に声があった。

「……!?」

ふり向くと、ぼてふりのさかな屋らしい若い男が近づいてきた。

さかな屋の顔は、真っ青になっていた。

（なんだ!?　こいつ……）

小平次は、いぶかしげに、一歩近づき、

「なんだ!?」

「あの――熊川又十郎様で？」

「さよう。いかにも熊川又十郎だが……」

おもわず小平次がうなずくと、

「へえッ――」

さかな屋が、横っ飛びに逃げた。

（や……！）

ハッとした。

その堀小平次の横あいから、

「山本吉弥《きちや》だ!!」

ぱっとおどり出したものがある。

「なに!!」

「父のかたき、熊川又十郎。覚悟しろ」

父のかたきとよばれて愕然とした小平次は、慌てて飛びすさりつつ、

「な、何をいうかッ」

見ると、相手は若い浪人ふうの男であった。見覚えは、まったくない。

山本吉弥などという名にも、覚えはない。

「覚悟!!」

若い浪人は両眼をつりあげ、蒼白となった顔をひきつらせ、

「おのれ、又十郎。亡父より奪いとった金道の脇差を、よくもぬけぬけと腰にしておったな!!」

と叫んだ。

人々の声が、ざわざわときこえた。

さかな屋にたのみ、わざと声をかけさせたのも、この若い浪人にちがいない。六軒町の長屋の入り口にある番屋から、番人が走り出ていった。役人にこのことを告げに行ったらしい。

「えい!!」

若い浪人の斬り込みは、激しかった。

「あ……!」

小平次は、親父橋の上へ逃げ戻ったとき、

(そうだったのか。あの浪人は、あの熊川又十郎は、俺と同じかたきもちだったのか……)

一瞬、電光のように感じたが、すでにおそかった。

「えい、やあ……」

おどり込んできた若い武士の狂気じみた顔が、ぐーっと目の前にせまってきて、

「アッ」

小平次も夢中で太刀を抜き合わせたが、

「ウワァ……」

顔と頭を、鉄棒か何かで力いっぱい殴りつけられたような衝撃で、目の前が暗くなった。

「ち、違う……俺は違う。俺は、又十郎ではない……俺は、堀小平次と申すものだ……」

懸命に叫んだつもりだが、もう無駄であった。

たたみかけて振りおろす若い武士の刃は、ようしゃなく、橋板に倒れ伏した堀小平次を斬りに斬った。

越後・村上五万石の領主・内藤豊前守の家来、山本吉弥が、親父橋々上において、父のかたき・熊川又十郎の首を討ち、首尾よく本懐をとげたという事件は、たちまちに江戸市中へ広まっていった。

山本吉弥も、かたきの顔を知らなかったのだ。

吉弥が三歳のときに、父親は熊川又十郎に斬殺されたもので、かたきを討つまでに、二十年の歳月を経ているというわさであった。

六年前に、堀小平次が、中仙道・今須の宿で、本物の熊川又十郎と泊まりあわせなかったら、このようなまちがいもおこらなかったかもしれない。

小平次は、お新とともに、うまく津山鉄之助の追跡からのがれきって、幸福な一生を終えたかもしれない。

「うちのお新がねえ、ほら、うちでお世話をしているご浪人の、熊川又十郎様と晴れて夫婦になることになりましてねえ」

豊島屋の女房が、うれしさのあまり、近くの髪ゆいへ行ったとき、なにげなく語ったのが運の尽きであった。

山本吉弥は、この髪ゆいの裏手の長屋に住んでいたのだ。

だが、無理もない。豊島屋の女房は、堀小平次の身の上も知らず、あくまでも熊川又十郎という越後の浪人だとしか思ってはいなかったのであるから……。

山本吉弥は、よろこび勇んで、小平次の遺髪をふところに入れ、故郷へ帰っていった。

江戸の町奉行所でも、かたき討ちの現場を取り調べた結果、まちがいなしということになったのである。

豊島屋夫婦も、お新もぎょうてんした。

「又十郎さまが、かたきもちだとは……」

お新は、泣き崩れ、ついに失神した。

槌屋幸助だけは、つくづく嘆息して、

「こういうことも、あるものなのだなあ……」

上田の伊勢屋のご内儀をなんとなぐさめてよいのやら……と、幸助は困惑しきっていた。

このかたき討ちのうわさは、浅草阿部川町の裏長屋にもきこえてきた。

「うらやましいのう」

笹山伝五郎は、ためいきをもらし、

「それにひきかえ、われわれは、まだかたきの堀小平次を見つけ出せぬとは……」

「叔父上。もう言うてくださるな」

津山鉄之助は、伝五郎の声をさえぎった。

まだ二十五歳だとはいえ、鉄之助の顔には、かたきを追い続けて八年も旅の空に暮らし続けてきた疲労と悲哀がただよっている。

鉄之助は、あふれ出そうになる涙を、やっとこらえて、

「叔父上。あしたから、また旅へ出ましょう。今度は、奥州をまわってみたいと存じます」

と言った。

荒木又右衛門

1

みねが、荒木又右衛門《またえもん》の妻となったのは、寛永五年秋であった。

長い戦乱の世が終わりをつげ、天下が徳川将軍のもとに統一されてから二十年にもならぬそのころは、後年にくらべ、武家の気風もおのずと違っていた。

血なまぐさい戦場を往来した武士たちが、どこにも残っている。

意気と勇武を尊び、ひきょうをいやしむ武士道がやかましく、それにまだ、徳川政権の土台もしっかりとかたまりきったとはいえぬところもあり、いつふたたび、戦乱にまきこまれるかしれたものではないという構え方が、ぬぐい去られてはいない。

武士たちは、まだ〔死〕に対決をしていた。

わが身の名誉を死の一つ上においた生き方をしようとするのだから、将軍の家来も諸大名の家来も、いつどこで、おのれの面目をたもつための死地へ飛びこむことになるか知れたものではなかったのである。

〔死〕に目をそむけ、〔生〕にのみしがみついていかねばならぬようになった現代人から見ると、理解のゆきかねるところもあろうが、ともあれ、人というものが生まれてよりただちに死へ向かって進みはじめ、死を迎えることだけはなによりも確実な人生の目的であることを、そのころの男も女も、よくわきまえていたようだ。

ゆえに、〔生〕が充実したものになる。

みねは、岡山三十一万五千石の城主・池田宮内少輔《くないしょうゆう》忠雄の家来、渡部数馬《かずま》の姉であったが、父母ともに早く没したので、渡部家内を一手にきりまわし、ようやく数馬が同家中の津田家から妻を迎えたため、荒木又右衛門との縁談がととのった。

当時の女として、二十一歳の嫁入りは晩婚だと言えよう。又右衛門の三十一歳の初婚も同様である。

大和《やまと》・郡山《こおりやま》の松平家に仕える又右衛門の妻となったみねは、幸福であった。

又右衛門は六尺に近い大兵《たいひょう》であり、腕にも胸にも体毛が濃い。したがって、ひげもこわく、朝のひとときを、又右衛門は入念なひげそりをたっぷりと時間をかけておこなうのが習慣であった。

やがて、さえざえとした青いそりあとを見せ、又右衛門は朝飯の膳に向かう。

「おひげをおそりなさいますのが、そばで見ておりまして、いかにも、たのしげに——」

みねが、そう言うと、

「そう見えるか」

「はい」

「毎朝、ひげをそりながら、わしは、いつも同じことを考える」

「何を、でございましょう?」

「わしにも、いつか、死ぬるときがくるということをだ」

「ま……」

「わしばかりではない。お前にもくる」

「はい」

又右衛門が微笑すると、左のほおに深いえくぼがうまれた。又右衛門のみねに向ける顔には、いつ、いかなるときでも、必ずえくぼがうかんでいたものである。

このことに、みねは感動をした。

松平下総守《しもふさのかみ》という主人をもち、武士の名誉に生きるためには、いつどこで、死を迎えることになるかもしれぬという覚悟を日々新たにすると同時に、生きて迎える一日一日を充実せしめたい、妻を愛し、家を愛する心をも日々新たにしようという又右衛門の生き方なのであった。

妻であるみねに、この又右衛門の胸のうちが通わぬはずはない。

こまやかで、しかも毅然とした夫の愛にひたりきったみねが、「この夫に恥じぬ妻とならねば……」と決意をし、実践にはげんだのも当然と言わねばなるまい。

松平家において、又右衛門は新参ものであったが、柳生《やぎゅう》流の武芸を買われ仕官をしただけに、二百五十石の俸禄をもらい、ゆうようとせまらぬ寛宏な人がらは家中のものの人望をあつめ、主君の信頼を得ているようだ。

槍をとらせて家中第一といわれた河合甚左衛門とは、とりわけ親交を深めている。四十をこえた甚左衛門が又右衛門に対する態度は、古参のものが新参ものに対するそれではない。尊敬と親愛の念がとけ合い、なにごとにつけ又右衛門を重んじる様子が、みねから見ても判然としていた。

(河合様ほどのおかたが、わが夫を、あれほどに重く見ておいでになる)

それが、みねにはうれしかったし、誇らしくもあった。

いつのことであったか、又右衛門の実兄である服部平左衛門が、郡山へたずねてきたとき、

「弟ながら、このお人はりっぱな男じゃ。しかしながら、ただひとつ、又右衛門にも弱みがあってのう」

クックックッと笑いながら、これも弟そっくりの大きなからだをゆすり、平左衛門がみねに言いだしたことがある。

「弱み、と申されますと?」

みねが、ちらりと又右衛門へぬれたひとみを向けてから義兄に問うと、

「よいかや、又右衛門どの、あのことを嫁御に話しても――」

又右衛門はうなずき、

「よろしゅうございます」

きゅっとえくぼをうかべた。

大小を捨て、いまは故郷の荒木村で帰農している平左衛門が語ったそのことを聞いたとき、みねは、まさかと思った。

「ほほう。みねどのは、わしの申したことが冗談じゃと思うているらしい」

と、平左衛門はとんきょうな笑い声をあげ、

「よいわさ。みねどのの思うておらるるとおり、わが弟は……いや、そなたのだんなどのは、まことりっぱな男じゃもの」

「まあ……」

「どうじゃ、又右衛門どの」

と、平左衛門は又右衛門に向かい、

「いまでも、あのことはこわいかな？」

「はい」

「やれと言うたらどうする？」

「武士の一分《いちぶん》がたつたたぬというときなれば、やってものけましょうが……」

あとは、にぎやかな酒宴となった。

こうして、とついでからのみねは、幸福そのものであったが、郡山へ来てから二年めの寛永七年七月下旬のある日に、岡山城下から荒木家へとどいた悲報は、みねを驚愕させた。

2

みねの実家の当主は、弟の渡部数馬であるが、十七歳になる下の弟の源太夫《げんだゆう》も同じ屋敷に暮らしていた。

源太夫の美貌は、岡山城下でも評判のものだ。しかも、藩主・池田侯の寵愛が深い。側小姓《そばこしょう》として、彼が殿さまの行列にしたがい道中などするときは、行列を見送る沿道の人びとが感嘆のどよめきをあげたという。

この源太夫が、河合又五郎に斬殺されたという知らせをうけとったとき、

かった。

「又五郎どのに源太夫が……」

母がわりとなり、幼いころから手塩にかけて育てた弟だけに、みねの悲嘆は大きかった。

又五郎は、池田家から合力米百人扶持を給せられている河合半左衛門のせがれで、源太夫より二つ上の十九歳であった。

ふたりは、少年のころから仲のよい遊び友だちであったが、ちかごろでは、又五郎のほうが源太夫の美貌に、つよく心をひきつけられていたともいえよう。それが、ただちに男色へつながっているのかというと、そうではない。美少年に心をひかれた経験をもつ男子は多い。まして、美少年にかしずかれ、身のまわりの世話をさせるということが快適でないはずはなく、主君の池田忠雄が源太夫を側小姓にし寵愛を深めたからといって、それを、男色のいまわしさにむすびつけて考えなくともよかろう。

しかし、源太夫は、おのれの容姿の美しさをはっきりと意識し、殿さまの寵愛の深さと同じ度合いをもって、驕慢な少年になっていった。

そして、しだいに又五郎へは冷たい態度をしめすようになったのである。

かつては、わが弟のように……いや、弟か妹かわからぬほどの一個の美しい生きものを心から愛し、遊び相手にも勉強相手にもなってやり、又五郎がかたときもそばから離したことのなかった源太夫が、殿さまの近くへはべるようになった。又五郎が掌中の玉を遠くへうばいとられたような気になったのも無理はない。それに加えて、たまさか会うことができても、源太夫は今までの源太夫ではない。話をしかけてみても、

(わしは殿さまのそばちかくおつかえするものだ。しかも、殿さまの寵愛深きものだ。又五郎などとは、もうおかしくて……)

という源太夫の気持ちが、痛いほどに又五郎へ突き刺さってくる。

又五郎が源太夫を殺した原因といえば、およそこうしたものであった。

驕った源太夫が放った何かの一言が、又五郎をがまんさせえなかったのであろう。

当夜は、兄の数馬夫婦が、数馬の妻の実家・津田豊後邸へ出かけていて留守であった。

ちょうど岡山城下の盆踊りの夜で、又五郎は若党二名をつれ、渡部家へ忍び入

り、源太夫を斬ったのである。

又五郎は若党とともに岡山城下を脱出した。ただちに、追っ手が四方八方へ出たが、ついに捕えることができない。

又五郎の父の半左衛門は、池田家に捕えられた。

この知らせをうけとったとき、荒木又右衛門は、みねに言った。

「みね、かたき討ちのさだめは存じおろうな」

「はい」

「それでよし」

かたき討ちは、尊属が卑族のためにすることを禁じられてある。主、父、兄のかたき討ちはみとめられるが、子や弟のためにというかたき討ちはみとめられぬのがさだめである。

みねが泣き崩れているのを見て、又右衛門が嘆息とともに、

「源太夫殿もつまらぬことで命を落としたものだ。と同時に、河合又五郎もその場で腹を切るべきであった。人を殺せば、おのれも諸人諸方へ迷惑をかけず、その場

において自害するが、まことの武士たるものの道なのだが……又五郎も、又五郎の父も、それができなんだのだな。できぬのなら、みだりに人を手にかけるものではないのにな」

又五郎の父・河合半左衛門もかたきもちであったのだ。

半左衛門は、もと上州・高崎の城主・安藤重長の家来であったが、あるとき朋輩の伊能某と口論し、伊能を江戸屋敷の門前で斬殺した。

このとき、ちょうど門前を通りかかったのが池田忠雄の行列である。これを見るや、半左衛門が「お見かけ申し、おたのみたてまつる!!」と叫び、池田家の行列へ飛びこんだものである。

安藤家のものが、すぐに追って出て、半左衛門を返してくれるようにたのみこんだが、池田家では承知をしない。こちらを心にたのみ、救いを求めて飛びこんできたものは、武士の意地にかけても保護をしようという気風があったからである。

池田家のみならず、どこの大名でも、戦国の余風がつよかったそのころには、同じような態度をとったもので、例はいくらもある。

ついに、安藤家対池田家のあらそいとなったが、池田家が意地をたて通し、半左衛門は池田家から扶持をもらい、岡山に住みつくことになったわけだ。

そのせがれの又五郎が、助けてもらった池田家中のものを殺して逃げたのである。

（めんどうなことにならねばよいが……）

と、荒木又右衛門はまゆをひそめた。

又右衛門と、岡山の池田家とは関係が深い。

妻のみねが、池田家中の渡部数馬の姉であるし、又右衛門の亡父も一時は池田の家来であったこともある。

そのうえ、もう一つ、又右衛門の心をいためたことがあった。

いま、郡山の松平家の先輩としてなにかと親交の深い河合甚左衛門は、河合半左衛門の実弟なのだ。だから、又五郎は甚左衛門の甥にあたるわけである。

（まもなく、甚左衛門殿も、このことを知るであろうが……）

それからのち、甚左衛門との交遊がどんなかたちになっていくか、それを考える

前に、もっとも又右衛門が心配をしたのは、

(これは、ただの殺傷事件ではすまなくなろう)ということであった。

はたして、そのとおりになった。

苦心さんたんの末、河合又五郎は岡山領内から逃げ、若党ふたりをつれて江戸へ入った。

この途中で、若党のひとりが、ひそかに大和・郡山をおとずれ、事件のすべてを河合甚左衛門へ知らせている。

江戸へ入った又五郎は、旗本の安藤治左衛門の屋敷へころがりこんだ。

「お見かけ申し、おたのみたてまつる」と、父が池田家の行列へころがりこんだのと同じようなものであった。

しかも、この安藤治左衛門は、河合半左衛門の旧主・安藤重長のいとこにあたる。

すでにのべたように、安藤家と池田家は、河合半左衛門を返せ、返さぬで争い、ついに安藤家は屈服した。

その池田家へ対するうらみは、同じ親族の安藤治左衛門にもある。

あれから十余年たったいま、半左衛門の子の又五郎が同じような殺人をやり、父の旧主の一門をたよってころげこんだのであるから、

「よろしい!!」

安藤治左衛門は、今度こそ池田家に負けぬぞと意気込んだものである。

安藤治左衛門は、将軍直属の旗本である。大名たちと張り合って一歩もひかぬだけの資格をあたえられているといってよい。

もちろん、高崎にいるいとこの安藤重長にも知らせたし、旗本の長老・大久保彦左衛門をはじめ世に八万騎といわれる旗本一同にもこのことをはかり、又五郎を保護することとなった。

荒木又右衛門の心痛は、そこにあった。

旗本と諸大名との間は、ともすれば、なにかにつけてうまくいかない。

「われわれは徳川将軍の旗本である」という自負と誇りが、戦国生き残りの激しい気性と溶け合い、大名たちに対しては、「いずれも将軍の下に屈服したものたちば

かりではないか」という態度を崩そうとはしない。

大名たちもまた、うるさい旗本連中には一目をおいているというありさまであった。

「許さぬ!!」

しかし、池田宮内少輔忠雄は烈火のような怒りをぶちまけて、

「又五郎め、憎いやつじゃ。父を助けとらせた恩を忘れ、こともあろうに安藤一門へ逃げこむとは、だんじて許せぬ。なんとしても斬れ。又五郎の首を余の前へもってまいれ!!」

寵愛をかけていた源太夫を斬った男というばかりではなく、こうなると、また池田対安藤の争いに旗本が加わり、もめだしたのだから、池田家としても退くわけにはいかない。

幕府も困った。

穏便におさめたいのだが、おさまりそうにもない。

戦争が終わって、力のもっていきどころのない旗本たちは、こんなことでもあると、命をかけても意地を張り通すにきまっているし、池田忠雄は他の大名とくらべ

て少し違うのだ。

すなわち、なき家康の娘が忠雄の母であるから、忠雄は東照宮の外孫であり、現将軍家光のいとこということにもなる。

やたらに幕府が旗本の肩をもつわけにもいかないのである。

池田家から、ひそかに、又五郎を討つための刺客が三人ほど江戸へ下った。いずれも暇をとり、一介の浪人となって、岡山を出ていったのだ。

しかし、討てない。

いずれも失敗をした。なかには責任を感じて自決をしたものもある。

旗本たちの又五郎を守る手の広がりは、表向きではないがしだいに強固なものとなるばかりであった。

こうなってまで、なおも渡部数馬は岡山にいて弟のうらみをはらすことができない。数馬は焦りぬいている。弟のかたき討ちがならぬとあれば、刺客のひとりとしてでも江戸へ行きたい。何度も願い出たがゆるされない。数馬が出ていけば、法を曲げたかたき討ちと見られてもしかたがないからである。

数馬は、何度も大和・郡山の義兄へ相談をかけたが、

「かたき討ちとは、親のかたき、兄のかたきを討つべし。弟のかたきを兄討つは逆なり」

と、又右衛門の返事はきまっている。

このかたき討ちのおきては、三十余年も前の豊臣時代に発布されたものだが、そのまま適用されている。

その是非はともかく、これが天下の法律なのであるから、武士である又右衛門も、大名である池田忠雄も、これを守りぬこうとしている。だから、池田家では、渡部数馬を表にはたてずに、なんとか又五郎をうばい返すか、首をとるかにしたいわけであった。

こうするうち、またたく間に月日が流れ去った。

二年後の寛永九年四月二日に、池田宮内少輔忠雄が急死をした。

毒殺だという説がある。

もしそうなら、犯人は幕府か旗本のいずれかが池田家へ潜入させたものというこ

とになる。

あくまでもひかぬ池田忠雄を、幕府がもてあましていたことはたしかだ。

池田忠雄は死にのぞみ、

「又五郎の首を余の墓前にそなえよ。そは、いかなる供養にもまさるぞ」

きびしく遺言をした。

郡山では、あいかわらず、荒木又右衛門と河合甚左衛門の交情が深められている。

互いに、事件へはふれないが、腹のうちはわかっているのだ。

甚左衛門は、もしも甥の又五郎が自分のところへ飛び込んできたなら、一刀のもとに首討って池田家へ引き渡すつもりでいる。

又右衛門にしても、義弟のうらみをはらすために動くつもりはない。

なぜなら、ふたりとも、松平下総守につかえる家来であったからである。

「なぜ、又五郎めは、その場で腹かっ切って死ななんだのじゃ。未練者めが――」

と、甚左衛門は又右衛門と同じようなことを、妻にだけもらしたことがある。

このころから、又右衛門とみねの間に冷たいものがさしこんできた。

（なき源太夫や、焦りぬいている数馬に対して、夫は、あまりに冷たい）

女だけに、どうしてもみねは、そう考えてしまう。

柳生十兵衛の高弟だという又右衛門だけに、なおさら、うらめしく感じるのである。

（しかも、かたきの叔父御である甚左衛門と、いまもあのように親しくゆききをしておいでになるのは、どういうおつもりなのか……）

考えつめると、みねは、二年前に又右衛門の兄が語ってきかせたあのことを思いうかべて、

（あのお話のように、もしかすると又右衛門どのは、心おくれたお人なのやもしれぬ）

そこまで思いつめては、ハッと首をふり、

（おそろしいことじゃ。私は、夫を、このような目で見ていたのか……）

背すじに冷や汗が流れたこともある。

こうしたさなかに、みねは女子を産んだ。

この子は、まんと名づけられた。

3

寛永九年になって、事態は急転をした。

この年の正月に、大御所とよばれていた前将軍・秀忠が没し、幕府は年若い現将軍の家光を中心にし、政権の動揺を食いとめるべく、次々に思いきった手をうっていった。

将軍の弟である駿河大納言忠長の人気をおそれ、幕府が忠長を流刑にしたのもそれであるし、諸大名の国替えや取りつぶしも、どしどしおこなった。

大名たちにつながる勢力の糸目を切りはなし、そのすべてを徳川政権の威光の下にむすびつけようとして、幕府の閣僚たちは必死であった。

こののち徳川政権は三百年に近く存続したわけだが、その土台ともなった大名政策に一段とみがき（？）がかかったのも、このころである。

池田家も危ういところであった。

忠雄なきのちの跡つぎは勝五郎といって、わずか三歳の幼年である。

「幼年ゆえ、大国をあずかる資格なし」ということで、所領の半分以上を幕府が取りあげてしまうことも考えられたし、事実、そうしたうごきもあったのだ。

池田家の家老で、荒尾志摩という名臣が活躍をした。

いろいろと事件もあったが、ついに勝五郎の家督相続を幕府がゆるした。

そのかわり、岡山から因幡伯耆へ国替えを命ぜられてしまった。

これは、左遷である。

禄高は同じようなものだが、山ばかりの裏日本へ移されたのでは、収入も半減してしまう。

「まず、お家相続がなっただけでもよしとせねばならぬ」

と、荒尾志摩は言った。

こうして、岡山の池田家が鳥取城下へ移転するのに秋までかかった。

それまで鳥取の城主だった同じ一族の池田光政が、入れかわって岡山へ入ってきた。

ちなみに言うと、池田光政は、なき池田忠雄の甥にあたる。

新しい領国へうつり、ようやくおちついた寛永十年早々に、池田家では、家老の荒尾志摩が先頭にたち、ふたたび、河合又五郎をうばい返すべく、幕府へ運動をはじめた。

「池田も、しつっこいのう」

老中・松平伊豆守は沈思した。

鳥取へ左遷したのも幕府の威光をみせたわけだが、池田家では、あくまでも故忠雄の遺志をまもりぬき、幕府や旗本の圧力と戦うつもりなのである。

「では——」

と、幕府は断を下した。

又五郎をかくまっている旗本たちに、

「又五郎を追い放て」と命じたのである。

池田家が、追い放たれた又五郎を討ちたいのなら討てということだ。

同時に、不満の色を見せて騒ぎだした旗本たちには、

「追い放った又五郎をひそかに助けることはかってしだい」

というふくみをもあたえたのである。

つまり、幕府や旗本を表に出すなというわけであった。

表には出ぬが、江戸を追い出された河合又五郎を、安藤はじめ久世、阿部など、そのころの名だたる旗本たちが力をつくし保護をすることには変わりはない。

腕のきいた浪人たちを雇いいれ、又五郎をまもらせ、又五郎が逃げ隠れするための費用もあたえた。

表に出なくとも、これは天下周知のこととなった。

「来るなら来い!!」である。

こうなると、かたき討ちではない。

旗本を代表する河合又五郎を、大名を代表するだれかが討たねばならぬ。

それでよい、と幕府が言っているのと同様なわけであった。

ここで、はじめて渡部数馬が、又五郎の討っ手として出発する名目がたつわけである。

「これでよい」

と、荒木又右衛門が言った。

「みね。数馬が出ていけるとなれば、又右衛門もほってはおかぬ」

「ま、まことでございますか？」

「ご公儀のふくみは、河合党と渡部党の決闘かってしだいということになった。数馬はかたき討ちでなく、なき池田侯の上意をうけたものとして又五郎を討つ。これで大義名分がたつわけだ。となれば、もちろん、又右衛門が数馬を助くる名目もりっぱにたつ」

「はあ」

「三年の間、お前も心をなやませ、このわしを、さぞふがいないやつと思うたであろう」

みねが、どっと泣き伏した。

これより荒木夫婦は、以前のこまやかな情愛を、もっと深めていくことになる。

当時と現代では、すべてが違う。大義だの、名目だのと、もってまわった生き方をしていた昔の武士のありかたを笑うものもいよう。

だが、いつの世にも人間をしばりつけている世の中のしくみは変わらぬ。形態が違うだけのことだ。

荒木又右衛門が、まず当時の法律を重んじ、感情を殺し、理性の発揮につとめぬいたことは、いまも昔も変わりのない人間独自の高貴さをあらわしていると思う。

「荒木氏も剣をとって立たれよう。わしも立たねばならぬ」

と、河合甚左衛門も決意をした。

又五郎の身内として、このまま、旗本組のみに甥のからだをゆだねていることは、武士としての義理を欠くことになる。

この年の夏のさかりのある日、又右衛門と甚左衛門は荒木邸の一間に別れの杯をかたむけ合った。

「きょうまでは親しき友……」

と、甚左衛門が言いかけたあとを、又右衛門がひきとって、

「あすよりはかたきどうし」と言った。

「いかにも――」

「あした、共にご城下をはなれたときから、それがしは戦いまする」

「いかにも――」

すでに、ふたりとも松平家にいとまを願い出て、これをゆるされていた。

「きょうは、ゆるりと、くみかわしとうござる」

「遠慮なく頂戴いたす」

せみしぐれの中にくみかわしているうち、庭いちめんが夕焼けにそまり、やがて、夜がきた。

ふたりは、まだ飲み続け、夜半にいたって杯をおいた。

「きょう一日を、生涯の思い出といたす」

「河合氏。それがしもでござる」

ふたりが、かたちも崩さず、あくまでも静やかに語り合いつつ飲みあげた酒は三升におよんだという。

4

荒木又右衛門は、妻と幼い娘と家来三名をつれ、郡山の城下を発し、摂州・丹生《にう》山田（現在の神戸の近くだ）にある身よりのものの家におちつき、ここで、岡山から来た義弟の渡部数馬を迎えた。

河合甚左衛門は大身《おおみ》の槍をかかえ、ただひとりで郡山を発し、どこへともなく去った。

これより、双方の追いつ追われつがはじまる。

大坂で、京で、江戸で、奈良で、又右衛門と数馬は手がかりを追った。

このさなかにも、又右衛門は寛永十一年の正月に丹生山田へ戻り、みねとまんを相手の、水いらずの団欒をもった。

焦るまい、突きつめた心になるまい、そしてだれに見られても恥ずかしくない勝負をするための余裕をと、又右衛門はたえず心がけた。

寛永十一年になって、又右衛門一行は、夏の京の町で、河合又五郎を見た。もちろん、数馬は興奮のあまり斬って出ようとしたが、又右衛門はこれを押し止めた。

又五郎は、ちょうど将軍上洛の供をして京へのぼっていた旗本たちにかこまれ、道を歩いていたからである。

「いかぬ。それに、京の町は、ご公儀の旗本でみちあふれている。ここで勝負をいどむは、なにかにつけ不利であろう」

京も、大坂も、奈良も、すべて幕府の支配地で、入れかわり立ちかわり、旗本たちが役目について出張してきている。

又五郎も隠れやすいし逃げやすい。そのうえ、どんな邪魔が入るともかぎらぬ。また、又五郎の所在が不明となった。

こうするうち、江戸の旗本のおもだった人々の中で、

「危ういから、又五郎を、どこかの大名の家来にしてしまったらどうか」という案が出て、それが実行にうつされることになった。

旗本たちのなかには、安藤治左衛門のような大名の家から出たものも少なくはない。

「とにかく、又五郎を江戸へよぼう」ということになった。

このため、奈良にひそんでいた河合又五郎一行が江戸へ向かうことになったのを、偶然なことから、又右衛門の家来・森孫右衛門が探りあてた。

奈良郊外・薬師寺の金堂前で、又五郎の家来三人が道中の無事をいのる姿を、孫右衛門が発見したのである。

孫右衛門は、三人のあとをつけ、佐保の法華寺裏にある又五郎の隠れ家をたしかめた。

「あのものたちは薬師寺において、江戸への道中、無事息災をいのりたてまつるとつぶやいておりました」

と、孫右衛門は報告した。

又五郎の家来たちが孫右衛門の顔を知らず、孫右衛門のほうは、京の町で荒木一行が又五郎を見かけたとき、又五郎のうしろについていた三人の顔をひそかに見覚えていたということが、幸運であった。

これで、又五郎一行に、荒木一行が、ぴたり吸いつくことができたわけである。

河合又五郎に河合甚左衛門、桜井半兵衛（又五郎の妹婿）虎屋九右衛門（同じく妹婿）それに家来、小者を合わせ二十人が奈良を発したのが、十一月六日の朝であった。

これを、ひたひたと追う荒木一行は、又右衛門、数馬に、森孫右衛門、川合武右衛門の家来二名、合わせて四名である。

又五郎一行は、全速力で進み、奈良から約八里の伊賀・島ガ原へついたのが午後三時ごろである。

一刻も早く江戸へ着きたいという追われるもののあわただしさが、又五郎一行に見える。

「これでよい」

見とどけて、又右衛門は大きくうなずき、

「又五郎一行は、伊賀越道中をして亀山へ出で、あとは東海道を江戸へ向かうにきまった。又五郎を討つは明朝、伊賀上野城下においてだ」

と、断言をした。

このあたりは、又右衛門の故郷に近く、地理にも風俗にも又右衛門は精通をきわめている。

その夜、荒木一行は与右衛門坂の山中に野宿し、翌早朝、又五郎一行にさきがけて、伊賀上野城下入り口の街道沿いにある〔万《よろず》や〕という茶店へ入って身じたくをととのえた。

敵と戦う前に、又右衛門が数馬や家来ふたりの心をおちつかせ、上野城下の地形などや、斬り合いの作戦を、めんみつに語ってきかせたのは言うまでもない。

又右衛門は、まず、河合甚左衛門を斬ってしまわなくてはならぬと、かたく決意をしていた。

桜井半兵衛に家来ふたりを向かわせ、数馬は又五郎と一騎うちとなろうから、もっとも腕のたつ甚左衛門をかたづけてしまわなくては、あとの二十人もの供の者を、又右衛門ひとりが引きうけて戦うという作戦が狂う。

このため、又右衛門は、考えて考えぬいた結果に出た行動を、一分一厘の狂いもなくやってのけた。

又五郎一行が、上野城下入り口へさしかかったのは、午前八時すぎである。又五郎、甚左衛門、半兵衛の三人は馬に乗っていた。

「かかれ」

と、又右衛門は数馬に下知するや、物かげからおどり出し、

「河合氏!! 又右衛門でござる」

名のりをかけ、猛然と騎乗の河合甚左衛門の左側へ駆けより、

「ええい!!」

抜き討ちに、鐙《あぶみ》へかけている甚左衛門の左すねを斬り断った。

「うぬ!!」

甚左衛門の両眼がカッと見ひらかれ、ぐらりとなるのを耐えて馬上から刀を抜こうとした瞬間、六尺に近い又右衛門のからだが矢のように馬の腹下をくぐり、向こう側へ走りぬけたのである。

眼前に又右衛門の姿を見失った甚左衛門が、ハッとする間もなかった。

走りぬけるや、又右衛門は左手をもって、甚左衛門の右足をすくいあげた。

左足が、すでに斬り落とされているのだから、さすがの甚左衛門もたまったものではない。

「アッ」

叫びをあげてころげ落ちた甚左衛門の前を、馬がいななき狂ったように走りぬける。

「おのれ、又右衛……」

尻もちをついたまま、ろうばいして大刀を抜きかけた河合甚左衛門の頭上をめがけて、

「ターッ!!」

荒木又右衛門が致命的な一刀を振りおろした。

「ウワ、ウ、ウ……」

頭から顔から血を吹きあげ、倒れ伏した甚左衛門をふりむきもせず、又右衛門は新手を目ざして走りだした。

5

又五郎一行のうち、二十名の供のものは、ほとんど逃げた。数名の抵抗はあったが、これを又右衛門は斬らずして一蹴した。

桜井半兵衛は、孫右衛門と武右衛門が悪戦苦闘の末に倒すことを得た。

ここまでの戦いはごく短い間にすみ、残るは数馬と又五郎の一騎打ちである。

これが午前八時から午後二時まで、およそ、六時間も続けられたのだ。

又右衛門は、数馬につきそい、この人力を絶した長い戦いを見まもり続けた。

「数馬、又右衛門は助けぬぞ。ひとりで討て!!」

すでに、この凄惨な斬り合いを、城下の人々があらわれて見物している。

天下衆人の目の前で、又右衛門は義弟のかたき討ち（?）を完璧にりっぱなものとするため、はげましはしても、けっして又五郎へ手を出さなかった。

なにしろ、六時間である。

どちらかといえば又五郎に圧迫されかかる数馬を助けず、なんとか数馬ひとりの力でかたきを討たせようというのだ。

この六時間に、荒木又右衛門が消耗した心身の精力は、言葉につくせぬものがあった。

自分が出ていけば、一太刀でかたがついてしまうことなのだ。

六時間といっても、その半分は、共に重傷を負い、血みどろのふたりがにらみ合ったままであったのだろうが、

「ひとりで討て!! 敵は目の前におるぞ!!」

又右衛門は数馬を叱咤しつつ、しかも、あたりに気を配って邪魔の入ることを見張りながら、手を出さない。

これは、驚くべき精神力である。

斬り合っているほうが、むしろ楽だといえよう。

なぜなら、〔戦いの夢中〕に没入していられるからだ。

ついに、又右衛門の激励にふるいたった渡部数馬が河合又五郎を討ち、とどめを刺した。

6

伊賀上野仇撃《きゆうげき》の知らせは、まもなく丹生山田にあったみねのもとへも届いた。

この仇撃が天下の評判になったのは、一に、又右衛門のとった処置のみごとさがあったからこそである。

又右衛門一行の身がらは、伊賀上野の城代・藤堂出雲守があずかることになった。

ということは、出雲守の主人で、伊勢・安濃津城主藤堂高次があずかったということになる。

又右衛門は、かすり傷一つ負ってはいないが、渡部数馬と森孫右衛門は重傷、川合武右衛門は重傷がもとで死んだ。

藤堂家の臣で彦坂嘉兵衛というものがあって、この士は、渡部家縁類のものであった。

翌寛永十二年に、この彦坂が丹生山田のみねをたずねてくれ、当日のもようをくわしく語ってきかせた。

みねは息をのみ、目をみはり、声もなく聞き入った。

「そのときの又右衛門殿の進退のりっぱさには、われわれも、つくづくと感服つかまつった。ことに、河合甚左衛門をまっ先に討ち果たされたときの動きのみごとさ。あのように理にかなった働き方は、思うてみてもできかねるものでござる」

「又右衛門が河合様の馬の腹下をくぐりぬけたのは、とっさの考えでござりましたろうか？」

と、みねがきくと、彦坂は首をふり、

「いや、すでに奈良を出たときから、胸のうちにねりあげられたことを、そのまま寸分の狂いもなく、してのけられたということでござる」

「又右衛門が、さよう申しましたか？」

「それがしにのみ、おもらしくだされた」

「さようでござりましたか……」

「それがしが、近きうちに丹生山田へまいり、ご内儀へお目にかかると申しましたところ、又右衛門殿には、ニコリと笑われ、では、この話を妻におつたえくださるように……と、かよう申されまして……」

「馬の腹下をくぐりぬけたことをでござりますか？」

「いかにも――」

みねの双眸《そうぼう》が、じわりとうるんだ。

みねは、七年も前に、又右衛門の兄・平左衛門が郡山の家へたずねてきて、おもしろおかしく語ってきかせてくれたあのことを思い出した。

それは、次のようなものであった。

又右衛門が、荒木村にあってわんぱく小僧の名をほしいままに、元気いっぱいの幼年時代を送っていたころのことだ。ある日、街道につながれている騂馬《かんば》の腹の下をいたずら半分にくぐりぬけようとして、又右衛門は馬にけられた。

この打撲はかなり重く、一時は生死の境をさまようところまでいったという。

「以来、この弟御はな、おそろしいものとて何一つなき人物になったようじゃが、ただ一つ、馬の腹をくぐることだけは鬼門のようじゃ。もっとも、武田信玄公ほどの英雄も、イモムシを見ると身ぶるいをしたそうじゃが――」

と、あのときの平左衛門の言葉が、いまもみねの耳の底に、なまなましくよみがえってくるのだ。

そのくせ、又右衛門は平気で馬へ乗った。

「馬に乗れなくては、武士のつとめを果たすことはできない。

「馬に乗るのと、腹の下をくぐるのとでは、わしにとっては、まるで違うものなのだ。笑うてくれてもよいぞ」

寝物語に、こう言って、又右衛門が苦笑したそのときの表情まで、みねは、はっきりと思いうかべることができた。

敏速に、しかも確実に、強敵の河合甚左衛門を打ち倒すため、又右衛門がとった作戦はおそらく、これ一つであったのであろう。

又右衛門にとって、考えぬいた末に到達した最良の作戦から、馬の腹くぐりは欠くべからざるものであったにちがいない。

(あなた……)

みねは、庭先へ目をそらしたまま、身動きもしなかった。

小さな庭に植えられた一本《ひともと》の白梅が、ぷっくりとつぼみをふくらませていた。

みねの視線がとらえていたその白梅のつぼみが、彼女の目の中で涙にとけた。

このときほど、みねは夫の愛情にひたりきったことはない。

「みね、馬の腹ぐぐりはこわかったが、わしは剣士として、武士として、この機をえらび、おのれの弱さに打ちかちたいと思うたのだ。そして、打ちかてた。よろこんでくれい」

そう言う夫の声が、まざまざと聞こえてくるように思えた。

又右衛門一行は、寛永十一年十一月から、同十五年八月まで、伊賀上野にとどめおかれた。

事件後も問題は残ったからである。

第一に、又五郎を死なせた旗本組の怒りが、又右衛門、数馬の暗殺計画におよび、事実、伊賀一帯に怪しい浪人者が入りこみはじめた。

第二に、ふたりの身がら引きとりについてである。

藤堂家でも、ふたりを家臣にほしがったし、又右衛門の旧主・松平下総守も帰参をのぞみ、幕府へ斡旋を願い出た。

鳥取の池田家でも、

「渡部数馬を助け、みごとに本望をとげさせくれた荒木殿は、ぜひとも当家において引きとりたし」

例の、家老・荒尾志摩が強引に願い出た。

こうしたことの解決に、四年を要したのである。

寛永十五年八月七日、荒木又右衛門、渡部数馬、森孫右衛門の三名は、山城の国・伏見において、藤堂家から、池田家へ引きわたされた。

三人をまもる池田家の隊列はきびしく、無事に八月十三日夕刻、因州、鳥取に到着をした。

だが、荒木又右衛門は同月二十八日に病死をした。

まさに、急死である。

寛永七年から八ヵ年におよぶ緊張の連続と、その緊張を少しも外にあらわさず、義弟のため、武士の道をつらぬき通すために、孤独な戦いを続けに続けた超人的な又右衛門の心身は、すべてが解決するとともにむなしくなったのであろう。

伊賀上野城下にあった四年の間に、又右衛門は、すでに発病をしていた。

だが、それをみじんも表にあらわさず、いかなる事態がこようとも、義弟数馬をふくめた自分の進退をあやまってはならぬ、と健康をよそおい、病苦に耐えぬいてきたのである。

（渡部数馬の仇撃に汚点をのこしてはならぬ。事の落着をみるまで、わしは目をみはり、心をひきしめ、数馬をまもらねばならぬ）

この一事であった。

又右衛門が死んで五日後に、みねが、娘のまんとともに鳥取へ駆けつけてきた。

だが、五年ぶりに会う夫は、もう、みねに声をかけてはくれなかった。

よろいびつ

1

鎧櫃《よろいびつ》は、言うまでもないことながら、武士の表道具である鎧をおさめておくものであり、武家の誇りを象徴するものだから、台所や物置きへほうりこんでおくなどということは、もちろんあるべきはずがない。

四谷・仲殿町に屋敷を構える旗本・細井新三郎の鎧櫃も、書院の床の間に、どっしりとすえられてあった。

鎧をかざりつけるのは、正月か、五月の節句のときで、ふだんは兜《かぶと》のみを鎧櫃の上へかざっておくのが、細井家のしきたりである。

床の間の壁には、〔尚武〕の二字を大書した軸がかけられてある。この〔かけもの〕は、大御所家康にしたがい、何度も戦場を駆けまわったという細井家先祖の筆になるもので、まことにへたな字ではあるが、ともかく〔家宝〕だということになっていた。

細井家に、その事件が起こったのは、享保十一年春のことであった。

徳川幕府が日本を制御するようになってより、およそ百十年ほどの年月がすぎているこのころになると、武士というものの存在も、妙なものになってきたようだ。

その日——。

細井家の新参の家来で、池尻小文吾《こぶんご》というものが、そっと書院へ忍び入り、鎧櫃のふたをあけ、中へ手を差し入れて取り出したものがある。

「や——これか……」

小文吾は、取り出した蒔絵の箱のひもをとき、中のものを引き出すと、

「フム、フム——なるほど……フーム。や、これは、み、みごとなものだ」

額に汗をにじませ、なまつばをしきりにのみこみながら、そのものを一枚、二枚と、食い入るようにながめはじめた。

箱の中身は、二十余枚におよぶ春画であった。しかも、肉筆のものだ。

「フム、フム、フムフム——」

低くうなり声を発しつつ、二十六歳にしては酒にも女にもかなりすれている小文吾の熱中ぶりからおして、春画のできばえも相当な迫力をもっているらしい。

春画ばかりではない。鎧櫃には、まだ一包みの春本がしまいこまれていた。

つまり、これは、このころの武家の鎧櫃には、表道具のほかに、肌もあらわな男女の恍惚無我の境地を表現する芸術品が、同居をしていたということになる。

全部の武士の家が、そうであったというのではなく、そうしたことがあってもおかしくはないという、いわば当然の秘密のごときものになっていたともいえよう。

鎧櫃の中の一方の品には、もう用がなくなってから百年余もたっているのに、いま池尻小文吾が鑑賞をたのしんでいるもう一つの品のほうが、武士にとって物の用にたっているということは、見のがすことのできぬ事実であった。

封建時代の、ことに武家の女たちの性生活は、現代にくらべて、まことに貪弱なものであったなどと、その道の権威はのたもうが、とんでもないまちがいである。大名・旗本の家の女たちは、こうした〔当然の秘密〕を心ゆくまで味わっていたのだから……。

池尻小文吾が、細井家に仕えるようになったのは、三ヵ月ほどの前のことであった。

鎧櫃の中のたのしみを、朋輩の大竹七之助から耳うちされたのは、昨夜のことだ。

「あすは、先代さまのご法事でな。殿さまも奥さまも、うるさい用人殿も、みな出かけてしまうから、おぬし、ちょっと行ってのぞいてこいよ。そりゃあ、みごとなものだぞ」

しきりに、大竹がすすめる。

「まくら絵など、もう飽きるほど見てきましたよ」

「いや、違う。まくら絵にも上下があるぞ。いいか、池尻。あの殿さまの鎧櫃の中のものはな、そこらで隠し売りをしているようなまくら絵とはわけがちがう。なにせ、むかし鎌倉のころに、宮中の絵所をあずかっていた名人、住吉慶恩筆になるものを、殿さまがな、わざわざご公儀の絵師、板谷桂梅に模写させたといわれる逸品だというぞ」

あまり気もすすまなかった小文吾だが、きょうになって、主人夫妻が十八になる若さまと十六になる息女をつれ、用人、中間《ちゆうげん》を従えて麻布の寺へ出かけた留守を狙い、苦笑しつつ、鎧櫃の中身をのぞいたわけだ。

苦笑が驚嘆に、そして興奮に変わった池尻小文吾は、ついに我を忘れた。

（や？）

ついでのことに、もう一包みのほうも見てやれと、小文吾が、ふくさに包まれた数冊の春本を引き出したとたん、春本とともに彼の視線がとらえたものは、まぎれもなく、小判の包みであった。

「ふうむ……」

凝然と、池尻小文吾は、その金包みに見入った。

小文吾が、鎧櫃の中の金百両を盗んで逃亡したのは、その夜のことである。

ところが、同じその夜、屋敷内の長屋に住む用人・西村太兵衛の妻お秀も、細井屋敷からとつぜんに失踪してしまった。

「おのれ!! 両人とも、しめし合わせてのことじゃ」

鎧櫃の犯行を知ったとき、細井新三郎は烈火のように怒った。

用人・西村太兵衛は、主人の細井より五つ下の四十歳であったが、

「お秀が、いつ、池尻めと……し、知らなんだ。まったく知らなんだわ」

色の黒い、あばたの浮いた顔をゆがめ、わなわなとからだを震わせ、くやしげに、同じようなことを何度もつぶやくのみだ。

お秀は、西村にとって二度めの妻である。

愛宕山《あたごやま》の水茶屋ではたらいていたお秀を、細井家出入りの商人の養女ということにして、妻に迎えたのが半年前のことであった。

二十四歳のお秀のからだは、遺憾なく脂肪をたたえ、愛撫するに適当なふくらみをそなえ、西村を狂喜させていたものである。

細井新三郎は、西村用人を呼びつけ、

「草の根をわけても両人を捜し、首討てい。天下の直参、細井新三郎の家に、かくのごとき不始末を引き起したそのつぐないは、お前の太刀先ひとつにかかっておるのだぞ。お前にとっては妻を寝取った憎むべきやつ。わしにとっては獅子身中の虫けら。ゆるしてはおけぬ!!」

「は——」

「必ず、斬れ!! よいか」

平伏したが、西村太兵衛には、とても池尻小文吾を斬り伏せる自信はなかった。

2

セミが、じりじり鳴いていた。

池尻小文吾は、汗じみた帷子《かたびら》に脇差一本をさしこんだきりの、うすよごれた姿で、目黒の行人坂を、ぶらぶらと下っていた。

太刀はとっくに売り払い、やけ酒の飲みしろに替えてしまっていた。

四ヵ月前に、細井屋敷の鎧櫃から盗み出した金百両は、もう小文吾の手から消えてしまっている。以前からのばくちの借金を友だちに返しても、六十両に近い大金が小文吾に残されたのだが、

(こうなったら、もうどうにでもなれ)

小文吾は、たちまちのうちに、酒と女とばくちに、その金をつかい果たしてしまった。

六十両といえば、庶民たちが六年は暮らせるほどの金だが、そんな生活意識は、もちろん小文吾にはなかった。

自分の犯行が奉行所に届け出てあるなら、警吏の探索の目は、江戸市中に光っているはずであった。

（ふしぎにつかまらぬが……奉行所も、俺のようなものに、かかりあうひまがないのかな）

できるなら、早く捕えられて、二十六年の人生に結着をつけてしまいたい気持ちでいっぱいなのである。

池尻小文吾の生家は、本所林町にあって、百俵五人扶持の貧乏旗本だ。

同じ旗本でも、将軍の近くにはべる役目をもち、禄高も五百石という、いわゆる〔おれきれき〕の細井新三郎とは雪と墨の差がある。

ことに、貧乏旗本の二、三男は家も継げぬ邪魔もの扱いで、行き先の希望もなく、池尻家の次男坊に生まれた小文吾は、早くから悪友にさそわれ、曲事のひととおりはやってきた。

父も母も、ぐれだした小文吾には手をやいたが、母親の遠縁にあたる麹町《こうじまち》七丁目の茶問屋・久米屋与兵衛の口ききで、ようやく細井家に仕えることができたのである。

しかし、小文吾は、細井家に奉公していた三ヵ月間、若いからだをもてあましつくしていたのだ。

細井新三郎は、なにごとにも武士道をふりまわすのが自慢の旗本であった。小文吾をかかえるときも、まず第一に「お前のたしなみを見たい」というわけで、小文吾は、書院前の庭で、先輩の大竹七之助と木刀をもって試合をさせられた。

大竹も力自慢だったらしいが、市井の無頼どもを相手に何度もけんかをしてきているすばしこい小文吾の〔むちゃくちゃ流〕に、手もなくたたきのめされてしまった。

「みごと!!　それだけのたしなみがあれば、わしの家来としてじゅうぶんである」

細井新三郎はひざをうって、小文吾を賞美したものである。

また、細井の説教も有名なもので、月のうち四、五回は、家来から女中にいたるまで書院へ呼びつけ、ながながと、武士のたしなみを説いてきかせるのだ。ことに、細井が二十二歳のころに一世を風靡した、かの赤穂浪士のあだ討ちについては、

「いかに泰平の世とはいえ、武士たるものはあれでなくてはならぬ。そもそも、赤穂浪士のあだ討ちと申すは……」

と、なかなかうるさい。

池尻小文吾は、うんざりしてしまった。

悪友どもとかたらい、ゆすりの種を見つけたり、ばくち場の興奮にひたりつくした生活が、もうたまらなくなつかしくなるばかりであった。

そこへ――あの鎧櫃の中身を見、金百両を見たということになる。

理性よりも先に手が出たのは、小文吾の性格として無理はなかった。

(どうにでもなれ!!)

この一語で、なにごとも小文吾は割り切ってしまう。

戦争をすることもなくなった武士の力、ことに財力が町人の手に移りかけていた時代なのだ。貧乏旗本の次男坊のすることがない。大身の旗本の家来になるものは多いのだが、わずかな給料で飼い殺しにされるのは目に見えていることだし、小文吾のような男にとっては、生きがいを覚えるなにものもない明け暮れであり、それが、ずっと先の先まで続いていくのだと思うと、居ても立ってもいられなかった。

岡場所の女たちの、むんむんとにおうおしろいの香をかぐこともできなければ、自堕落に寝そべって酒をのむこともできない。

細井家では、家来たちの出入りにやかましく、用人の西村太兵衛をはじめ細井家の会計をうけもつ給人の島原権介なども、小文吾と大竹七之助の家来や三人の中間、四人の女中たちに、きびしい監督の目をゆるめないのだ。

このような家がらであるのに、床の間の鎧櫃にはあやしげなる〔当然の秘密〕があり、金百両が隠されている。

百両の金は、主人の細井が、役目がら、江戸城中で顔もきくので、出入りの商人か、どこかの知人が、何か御公儀に取り入るための斡旋でも細井新三郎にたのみこみ、その礼金（つまり賄賂）か、運動の費用にとどけてきたのを、細井が鎧櫃の中に入れておいたのであろうくらいのことは、池尻小文吾にも推察がつく。

ともあれ、鎧櫃というものが、こうした役にたっていることは、どこの武家でも同じらしい。

威厳と尊崇によろわれたものには、かえって、このような利用価値があるものだ。浄域であるべき寺社の門前に娼家が軒をつらねているのと同じようなものなのであろう。


「暑いな、きょうも……」

行人坂の途中に立ち、池尻小文吾は吐息をついた。

坂の左手は明王院という寺で、いかにも目黒あたりの、ひなびた山寺といったようなおもむきが庫裡《くり》のわら屋根などにうかがわれる。

右手は茶店が軒を並べて坂の下まで続き、そこから道が広くなって、目黒川にかかる相唐橋（のちの太鼓橋）に通じている。このあたりは、神社仏閣が多く、田園の風景をたのしみがてらの参詣人の往来もあり、目黒の谷に広がる森や、田畑や、農家にまじり、大名の下屋敷もかなりある。

「こう暑くてはかなわぬ。暑気ばらいに一杯やるか——」

懐中をさぐりつつ、小文吾は、坂を下って、相唐橋のたもとにある〔正月や〕という茶店へ入っていった。

酒もあり、きなこもちもあるという店だ。

暑さが激しいので、あまり人通りはなく、橋の向こうから牛をひいた農夫がひとり、汗をぬぐいつつやって来るのが見えた。

「酒をくれ」

軒下の縁台に腰をかけた小文吾に、

「いらっしゃいまし」と出てきた茶店の女をなにげなく見て、

「や!! あなたは、用人殿のご新造——」

驚いて目をみはった。

女も——いや、西村太兵衛の妻のお秀も、これは、小文吾の驚きとは別の意味で、ハッと色を失い、ものも言わずに奥へ駆け込もうとするのを、

「ご新造——」

小文吾は、お秀の腕をすばやくつかみ、

「いったい、これは——ど、どうなされたのだ？」

「お許しくださいまし。どうか許して——」

お秀は、必死にもがいている。茶店の奥から、主人夫婦らしいのが飛び出してくるのへ、小文吾は目顔で「なんでもない」と言い、お秀を引きよせ、

「わからぬ。わけを話してくださらぬか」

「では、あの——私を捕えに来たのでは……」

「あなたを、私が捕える？　わかりませぬな」

「まあ……」

それから話し合ってみて、小文吾もお秀も、細川家を抜け出した偶然の一致に、あらためて驚いた。

「そうなのでしたか、私が逃げた同じ夜に、池尻さまも……」

「そうなるわけだが——しかし、なぜ、あなたは、用人殿のところから逃げ出されたのか」

お秀は、まゆをひそめて口ごもった。

髪を手ぬぐいで包み、藍染めのひとえの下の豊満なからだを、わずかにくねらせ、うつ向いた女の姿を見て、

(西村用人の女房は、こんなに色っぽい女だったのか……)

はじめて、小文吾は気がついた。

茶店の主人にことわり、小文吾は、お秀を連れて、そこからほど近い目黒不動門前の茶屋へ行き、話すのをしぶるお秀の口を、ようやく開かせることができたのである。

3

お秀が、細井家を逃げた原因は、なんと、主人の細井新三郎にあったのだ。

武士の典型をもって任ずる、あのやかましい細井新三郎は、家来西村の妻女であるお秀に、けしからぬ所行におよぶことがたびたびであったという。

西村用人をどこかへ使いに出しておいて、その留守を狙い、奥庭から、そっと西

村の長屋へ忍び入ってきては、

「どうじゃ、うむ？——どうじゃ？」

何がどうじゃなのか知らぬが、いきなり抱きすくめてきたり、帯に手をかけたり、お秀のむっちりとふくらんだ胸もとへ、毛むくじゃらな手を差しこもうとしたりする。

一度は、あやうく押し倒されて身動きもできなくなったこともあるが、そこは水茶屋づとめをしてきたお秀だけに、相手にも恥をかかさぬように、なんとか逃げぬいてきた。しかし、それも、

「もう許さぬ。わしのいうことを聞かねば、西村太兵衛を——」

お秀の夫を、つまりクビにすると、細井新三郎はおどしはじめた。

たまりかねて、お秀は、すべてを夫に打ちあけ、

「こうなったら、もう、こんなお屋敷にいることはござんすまい。こっちから出ていってやりましょう。ねえ。ねえ……」

お秀が水茶屋にいたころ、たったひとりの肉親である病身の母親が死ぬまで、心をこめて世話を続けてくれた西村太兵衛だけに、年齢の差はあっても、お秀は夫を

憎からず思っていたことは、たしかであった。

「だんなさまが、どこかへおちつくまで、私がはたらき、けっして困るようなことにはさせません。だから、いっしょに、このお屋敷を出てくださいな」

と、お秀は迫った。

ところが西村太兵衛、煮えきらないのだ。

「うーむ……こ、こ、困ったのう」

頭をかかえ、青ざめて、なすところを知らない。

いうまでもなく、馘首《かくしゅ》がこわいのである。父の代から細井家の用人をつとめ、それ以外の世界をまったく知らぬ西村太兵衛だけに、中年になってから、無一物で妻とともにほうり出されることは、考えてみただけでもぞっとしたらしい。ついに……。

「い、い、一度だけ――な、たのむ。一度だけでも……」

一度だけでも、殿さまの言うとおりになってくれと、西村用人は手を合わせてお秀を拝んだものである。

ここにいたって、お秀は、ついに、夫にあいそをつかしてしまった。

西村から受けた恩をおもえばこそ、堅苦しい武家の家来の妻にもなったのである。子宝にめぐまれず「子がほしい」と言い暮らす西村のために、なんとか私も子をうみ、だんなさまによろこんでもらおうとまで思いつめていたお秀だけに、一度だけでも主人に肌を許せと夫に言われたのでは、もうたまったものではなかった。

「なるほどなあ……」

話を聞いて、池尻小文吾も大いに同情し、大いに怒った。

「無理もない。いや、ご新造の申されること、じつに、無理もない。なんだ!!あの細井新三郎め、いっぱしの旗本づらをして、赤穂義士討ち入りの説教を、俺に何度も聞かせおった。武士の魂が聞いてあきれる。それに、西村殿もまた西村殿だ!!」

「で、あなたさまは？」

と、今度はお秀がきいてきた。

「実は、よろいびつの……」

小文吾は、もう細井家に対して「ざまを見ろ」という気持ちになり、これもすべてをお秀に打ちあけると、

「まー―いい気味」

お秀はくちびるをゆがめ、おそれげもなく、そう言うのだ。

「しかし、こりゃあ、お秀さん……」

と、いつの間にかご新造とよんでいたのがお秀さんに変わったのに自分では気もつかず、池尻小文吾は肩をゆすって、

「こりゃあ、なんだな、あんたと私が、しめし合わせて金百両を頂戴、そのまま手に手をとって逃げ出したと、こう細井のところでは思っていますよ」

「かまいません!!」

と、お秀は断固として言う。

小文吾は、興奮の血があざやかにのぼっているお秀のえりあしのあたりに視線を射つけながら、

「よし。今夜はふたりで、大いに飲もうじゃないか」と言った。

その夜のふたりが、どこでどうなったか——それは語るにもおよぶまい。

まもなく、ふたりは、目黒川沿いにある農家のあき納屋を借り、同棲するように

なってしまった。

　そこは、お秀がつとめる茶店からも近く、あいかわらず彼女は、茶店へ通って働き続けた。

「こうなったからには、いっそ江戸を出て、上方へでもふたりで行こうか」

　と、小文吾が言いだすと、お秀は、

「でも、慣れぬ土地での苦労はたいへんなものだといいますものねえ。あれから、もう半年もたっているのだし、このぶんでは、私たちのことも、お奉行所のほうへは、とどけていないのかもしれない、そう思うんです、私――」

「ふむ……あの、なにごとも武士の体面にこじつけねばすまぬ細井新三郎だからな。おのれの家の不始末を、このんで世にさらすことはせぬというわけか……」

「あいなあ」

「ふむ。そう思えば、そうも思われるなあ」

「このまま江戸に――ねえ、大丈夫ですよ、小文吾さん」

　こうなると、女のほうが気持ちはすわってくるものらしい。考えれば考えるほど、小文吾も（面と向かって、細井新三郎や西村用人に見つからぬかぎりは、大丈夫だ）と、気も楽になってきた。

いっしょに暮らしてみると、なるほど、お秀は逸品であった。

西村太兵衛が、用人として細井家からもらう給金のあらいざらいをつぎこみ、それでも足らなくて、先祖から伝わる小さな田畑まで売り払い、お秀の借金やら、めんどうやらを見続け、ついに、自分の妻にまでせずにはいられなかった気持ちも、

（わかるなあ……）

ニヤニヤと、小文吾はあごをなでつつ、お秀の愛撫に、おぼれきっていた。

「やっぱり、だめ」

と、お秀は言う。

「何が？」

「だめ、前のだんなさまでは――」

「ほう。そりゃ、どういうわけだ」

「あんたとは、はだが違いますもの」

「はだがか」

「あい。四十をこえた西村さんの肌と、あなたの若い肌とは、もう、ほんとに……」

まず、天下泰平といったところだが、なんにしても、お秀のかせぎだけでは、ふたり暮らしは苦しくなるばかりであった。

小文吾も、お秀からせびったいくばくかの金を元手にばくち場を回り歩いていたが、とったりとられたりで、けっきょくは身につかないのだ。

悪友たちにさそわれ、ゆすりやたかりに一役買えば、なんとか小文吾もかせげるのだが、

(まだ、それだけはあぶない)

小文吾も、もう少し、細井家の事件のほとぼりをさましてからと、がまんした。

(それにしても、この女といっしょにどこまで暮らしていけるのか……)

もう、とても実家へは足ぶみもできないし、行き先を考えると、ためいきが出るばかりだった。

そこへ、こんな話が、ころげこんできた。

それは、お秀が働く茶店〔正月や〕の主人からもちこまれたものであった。

〔正月や〕主人の女房の弟は、根津権現門前の料理茶屋の主人で、しかも、門前から宮永町にかけて密集している娼家の元締めのようなこともやっている、つまり、〔ところ〕の顔役なのだという。

この男の名を、三ノ松の平十という。

平十は、そのほかに香具師《やし》の商売の元締めでもある。

はぶりもよく、金もあるし、姉夫婦に金を出してやり、目黒で茶店をやらせているのも、平十の才覚なのである。

「ともかく、一度会ってごらんなさいよ。せっかく、そう言ってくれるんですから――」

お秀にすすめられて、池尻小文吾は三ノ松の平十と会う気になり、上野の山から五町ほどの根津へ出かけてみると、平十の家は、権現社総門をくぐった門前町の右側にあるりっぱな料理茶屋であった。

二階座敷へ通され、小文吾は平十と面談をした。

ツルのようにやせたからだつきだが、平十という男の目は針のように光ってい、長い鼻も、長いあごも、なんとなく奇妙な顔貌をそなえていて、しかも、おかしがたい貫禄があった。

「池尻さんとやらお言いなすったね。まずお聞きなせえ。これからはもう、侍が腰に二本ぶちこみ、いくら肩で風を切って歩こうとも通らねえ世の中になってくる。つまるところは、金の世の中だ。お前さんも思いきって、この平十にからだをあずけなさるなら、行く末きっと、お前さんの身がたつようにはからいますがね」

姉の紹介だけに、平十は親切に言ってくれた。

小文吾もまたその場できっぱりと心をきめ、

「なんでもやってみよう」

と、返事をした。

「そうときまったら、まず一杯——」

平十も、小文吾に好感をもったらしい。すぐに酒肴を運ばせ、杯をあげた。

「まず、わっしの片腕ともなっておくんなさるためには、いろいろなことから覚えてもらわにゃなるまい。はじめはつらいだろうが、それが、わっしのやりくちなのでな」

「よろしい。なんでもやってみよう」

「そうかえ、それでよし。それなら、さっそくに、そのお秀さんとやらを連れて、こっちへやって来なせえ。いい男が女房を働かせておくことはねえ。わっしからも、〔正月や〕の主人には話を通しておこう」

こういうわけで、数日後に、小文吾とお秀は目黒を引きはらい、根津へやって来た。

三ノ松の平十は、権現社からほど近い七軒町の町家をすでに借りていてくれ、ふたりはそこに住むことになったが、時を移さず、平十の言いつけで、子分たちが所帯道具一式を運びこんできた。

「なるほど、ゆきとどいたものだな」

「いったん引き受けたなら、どこまでも世話をしてくれるというお人らしいと、〔正月や〕でも言っていましたもの」

「なに、俺もこうなって、いっそ、さばさばした」

池尻小文吾が、まず、三ノ松の平十から命ぜられたことは、諸方の盛り場にある香具師の商売を見習うことであった。

「いずれは、お前さんにたばねをしてもらう。そのためにも、いちおうは何から何まで覚えてもらわにゃなるまい」

と、平十は言った。

まさか、盛り場で、種々雑多な品物の呼び売りをさせられるとは思わなかったし、それに、盛り場にいれば、どんなやつに顔を見られるかしれたものではない。まだ身辺の危険が消えたわけでもないのだし、実家のものや親類たちの顔にぶつからぬともかぎらない。

(困ったな、これは……)

小文吾が、ためらっていると、すぐに平十はそれと察し、じろりとにらみ、

「それがいやなら、わっしは手を引かせてもらおうよ」

と、なかなかにきびしく、

「どうだ、二ヵ月か三ヵ月のことだ。すぐに香具師というものがどんなものか、それがわかる。そのうえで、そっちのたばねは、池尻さんにまかせるつもりだ」

「わかりました。やってみよう」

自分の前科についてはうちあけてはいない小文吾であった。

お秀も、さすがに心配をしたが、案ずるより生むがやすしで、盛り場の床みせをまわるようになっても、小文吾だけは別格の扱いをうけた。

いずれは三ノ松という親分の片腕ともなる男だというので、香具師仲間からも重んじられたし、盛り場に起こりがちなけんか騒ぎにもみずぎわだった腕前を見せたので、小文吾の人気は高まるばかりだった。

香具師が売る品物は、主に膏薬《こうやく》の類であって、これがまたよく売れるのだ。

そのころの外科治療は、もっぱら膏薬にたよるほかなかったので、需要も多い。

「ええ、てまえみせの練り薬の効能は、これよりご披露つかまつりますが……」

などという呼び売りは、小文吾が直接にするわけでもなく、つまり香具師たちの実態と、盛り場の営業権やなわ張りについての知識を覚えればよいというのが、三ノ松の平十の言いつけであった。

その年が暮れるころには、池尻小文吾もひととおりのことは覚えた。

三ノ松の平十のうえに、もっと大きな香具師の親分が君臨していることも知った。

小文吾は、もうすっかり町人の姿になり、名も弥助と変えていた。

4

一年たった。

その日は、つい先ごろまでの炎熱が夢のように思われるほど、空が高く深く見え、さわやかな秋の風が、江戸の町を流れていた。

池尻小文吾は、かわりじまの着物に、いまはやりの〔だまされまげ〕というかっこうで、内藤新宿の盛り場へやって来ていた。

内藤新宿は、元禄のころ、土地のものが公儀に願い出て、宿駅の公認を得たところだが、享保のはじめとなり、わけあってこれを廃した。

しかし、甲州街道をひかえての盛り場は、近ごろになって、またも息を吹き返し、一時は追い払われた娼家も、ぼつぼつと店をひらきはじめてきている。

玉川上水に沿った天竜寺の門前町から新宿上町にある子育て稲荷の境内へやって来た小文吾は、よく根津の三ノ松へやって来る由五郎という男が膏薬の呼び売りをしているのを見かけて、声をかけた。

「どうだ、売れるか」

「へえ。まあ、どうにか——どうも、お見回り、ご苦労さまで」

「うむ」

「親分は、お変わりございませんか」

「元気だよ」

「それはそれは——こうして、弥助さんが、親分のかわりに見回るので、親分も大よろこびだそうで——」

「どうだかな」

弥助の小文吾は、もう平気で、四谷仲殿町の細井屋敷から道のりも近い内藤新宿へもたびたびやってくる。

昔の仲間へ鼻薬をきかせて、そっと探ってもらったところによると、どうも奉行所へは自分の犯行を届け出ていないらしいとわかり、小文吾もこのごろでは、(もう大丈夫——)という気になっている。

お秀にも飽きがこないし、三ノ松の平十は
「わっしには何人もの女房や子がいるが、お前さんのような役にたってくれるものはひとりもいねえ。なんなら、お秀とふたりで夫婦養子になってもらい、わっしのあとを継がせてえと思っているのだ」

こんなことを言いだしてもいたのだ。

「それじゃあ、由五郎。精出してかせげよ」

「へえ。ありがとうございます」

夕暮れも近くなったので、小文吾は新宿の通りを大木戸へぬけ、塩町へさしかかった。

このあたりから、しだいに細井屋敷へ近づくことになるので、さすがに気持ちがわるく、小文吾はいつも、竜昌寺横町を左へ切れこむことにしていた。

(あれから一年半……早いものだな)

ふと、そう思いながら、小文吾が横町へ一歩足を踏み入れたときであった。

「う!!」

小文吾は、後頭部に焼けつくような、しかも激しい衝撃をうけ、どどっと、百人組屋敷の土べいへぶつかり、転倒した。

「だ、だれだ!!」

血まみれになってふり向く小文吾へ、

「ええい!!」

見たこともない屈強な侍が踏みこんできて、刀をふるった。

「うわ……」

必死にのがれようとする小文吾に、

「つ、妻のかたき——」

その侍のうしろから、細井家用人の西村太兵衛が、土け色となって顔の目玉を白くむき出し、刀を突き出してきた。

(し、しまった……)

よろよろと逃げまわりつつ、小文吾の灰色にかすんでくる意識のなかに、お秀や、実家の父や母や、兄などの顔が、ちらちらと浮かんでは消えた。

なんといっても、最初に頭へうけた一撃が致命的で、小文吾のからだは思うように動いてはくれなかった。

「う、う、う……」

やっと竜昌寺門前まで逃げてきたが、池尻小文吾はもうがっくりと倒れ伏し、西村太兵衛がむちゃくちゃに振りまわす刀の下で、絶命した。

人だかりが、遠まきにしているのを、かすかに感じつつ、西村太兵衛は、荒い呼吸を吐き、ぼんやりと、小文吾の死体を見つめた。

「西村殿。これでよい、殿さまもおよろこびなさるでしょうな」

最初に小文吾の頭を斬った侍が近寄って声をかけた。

この男は、小文吾が出たあとで細井新三郎にかかえられた笠原重次郎というものだ。笠原はかなり剣術もつかう。つい先ごろまで、笠原は西村用人とともに、小文吾とお秀を捜し、木曽から美濃のあたりをまわり、つい半月ほど前に江戸へ戻ってきたばかりであった。

「姦夫姦婦の首を、どうしても討つのだ!!　そもそも赤穂浪士は……」

主人の細井新三郎は、やっきとなり、西村用人を督励した。

細井は、小文吾の犯罪よりも、むしろお秀を憎んでいたのである。

(お秀だけは、わしの手にかけられるものではない……)

助太刀の笠原とともに旅をしながらも、西村太兵衛は悩みぬいていた。お秀が前非を悔いているなら許してやって、いっしょに、どこかの片田舎へでも行き、なんとか食べていこうなどとも考えてみたりしたものだ。

だが、その日、主人の使いで、笠原と同道し、千駄ガ谷まで出かけたその帰り道に、四谷大木戸で、前を歩いていく池尻小文吾を見たときには、

(おのれ!!　ぬけぬけと江戸に……)

まさか江戸にふたりがいようとは、細井も西村も思ってみなかったことだ。

「近いうちに、今度は東海道を捜してみよ」

細井新三郎からも、そう命令されていたところだったのである。

さすがに、小文吾を見かけた西村太兵衛は、こみあげてくる怒りを押えかねた。

「あ、あいつだ」

笠原重次郎に、そっとささやくと、重次郎は「よし!!」とうなずき、「人を斬るのは、これで三度めですよ」と言い放った。

笠原がいなければ、とうてい小文吾を討つことはできなかったろうと、西村太兵衛は思いながら、血だらけの小文吾を見おろしていると、

「西村殿。斬ってしまったが、最後まであとをつけ、女のいどころをたしかめるのでしたな」

笠原重次郎が、そう言った。

夕日をあびて、西村用人は、いつまでも動かなかった。笠原がもぎとってくれるまで、西村太兵衛の硬直しきった両手は刀から離れなかった。

この事件があって、すべてが奉行所にも知れ、お秀は捕えられ、しかるべく処刑をされた。

「バカめ!!　なぜ、小文吾めのあとをつけていき、姦婦のいどころをつきとめなかったのだ。奉行所の手をわずらわすまでもないではないか」

細井新三郎は苦虫をかみつぶしたような顔になり、西村用人をどなりつけたものだ。細井は、なによりも、お秀が奉行所の白州で、自分の醜行をしゃべりはしないかと、おそれていたのである。

お秀はすべてを告白し、細井新三郎は役目を免ぜられた。

西村太兵衛は馘首《かくしゅ》され、どこかへ旅立っていった。

かたきうち

1

鬼塚重兵衛は、森山平太郎の命を狙っていた。

〔かたき討ち〕というものが、ふたりの間にはあったのだ。

と言っても、重兵衛はかたきを討つほうではなく、討たれるほうなのだった。

〔かたき討ち〕というものは、必ずしも、かたきを討つほうが、かたきを追いかけているとばかりは言えない。

重兵衛のように

「いつでも来い。かわいそうだが、返り討ちにしてくれるぞ。いや、こっちのほうから平太郎を捜し出し、あの、かぼそい素ッ首をたたき落としてくれるわい」

と、まさにファイト旺盛なかたきさえもいるのだ。

松平丹後守の家来・鬼塚重兵衛が、同輩の森山平太郎の父・平之進とけんかして、これを殺害し、信州・松本の城下を立ちのいたのは、約一年前のことだった。

けんかの理由は、くだらないことだ。

城下にある娼家の女を争ったのがもとで、三十歳の重兵衛と五十五歳の平之進は、犬猿の間がらとなってしまった……というわけなのである。

「そのようなバカバカしいことがもとで、つまらぬ口争いをして、刀を抜き合わせるなぞとは……ああ、父上も、まったくバカなことをしてくれたものだ」

森山平太郎は、おおいになげいた。

しかし、かたき討ちの旅へのぼらぬわけにはいかない。かたきを討って帰らなければ、武士の体面上、どうしても失業しなくてはならないことは言うまでもない。

武士の世界の、これが〔規則〕であり、〔法〕なのである。

「とても、俺は重兵衛には勝てぬ」

出るものは、ためいきばかりだった。

平太郎も、ひととおりの剣術はやってきたが、重兵衛にはとても及ばない。鬼塚という名字そのまま、重兵衛の剣は松平藩随一の評判をとっていたし、事実、そのとおりなのだ。その証拠に、平太郎の親類たちも「しっかりやってこい」と言うだけで、だれひとり助太刀を買って出るものがいなかった。

殿さまも家老たちも、けんかの理由がくだらぬことだけに、死んだ平太郎の父へも同情せず、これも「一日も早くかたきの首を討って戻るよう」と、かたちだけのはげましをあたえただけだった。

さて……。

むし暑い夏のその夜のことである。

東海道・吉原の夜の旅籠《はたご》〔扇屋〕へ泊まっていた鬼塚重兵衛は、その夜も、

(平太郎め、どこをうろついておるのか。早く出てこい。いつでもたたき斬ってやるぞ)

こう思いながら、酒を飲み、いい気持ちで眠った。

夜深い——といっても明け方近くに、重兵衛の部屋へ忍び込んだものがある。

平太郎ではない。いわゆる〔ゴマのハエ〕というやつだ。重兵衛のさいふが重いことを見ぬいた〔ぬれやみの六助〕というやつだった。

重兵衛の家は倹約家の父親がのこした金がだいぶあり、その金を逃げるときに持ち出してきたものだから、まだ重兵衛のふところには三十両あまりの金があったのだ。

ずるずる……と、ぬれやみの六助が、重兵衛のまくらの下からさいふを引きぬいたとたん、

「エエイ！」

大いびきで寝込んでいたと思われた重兵衛が飛び起き、脇差をつかんで抜きうちに斬りつけた。さすがかたきもつ身だけに、油断はなかった。

「ワーッ……」

悲鳴をあげて、ぬれやみの六助は廊下へ逃げ、血をふり落としながら二階の物干し場から路上へ飛び降り、姿をかくした。

〔扇屋〕の中は、大騒ぎになった。

「命みょうがなやつめ」と、鬼塚重兵衛はうそぶいた。

さいふをつかんだままの六助の右腕が、重兵衛の部屋に、ばったりと斬り落とされてあった。

2

また一年たった。

やはり、夏のことである。

上州と越後をむすぶ三国街道が、国境の峠へ近づいているあたりの村はずれに、鬼塚重兵衛がいた。

一方は切りたったがけで、一方は赤間川の急流が、夏の日にきらめいていた。

「平太郎も、きょうかぎりの命だわい」

重兵衛はつぶやき、そっと大刀の柄《つか》をなでて、自分をかたきとつけ狙っているだろう森山平太郎の来るのを待ち構えていた。

さっき、重兵衛は、街道の小さな村を通りすぎたとき、その農家の庭で、昼の弁当をつかっている平太郎と若党の弥市の姿を、街道からちらりと見たのだ。

(あいつだ!)

さいわい、平太郎主従には気づかれていない。

重兵衛は、ニヤリと笑い、村はずれの街道まで来て、あとから来る平太郎を返り討ちにすることにきめた。

（あいつをかたづけてしまえば、俺も気が楽に眠れるからな）

いくら腕に自信のある重兵衛でも、つけ狙われるのは気持ちのいいものではない。どんな不意うちをかけられるか知れたものではないからだ。

（これで、俺もさっぱりするわい）

夏の日ざかりなのだが、旅びとの姿もなかった。

（もうまもなく、やって来るだろう。来たら、下の河原へ連れていき、首をはねてくれよう）

重兵衛は、ゆっくりと立ち上がり、刀の下緒をとってたすきをかけた。

その瞬間だった。

がけの上から、なんの予告もなしに落ちてきた風船玉ほどの石が、もろに重兵衛の頭にぶち当たった。

「ウーン……」

ばったりと重兵衛は倒れた。

すると……。

がけの上の木陰からイナゴみたいに飛び出してきた男が三人うめいている重兵衛におどりかかり、手にした棍棒や石をふるって、

「こんちくしょうめ」

「ざまあみやがれ！」

めちゃめちゃに重兵衛を殴りつけた。

さすがの重兵衛も、もうだめだった。

重兵衛は白い目をむき出して死んだ。

「見やがれ。とうとうかたきをとったぞ」

叫んだのは、ぬれやみの六助だった。

「おう、てめえたち。ご苦労だったな。この野郎の死骸は、上の山ん中へ埋めちまえ。だれにも気がつかれねえようにな――」

左腕に棍棒をつかんだ六助は、仲間とともに、重兵衛の死体を、どこかへ運び去った。街道の上には、一滴の血もこぼれてはいなかった。

やがて、森山平太郎が若党の弥市とともに、そこへ通りかかった。

「きょうも暑いのう」

と、平太郎が、うんざりして言った。

「俺たちは、いつになったら国へ帰れるのかなあ」

「若だんなさま。かたきを討たねば……」

「討てるかな」

「そんな心細いことを……」

「俺は重兵衛にはとても勝てんなあ」

「それじゃあ、どうなるんです。一生、このまま、旅を続けておいでになるおつもりですか?」

「わからない……困ったなあ……」

弥市も、うんざりして主人の顔をながめた。

3

七年たった。

森山平太郎は、まだ鬼塚重兵衛を捜し続けていた。捜すというよりも、そのころの平太郎は、重兵衛に出会うことを恐れながら、びくびくと、心細い旅を続けていたのである。

若党の弥市は、たよりない主人を捨てて、どこかへ逃げてしまっていた。

本作品中に差別的ともとられかねない表現が見られますが、著者がすでに故人であることと作品の文学性・芸術性に鑑み、原文のままとしました。

（春陽堂書店編集部）

春陽文庫

仇討《あだう》ち物語《ものがたり》

2022年10月20日　新版改訂版第1刷　発行
2022年11月20日　新版改訂版第2刷　発行

著者　池波正太郎
発行者　伊藤良則
発行所　株式会社　春陽堂書店
〒一〇四―〇〇六一
東京都中央区銀座三―一〇―九
KEC銀座ビル
電話〇三（六二六四）〇八五五（代）
印刷・製本　株式会社　加藤文明社

定価はカバーに明記してあります。

ISBN978-4-394-90424-3 C0193

エクリチュールへ Ⅰ

明治期「言文一致」神話解体　三遊亭円朝考

目次

鈴木貞美
Sadami Suzuki

エクリチュールへ I

明治期「言文一致」神話解体　三遊亭円朝考

鈴木貞美の文芸論 ②

文化科学高等研究院出版局

知の新書
J09/L04

DU MÊME AUTEUR 鈴木貞美のワーク

著書

『転位する魂 梶井基次郎』（鈴木沙那美名義）社会思想社・現代教養文庫 1977
『蟻』（鈴木沙那美名義の小説）冬樹社 1979
『谺』河出書房新社 1985（小説）
『言いだしかねて』作品社 1986――小説「言いだしかねて、身も心も」
『身も心も』河出文庫 1997
『人間の零度、もしくは表現の脱近代』河出書房新社 1987
『「昭和文学」のために フィクションの領略―鈴木貞美評論集』思潮社 1989
『モダン都市の表現―自己・幻想・女性』白地社 1992
『現代日本文学の思想―解体と再編のストラテジー』（トランスモダン叢書）五月書房 1992
『日本の「文学」を考える』角川選書 1994
『「生命」で読む日本近代―大正生命主義の誕生と展開』NHKブックス：日本放送出版協会 1996
『梶井基次郎 表現する魂』新潮社 1996
『日本の「文学」概念』作品社 1998
『梶井基次郎の世界』作品社 2001
『日本の文化ナショナリズム』平凡社新書 2005
『生命観の探究・重層する危機のなかで』作品社 2007
『日本人の生命観―神・恋・倫理』中公新書 2008
『自由の壁』集英社新書 2009
『「日本文学」の成立』作品社 2009
『戦後思想は日本を読みそこねてきた 近現代思想史再考』平凡社新書 2009
『「文藝春秋」とアジア太平洋戦争』東アジア叢書：武田ランダムハウスジャパン 2010
『「文藝春秋」の戦争：戦前期リベラリズムの帰趨』筑摩選書 2016 右の改訂増補版
『日本語の「常識」を問う』平凡社新書 2011
『入門 日本近現代文芸史』平凡社新書 2013
『戦後文学の旗手・中村真一郎―「死の影の下に」五部作をめぐって』水声社 2014
『日本文学の論じ方―体系的研究法』世界思想社 2014
『近代の超克―その戦前・戦中・戦後』作品社 2015
『宮沢賢治―氾濫する生命』左右社 2015
『鴨長明 自由のこころ』ちくま新書 2016
『「日記」と「随筆」』（日記で読む日本史）倉本一宏監修 臨川書店 2016
『日記で読む日本文化史』平凡社新書 2016
『『死者の書』の謎―折口信夫とその時代』作品社 2017
『日本人の自然観』作品社 2019
『歴史と生命 西田幾多郎の苦闘』作品社 2020
『満洲国 交錯するナショナリズム』平凡社新書 2021
『最後の文人 石川淳の世界』田中優子・小林ふみ子・帆苅基生・山口俊生との共著 集英社新書 2021
『日露戦争の時代―日本文化の転換点』平凡社新書 2023
『ナラトロジーへ 物語論の転換、柳田國男考』知の新書 J07 2023

編著

『モダン都市文学2 モダンガールの誘惑』平凡社 1989
『モダン都市文学4 都会の幻想』平凡社 1990
『史話日本の歴史』清原康正共編 作品社 1991
『大正生命主義と現代』河出書房新社 1995
『雑誌「太陽」と国民文化の形成』思文閣出版 2001
『満洲浪曼』全7巻別巻1 呂元明、劉建輝共編 ゆまに書房 2002
『梶井基次郎『檸檬』作品論集』クレス出版 2002
『技術と身体：日本「近代化」の思想』木岡伸夫共編著 ミネルヴァ書房 2006
『わび、さび、幽玄―「日本的なるもの」への道程』岩井茂樹と共編 水声社 2006
『石川淳と戦後日本』ウィリアム・J・タイラー ミネルヴァ書房 2010
『明治期「新式貸本屋」目録の研究』浅岡邦雄共編 作品社 2010
『『Japan to-day』研究―戦時期『文藝春秋』の海外発信』作品社 2011
『上海一〇〇年 日中文化交流の場所（トポス）』李征共編 勉誠出版 2013
『エネルギーを考える―学の融合と拡散』金子務共編 作品社 2013

序章　明治期「言文一致」神話を解体＝再編する

本書「エクリチュールへ」〔第一章　明治期言文一致論再考〕は、二葉亭四迷ら小説家が開始した明治期「言文一致」運動を西洋近代に進行した「俗語革命」〔精神革命〕に匹敵するかのように論じた神話を解体し、その実際の進行過程を諸分野、メディア、時期にわたって明示する。日本近代の読み書き言葉をめぐる大きな神話を解体・再編するのだから、日本の「エクリチュール」に接近する一歩を名乗ってもよいだろう。

その神話をつくったのは、山本正秀が東京大学文学部に提出した博士論文『近代文体発生の史的研究』〔岩波書店、一九六五〕だった。それは、前島密《ひそか》の「漢字御廃止之議」建白〔一八六六年〕、福沢諭吉「世俗通用の俗文」論など幕末、明治初期の欧化主義の議論からはじめて、一九一九年まで、「言文一致」をめぐる議論を逐年で丹念に拾った、いわば「実証的」な資料集だった。そして彼は『新潮日本文学辞典』（新潮社、一九六八、増補改訂版一九八八）で「言文一致運動」は西洋における「近代文体革命運動に匹敵」するという見解を打ち出した。日本における「言文一致」をめぐる議論を集めれば、それが西欧「近代文体革命運動に匹敵」することを論証できると勘違いしたのである。努力の方向が違っていたのは否定すべくもない。

要するに、西洋近代の俗語革命についても、明治期「言文一致」体運動についても、それぞれの基本的性格を把握できないまま、短絡して類比しているにすぎない。日本の知識人が「概念に弱い」といわれてきた代表例にあげてもよいくらいだが、それを正面から指摘した論考を知らない。さらにはそこに、「自然主義」文芸を結節点に置く、当代文芸思潮についての誤解が重なる。わたしもずっと気にしながら、煩雑さを厭ってサボってきた。

これはしかし、山本正秀一人の問題ではない。『近代文体発生の史的研究』に序文を寄せている久松潜一の言を借りれば、「言文一致」は、まさに「国語」と「文学」の双方に跨る問題である。ここには、いわば第二次世界大戦後の日本の知識人が陥っていた「国語」と「文学」に跨る精神の病理とでもいうべき傾向が露わになっている。明治近代になって、日本人は自然を対象として把握できるようになったという類の思い込みに通じるもので、それを讃嘆しようが、毛嫌いしようが、どちらにしても度しがたい勘違いである。国語・国文学界、文芸批評界に限らず、科学＝技術史界にも跨る病であった（鈴木『日本人の自然観』作品社、二〇一八、第一章・第二章を参照されたい）。

だが、ここでは、まず西欧近代の「俗語革命」とは何をいうのかを明らかにし、次いで日本では、それは成り立たないことを示し、日本近代の「言文一致」運動とは何だったのか、その概要を明らかにしておこう。その運動はそもそも「革命」足りえず、かつ、未遂に終わったことに納得がゆくはずである。

西欧では一八世紀中頃から、それまで国際的に知識人の共通語であった、かつてのローマ帝国の公用語・ラテン語に換えて、民衆（people）の話し言葉をベースにした自国語（national language）を用いる運動が起こった。分厚く堆積した修辞《レトリック》の習得を必要とするラテン語と異なり、民衆が会話を交わす自国語は、各自の意志の疎通を自由にはかることのできる「透明な」言語とされ、それぞれの民族が国民国家を築く精神的な基盤とされた。要するに知識人のラテン語から、民衆の自国語へ読み書き言葉を換えたのである。それゆえ「精神革命」と呼ばれる。

それは典型的には、一八世紀フランスで植物の分類学を整えたことで知られるビュフォン伯がフランス語なら筆者の発見や新知見は一般民衆に広く共有されるため、筆者の個性は「文体」(style) に示されるといい、ジャン＝ジャック・ルソーは、その民衆の一般意思が国民国家を形成するという理論を打ち立てたのだった（これらについては後述する）。英語やフランス語、ドイツ語など、各国語はそれぞれの地域で「国語」と呼ばれることはほとんどないが、これこそが西欧近代の「国語」の思想である。

これらでは、同一民族内でも誤解が生じることや、音声言語の現前性は、地域内の少数民族には習得が困難で、彼らを排除することになること、各「国語」は中央官僚の話し言葉が標準に置かれることが多く、地方及び社会方言で暮らす人々には競争には不利にはたらくことなども考えられていない。だが、それぞれの「国語」は、活版印刷によって普及し、音声言語の現前性を超えて習得されるため、先の排除や差別は表面上、緩和され、国民国家の幻想性は強化される。

とはいえ、実際のところ、国民国家に向かう政治的ナショナリズム運動は、イギリスとフランス、イタリアではそれぞれ異なったように、それぞれの地域の歴史的条件により、著しく相違した。ヨーロッパの諸国は多くの場合、一九世紀初頭、ナポレオン一世によるヨーロッパ制覇に対する反撃からドイツ統一の機運が興ったように、それを契機にそれぞれに組織されてゆくことになった。また各「国語」が若い国民の隅々まで浸透するのも、イギリスでは一九世紀後期の普通教育、フランスでは二〇世紀初頭からの義務教育の普及によってなされたように、地域的に事情は異なる。

それに対して、東アジアでは読み書き言葉の事情がまったく異なった。文字の国・中国では古典古代から「文言」（文語体）による統治が行われていたが、西暦紀元前四世紀、秦の始皇帝による文字の統一ののち、紀元前三世紀、漢代には「今文」と呼ばれる字体に改められたが、民間で秦代以前の字体を探究する訓詁学が長く続いたことはよく知られる。

そして、とくに五代十国の争乱で貴族層が滅んだのち、一五世紀宋代に富裕層が読書階級を形成するようになるし、民間の講談などから（話せなくとも読めばわかる）「白話」と呼ばれる共通語的な口語体がつくられ、明代には長篇小説が記されるようになってゆく。

日本では、さらに言語環境がちがった。古代から公用語に漢文が用いられ、近世に御触れは日本語（こと止め、べからず止め）に替わるが、江戸時代を通じて漢文は知識層に必須とされた。明治期にはエリートの卵と位置づけられた中学生以上に漢文は必須科目とされ、当初は「国語」の一部とされていた。そのほか最低でも英語も必須とされた。そのタテマエは第二次世界大戦後、連合軍の占領下でも変わらないが、学習意欲は急速に英語に傾いたことは否めない。

それとは別に、日本では古代から漢字の音訓を用いてヤマト言葉の読み書きが官人層に行われ（万葉仮名）、平安時代には音仮名は片仮名、草仮名（万葉仮名の草書体）、平仮名に分岐し、平安中期には「漢文書き下し体」も漢文の構文にそって漢語や訓述漢字を交えるさまざまな様式が行われるようになった（女性のための仏教入門書『三宝絵』の写本の様子から推測される）。平仮名を主体にした和文体が和歌や和歌を焦点とする長短の歌物語や回想記など後宮を中心に女房たちの文化を支えた。

院政期には宮廷秩序の回復をはかる動きが公家層に起こり、漢詩文が盛んになる一方、いわゆる変体漢文への流れも興った。のち鎌倉幕府の史書『吾妻鑑』が独特の変体漢文体をとったのもそれに携わった公家たちがその流れにあったゆえである。

そして院政・鎌倉時代には種々の和漢混交文が行き交うようになり、また芸能を通じて武士の言葉も交えた広範な人々のあいだに共通語的な様相をもつ多彩な文体様式(written modes)が作られ、近世には狂言や浄瑠璃など口語で演じられた。のち江戸時代に聞き書きにより、近世口語の記録も遺された。そして江戸時代前期には、白話小説の流入も手伝ってと想われるが、笑話に民衆の口語体がはっきり認められ、次第に広く民衆相手の講義録などにも用いられるようになっていった。つまり江戸時代には、漢文、漢文書き下し体、和漢混交文体、口語体、また古典和文に当代の俗語を混ぜた擬古文体を含め、二言語、四種の日本語の読み書き言葉の様式が流通し、木版で刊行されていた。

明治維新政府は、タテマエ上、中央官庁の名称など古代律令による中央集権制(郡県制)に戻したが、実際には西欧の動きにならった制度運営を行った。言語にも自国語の正格を定めた。それは太政官布告やのちの帝国憲法に見られるような硬い漢文書き下し体だった。だが、ジャーナリズムの発達は、たちまち漢文に習熟していない民衆にも読んでわかりやすい――構文は書き下しでも難しい漢語を用いず、また漢文の読み癖を減らした――文体を生み出していった。明治期普通文と呼ばれる。他方で、英語の翻訳から新しい言いまわしが生じたりした。

たとえば、明治二〇（一八八七）年、徳富蘇峰が民友社の雑誌『国民之友』を創刊、「嗟嗚《ああ》、国民之友、生れたり」と喧伝して、語り草となった。そもそも刊行物は制作されるもの、作られるものだった。そこに「be born」の直訳体を用いて「生れたり」とぶちあげたことが、若い知識層の耳目を惹いたのである。そのあとに、新時代における新しい教養の必要を訴えている。その同じ年、山田美妙は新聞小説「武蔵野」（一八八七）に、近世北で浄瑠璃に用いられていた「おじゃる」を用い、二葉亭四迷は、長篇小説『浮雲』（一八八七-九〇、一八九一刊行）等に、江戸前期に笑話などに用いられていた「～た」止めを用いて言文一致体を試みた。だが、近代芸術には品位が大事と考える森鷗外や坪内逍遥から反対され、小説や文芸の翻訳ににおける言文一致体は下火になった。

ところが、小学校の国語教育においては、学齢にふさわしい教育をというモットーが浸透し、その運動は議会をも動かし、一九〇五年一二月に文部省が許容するに至った。知識層も日露戦争後には、政治論文などを除き、かつ自身で文体が選べるメディアでは、口語常体を用いるようになる。しかし、高等小学校では、漢文書き下しの習得が義務づけられていた。そして、新聞・雑誌の記者による記事は欧州大戦（第一次世界大戦）が終わるまで「漢文書き下し体」が主であった。つまり、明治期「言文一致」は分野により。メディアにより、マダラ状に進展していたのである。

一九一四年、欧州大戦（第一次世界大戦）がはじまると、日本は消極的ながら協商国側に立って参戦し、ソ連成立後には、シベリア出兵を行ってかなりの戦闘を繰り返した。新聞には硬い漢語が飛び交った。一九一八年、欧州大戦が終結し、帝国主義の時代は終わった、国際連盟が結成され、日本がその常任理事国の一つとなると、新聞各社の申し合わせで、匿名記事もみな口語常体に換えた。これで公用語を除いて、印刷物の紙面は、ほぼ口語常体となり、手紙などに口語敬体が用いられ、明治期「言文一致」革命は、公用文を除けば、ほぼ完成したように見えるかもしれない。

だが、一九三一年関東軍は満洲事変を画策、日本は国際的に孤立して再び戦火の絶えない季節に入る。戦争が激しくなればなるほど「敵線、劇棚せり」など漢語が飛び交い、新聞の紙面は真っ黒に見えるほどになっていった。したがって、日本の場合、明治期「言文一致」は、ついに維新政府の定めた「国語」の正格には勝てなかったのである。未完の革命というべきであった。

そして第二次世界大戦後、連合国総司令部の指揮下に日本国憲法は口語体で記された。これはいわば上からの革命だった、明治期「言文一致」運動の成果と評した人はまだいない。なにしろ、大方の論者は、明治期「言文一致」運動は明治末に成就したと考えていたのだから。

つまり、明治期「言文一致」は「文学」と「国語」に跨る問題であり、「国語」教育や新聞・雑誌の動きまで含めて見ていかないと、その実際はわからない。「文学」の周辺だけ見ていても全体の動きにはとうてい届かないし、その「文学」の動きも表現の実際、理念の実際に踏み込まない限り、まるで観念的な図式に陥ってしまう。

本書〔第一章〕では、山本正秀『近代文体発生の史的研究』を、その文芸思潮の把握の誤りとともに葬り去り、明治期「言文一致」運動が分野により、メディアにより、マダラ状に進行した実態を明らかにする。明治期の実際と、それを論じてきた戦後の学界、文芸批評界の動向の虚妄性を追う。解決すべき課題は多岐にわたり、入り組んだ論議は避けて通れない。さらには山本正秀の見解を補正し、「自然主義」などの文芸思潮との関係を避けて今日、標準とされる山田有策氏の見解をさらに修正してみたい。そして最後に、そのなかで二葉亭四迷の果たした役割を解明したい。

そして〔第二章〕で、江戸時代から連続し、二葉亭四迷らに先行していた三遊亭円朝の実際の口演と、その「口語体」の活字化について論じることにしたい。彼がギィ・ド・モーパッサンの短篇を日本の江戸時代に舞台映し、長篇探偵小説に仕立て直していたことなど、これまで探偵小説史でも論じられてこなかったことにも筆を延ばすことになろう。

第一章

明治期「言文一致」再考

——二葉亭四迷「余が言文一致の由来」を読みなおす

1　なぜ、明治期「言文一致」が問題なのか？

明治期「言文一致」について、今日でも「文語文に慣れた人々は、しゃべるように書くことができなかった」などという俗論が飛び交っている。それを俗論といわれても、ピンとこない人が多いだろう。ほとんど病といってよい。たとえば明治前期から人文系学問の制度整備に寄与した西周は、オランダ・ライデン大学に学んで、あるべき日本の学問体系を論じた『百一新論』(一八七四)に「ござる、ござろう」文末を用いていた。当時の「言文一致」の一つである。しかもそれは、江戸後期の神道家、平田篤胤の談義に倣ったもの。「です、ます」、「だ、である」、「する、した」文末も、江戸時代にいくつも拾える。

それをいっても、いや、それは会話の文末で、「地の文」ではないのでは、などと考える人もいる。なぜ、会話と地の文の区別にこだわるのか、というところから問いなおしたいところだが、それはあとにまわして、木室卯雲《きむろぼううん》『話稿鹿の子餅』(一七七二)という江戸中期の笑話集より、短い一話を引く(ルビは適宜ふる。繰り返しの「くの字点」は、平仮名で示す。以下同様)

神田川出水に、筋違《すじかひ》の薪ことごとく流れるを、柳原の乞食川端へ出て居て、鳶《とび》にひつかけ、ながるゝ薪を引上ぐれば、たちまち乞食が薪屋になり、薪屋が乞食になつた[1]。

では、明治期「言文一致」については、いったい何が問題だったのか。まず、そこから問い直さなくてはならない。

1・1　何を問うべきか

明治期「言文一致」については、第二次世界大戦後、本間久雄「言文一致」(『新訂明治文学史Ⅰ』東京堂、一九四八)あたりから、小説文体の問題として論究がはじまり、とりわけ山本正秀が長く取り組み、「言文一致運動」は西洋における〈近代文体革命運動に匹敵〉するという見解を打ち出した(『新潮日本文学辞典』新潮社、一九六八。増補改訂版一九八八)。そして、この見解を中心にすえた山本正秀の見解が長いあいだ、国内のみならず、諸外国の日本語学習者のあいだにも、まるで定説のように拡がっていた。

山本正秀の『近代文体発生の史的研究』(岩波書店、一九六五)(序章　第一節　日本近代文

体の形成と言文一致運動 一 逍遥・花袋・藤村の表現苦時代回想〉は、坪内逍遥の回想記『柿之帯《へた》』(一九三四)中〈表現苦時代〉より、〈漢文くづしか、和文くづしか、戯作文しか無かった〉時期に、二葉亭四迷の新文体草創の苦しみについて述べた条《くだり》の引用からはじまる。このような運びの話を高校の授業などで聞けば、誰でも「文語文に慣れた人々はしゃべるように書くことができなかった」と思い込んでしまうだろう。だが、これでは、二葉亭四迷が「新文体の創出」に、なぜ、どのように苦しんだか、わかるはずがない。これは、むしろ逆で、「漢文くずし」も「和文くずし」も「戯作文」もあったため、まちまちな評価が衝突してもみくちゃにされたと考えた方が早い。本稿では、二葉亭四迷「余が言文一致の由来」(一九〇六)を読みなおし、当時の二葉亭の意図がどのようなものであったか、それが、これまで、どのように理解されてきたかを再考したい。

なお、「和文くずし」は明治期にはまず見ない。逍遥の用いるジャーゴンは概して概念規定が甘く、時期により、文脈により、不安定だが、一般に「漢文くずし」は明治中期まで主流だった漢文書き下し[2]をいうとされもするが、実際は、そこから、むつかしい漢語や返り読み、呼応の副詞「将に〜せんす」など再読文字など漢文書き下し特有の癖を減じて平明化する傾向が趨勢だった。それは、たとえば漢語に日本に特有のルビを用いて「閑話休題《おはなしかわって》」と表記するなど、多様な工夫によって推進された。それから類推して、「和文くずし」は、古典和文（中世以降は「擬古文」とも）から雅語（古典語）や枕詞・縁語などの修辞を減らして一般に通じやすくした傾向。二つ併せて明治期「普通文」の平易化の流れ（後述する）を指していると見てもよいだろう。「戯作」は、とりあえず、江戸時代の小説類の総称でよい。

山本正秀も日本前近代に、地の文も話しことばで記した作品が「いくらでもある」ことは承知していた。『近代文体発生の史的研究』の後から二つ目の〈第十六章　明治二一年前後の言文一致論争　第八節〉は、尾崎紅葉が「二人女房」（一八九二）の途中から「言文一致」を用いはじめるまで、「言文一致と豆腐はだいきらい」と口癖のように言っていたことを述べて閉じている。が、末尾に〈追記〉があり、手写版『我楽多文庫《がらくた》』〈第三編〉（一八九五）などに掲載された、紅葉の〈地の文まで話しことばで書いた〉三編の落語をもって彼の「言文一致」の着手と見る勝本清一郎の意見に対し[3]、〈小咄などを地の文も話しことばのままに写し取り印刷したものは、近世にいくらでもあり〉、手写版『我楽多文庫』掲載の落語は、その延長にすぎず、〈そこに言文一致の高い散文精神があったものとは受け取りがたい〉と退けている[4]。

「言文一致と豆腐はだいきらい」とは、泉鏡花『紅葉山人追憶談』(1903)中に紹介されている紅葉の口癖だが、「なぞかけ」のレトリックによるものだろう。その心は「どちらも庶民の口に珍しくない」。紅葉が硯友社を率いた売文稼業とはいえ、文の芸(=趣向)の開発にかけた情熱は並大抵ではなかった。アメリカのダイム・ノベル(三文小説)はもちろん、中国で出まわっている白話短篇小説の類まで、摂取を重ねたことは、今日、明らかにされている。同じ一八九二年の内に、フランスの劇作家、モリエールの脚本の翻案、会話ばかりの「夏小袖」を出すかと思えば、逆に会話のまったくない「三人妻」を書くなど、実にさまざまな趣向を繰り広げ、最晩年の『金色夜叉』(未完)では、文末に多彩な変化をもたせていた。当代、硯友社の読者は、歌舞伎や新派など芸能の観客層と大きく重なっており、その趣向の変幻自在を楽しんでいたと見てよい。つまり紅葉にとって「言文一致」は、中心目標に定めて追求すべきものではなかった。

山本正秀のいう〈言文一致の高い精神〉とは、少なくとも日本の「精神革命」に繋がるような精神を含意しているはずである。それを、文体は趣向と心得る紅葉の試みに持ち出したのは筋違いというべきだろう。逆に、彼の明治期「言文一致」とは何を指していうのか、その内実が問われよう。

管見の限り、この山本の見解を正面から検討した先学を知らない。わたし自身、煩瑣を厭って、これまで試みてこなかった。

1・2 根本的解決を目指して――文学史と国語史の統合

だが、そののち、日本近代の「言文一致」を巡る研究は、必ずしも山本正秀の見解を踏襲してきたわけではない。人もいうように「言文一致」の問題は、国語史と文学史の二つの領域に跨る。複数の領域に跨る問題を解くには、それぞれの成果の把握とその統合が問われる。

日本近代文芸研究においては、その近代的制度成立の観点から、二葉亭四迷らが挑んだ文体改革とその影響の研究を深めてきた山田有策氏の仕事がある。今日、一般のWeb利用に供するため、指標的見解を掲載している『ジャパン・ナレッジ』は、明治期

「言文一致」について、『日本大百科全書』(ニッポニカ、小学館、二〇〇二)より、山田有策氏の解説を掲載している。

国語史研究では、前近代と近代の「言文一致」を見渡し、明治期の国語教育の動きも含め、広く包括的に論じてきた遠藤好英氏の仕事がある。本稿では、飛田良文他編『日本語学研究事典』(明治書院、二〇〇七)〔2日本語史 6文章史〕中、遠藤好英氏による「言文一致体」「口語文」「普通文」などの項目を尋ね、議論の枠組を問いなおす縁《よすが》にしたい。

どちらも厳しい制約を受けた事典の解説である。それらを検討しても至らぬことはいうまでもない。ご両氏並びに専門の方々からお叱りを受けることを覚悟のうえで、だが、今日の「言文一致」論の問題点の整理のために蓋然性の高い議論を心がけたい。

わたしは、といえば、一九八〇年代後半から、山田有策氏による近代文芸の制度史的アプローチに接し、それを徹底することを目指して、明治期文化を「西洋化」=「近代化」図式で説く戦後ストラテジーに批判を加え、日本における「文学」「生命」「自然」など基礎概念の編制史(history of conceptual systems)の解明や、実際の表現に即して「写実主義」「自然主義」「印象主義」「象徴主義」など芸術思潮史の再編を心がけてきた。明治期

「言文一致」の論と実際についても、媒体（メディア）による規制や分野（ジャンル）による特殊性を考慮する方法を手探りしてきた。

1・3 本稿の構成

本稿は、次章〔2〕で、山本正秀『近代文体発生の史的研究』の言文一致論について、それを根柢から立て直す方途を探る。そして、〔3〕では今日、明治期「言文一致」論の指標とされている『日本大百科全書』掲載の山田有策「言文一致」の解説について、山本正秀の見解が、どのように超えられたか、検討し、文芸史上の課題の整理を試みる。〔4〕では、改めて西洋近代の「文体革命」＝「精神革命」とは何をいうのかを確認し、西洋諸国と中国および日本の自国語文章史の根本的なちがいを考察し、〔5〕日本前近代の「言文一致」に中国の「白話」の概念がはたらいたこと、近代の「言文一致」との相違を明らかにする。

以上を踏まえ、〔6〕で、日本における近代「言文一致」を、どのように考えればよいかを探るために、二葉亭四迷「余が言文一致の由来」を読みなおし、その試みの意味を再考する。それは、当代文芸における「言文一致」をめぐる議論の混乱を明るみに出すことなろう。その小説界の混乱をよそに、〔7〕二〇世紀への転換期に知識層・庶民層に進展した明治期「普通文」の平明化の実態と「言文一致」の関係について、遠藤好英氏の仕事を参照し、日本近現代における文体改良の総体は、明治期「普通文」の平易化を主流として進行し、それが文末の口語体化にいたったのが、「言文一致」であることをいう。〔8〕ところが、明治期「言文一致」は、メディアの規制とジャンルのはたらきにより「まだら状」に展開したことを明らかにする。

そして最後に〔9〕二葉亭四迷の「あひゞき」改訳（一八九六）が果たした文芸上の役割に照明を当て、正岡子規の「叙景」論また国木田独歩や徳富蘆花の「情景」描写に及んで、文芸理念と文体の関係を再考する。そして明治期文体改良の全体、そのうちの「言文一致」も、メディアやジャンル、文芸思潮と関連し、時期による趨勢においても「まだら状」に進展したことをもって結論とし、何点か補遺を加えて最後に、山田有策氏による「言文一致」の事典解説の書き換え案の提出を試みたい。

2　山本正秀による「言文一致」論の根本的誤謬

山本正秀『近代文体発生の史的研究』の全体は、幕末、前島密《ひそか》の建白書「漢字御廃止之議」（一八六六、「ござる」文末を主張）、明治初期の福沢諭吉「世俗通用の俗文」論など欧化主義の議論からはじめて、一九一九年まで、「言文一致」をめぐる議論を逐年で丹念に追ったものである。その努力の量には頭が下がっても、努力の方向には首を傾げざるをえない。

『近代文体発生の史的研究』（序章 第一節 二 外国の近代文体革命）は、ルネッサンスを起点に西洋の「文体革命」の動きを追い、そののち、近代化が遅れた日本における「近代文体革命」すなわち「言文一致」、また中国の一九一〇年代後半、魯迅らによる白話小説運動を横並びに位置するものとして扱っている。中国の「文学革命」運動で、胡適はアメリカで学んだ西欧の、魯迅は日本で学んだ「言文一致」をヒントにしているが、それらを同列において論じていることは、山本正秀の問題意識が、それぞれの言語における「言」と「文」の関係にも、規範的レトリックと思考の関係にも無頓着なことを示している。

中国における「文学革命」は、読み書き言葉の民衆化をはかる運動であり、いうまでもないが、一九五〇年代から六〇年代にかけて普通語《プウトンホア》(標準語)が制定・浸透する以前のことである(ここでは、簡体字の制定は論外に置く)。それは同じ漢字の発音が地方ごとに異なる状態を平準化する動きを伴うものではなかった。この点が西欧とも日本の「文体革命」と著しく異なる。胡適が古典文語文を廃して民衆の白話で書くことを勧める「文学革命八条件」は、内実に即して(虚言を排し)、古人の真似をせず、文法を守って書くことをあげたあとに、古典的常套句、対句、典故を踏まえることからの三つの自由を唱え、俗語・俗字を用いてよいとする。これはヨーロッパの俗語革命におけるラテン語のレトリックからの自由(後述する)に対応しており、彼はレトリックが思考に型をはめることに意識的だった。それに比して、明治期「言文一致」に、規範的レトリックからの「自由」を主眼とする主張は見られない(その理由も後述する)。では、山本正秀のいう「精神革命」は、いったい何からの「精神の自由」を実現したというのだろう。

2･i 山本流明治期「言文一致」論のしくみ

山本正秀『近代文体発生の史的研究』〔序章 第一節 三 日本近代文体の性格と言文一致〕では、「近代文体」の要件として、第一に〈平明性〉、第二に〈細密性〉、第三に〈俗語の尊重〉、第四に〈句読法の確立〉、第五に〈客観的描写性〉、第六に〈近代的写実のため〉、第七に〈個性的〉の七つをあげる。「平明性」は、民衆一般によく通じるという意味で、「俗語」すなわち民衆(people)の話し言葉の尊重をいい、「個性的文体を可能にしたこと」とともに、ふつう西洋近代文体の要件としていわれる。それゆえ、この三要件が日本近代に実現されたことが証明できれば、日本近代の「言文一致」すなわち「精神革命」論が成立するはずである。「句読法の確立」は、一応、多くの人が句読点を打って書くようになったというくらいの意味でとっておく[5]。

では、なぜ、あと三つの要件が必要なのか。山本正秀は、第二「細密性」、第五「客観的描写性」、第六「近代的写実」は、西洋の近代文芸の受容によってもたらされたもので、互いに関連しあっており、個性的表現もそれに伴って成立したとする。山本も、日本では〈話しことばのままに写し取り印刷したものは、近世にいくらでも〉あったことは承知しており、そうであるなら、これら三要件によって、西洋における「精神革命」に相当する事態が起こったということになろう。

　少し踏み込んでおく。第二「細密性」については、二葉亭四迷によるロシアの作家、イワン・ツルゲーネフの短篇集『猟人日記』(*Zapiski ohotnika*, 1852, 80) 中「あひゞき」(*свидание*, 1858) 訳についての田山花袋の感想、フランスの作家、エミール・ゾラの作風から尾崎紅葉が受けた印象、また蘭学の解剖医学の細部にわたる解説などを例証している。「あひゞき」前半は、ロシアの白樺林のなかで語り手が眺めている光景が時々刻々、移り変わるさまをつぶさに描いている。ゾラについては、フランスの社会風俗の細部にわたる描写を指していよう。これらはそれぞれに、また蘭学の解剖医学の詳しい叙述ともまったく異質な「細密性」を指していよう。考察の杜撰さを指摘せざるをえない。

　第五「客観的描写性」は、徳田秋声が『明治小説文章変遷史』(一九一四) 中「言文一致の意義」で、山田美妙らの「言文一致」は「描写」が目的だったといい、それは〈難解になつてもいゝから気分の微妙を写し、再現の目的を達しやうとした〉ものという条を引き、〈人生に真実を自然科学におけると同様な客観的理知的態度で観察し、そこから人生の真相を発見して客観的態度で描写すること〉と言い換えている。これは誤読である。秋声のいう〈気分の微妙〉は、情緒・情調・雰囲気・ムード・アトモスフィアのこと。それを文章で醸しだすことに「言文一致」による「描写」の狙いがあったと独自の解釈を開陳したところを、山本は、戦後日本の文芸批評における「自然主義」理解で読んでしまっている。

第六「近代的写実」は「近代的リアズム」と言い換えられ、正岡子規の「写生文」が〈高浜虚子らにより明確な言文一致の方針下に推進された〉こと、一九〇七（明治四〇）年頃に盛んになる田山花袋、島崎藤村らの「自然主義文学運動」によって〈近代文学上言文一致が絶対無二のものとして承諾され、小説上の口語体が確立し〉、作家の個性表現と不可分のものになり、そのあと個性的特色のある白樺派の作家の活躍期に入るという。この見取図は、個々の作家の表現の追究の方向を見ることなく、理念の問題に終始している。その理念も、当該作家のそれではなく、いわば随伴者のそれをもって代替している。

正岡子規は「写生」という語を美術のスケッチを引きあいに出すとき意外に用いておらず、当初から一種の印象主義の立場をとっていた（後述する）、「自然主義文学運動」と口語体との関係も、当時、自然主義の推進者だった片上天弦の「小説の文章の新味」(一九〇八)の評言によっており、花袋や藤村らそれぞれにおいて「言文一致」と「自然主義」が、どのように結びついていたかは問われない。つまりは、山本正秀自身の構図にあう高浜虚子や片上天弦らの主観的意図を拾って、証言にしているにすぎない。

芸術における明治期「言文一致」は、どの表現主体にとっても、具体的な表現の問題である。客観的リアリズムや「自然主義」などの芸術思潮以前に、二葉亭における「言文一致」は、紅葉の「言文一致」と、どうちがうのか、などなど、それぞれの「言文一致」と表現の方法とのかかわりを問い直さなくてはならないはずである。そして、「個性的表現」についていえば、江戸時代や明治期に漢文書き下しや和文体を用いた作家、たとえば上田秋成や樋口一葉の小説に個性的表現は認められないのだろうか。山本正秀の探究の方法には、大きな欠陥を指摘せざるをえない。

2・2「精神革命」論はなりたたない

総じていえば、山本正秀のいう明治期「言文一致」＝「精神革命」論は、西洋における

「言文一致」について根本理解を欠いているのではないか、という疑いを抱かざるをえない。なぜなら、西洋近代における「言文一致」、すなわち自国語による記述（エクリチュール）の成立は、個々人の思想の自由な展開を可能にしたゆえに「文体革命」すなわち「精神革命」と評されるからである。そこに表現を特定の文芸思潮に絞る含意は微塵もない。西洋における「言文一致」＝「精神革命」とは何をいうのか、まず、そこから確認しなくてはならないらしい。

第二に、西洋近代における「言文一致」の根本が了解されていないため、日本における近代の「言文一致」がいわゆる客観的リアリズムや「自然主義」文芸と相即的に考えられてしまい、前近代の「言文一致」との相違を考察する姿勢をもたない。前近代と近代の「言文一致」を比較し、後者の特徴をそれとして把握しなくてはならないだろう。

第三に、山本正秀は、明治期「言文一致」と客観的リアリズムや「自然主義」文芸の受容を相即的に考え、それらの受容が「精神革命」をもたらしたかのように論じているが、東アジアの表現には早くから、それなりの細密描写も対象のリアルな再現も、遠近法もあった。ところが、戦後日本の文芸批評をリードした一人、中村光夫は、山本正秀とは逆に、いわばロマン主義を擁護する立場から、『日本の近代小説』(岩波新書、一九五四)などで「自然主義」を批判しつづけた。その論調は、かなり揺れを見せたが、最後の仕上げともいうべき『言葉の芸術』(一九六五)では、二葉亭らには「イデー」があったとし(その理由は後述する)、自然科学が浸透し、イデーを失った「自然主義」の指標に国木田独歩をあげていた。この対立は、二葉亭四迷の評価のみならず、根本的には西洋の自然科学の受容をどのように評価するかにかかわるが、いま、これらのどちらに与すべきか、を問おうというのではない。

山本正秀の明治期「言文一致」=「精神革命」論は、単に西洋の俗語革命論の安直なアナロジーによるだけでなく、明治期に西洋の自然科学を受け取ったことにより、知識層に「精神革命」が起こったかのように考える第二次世界大戦後に蔓延した妄説を受けていよう。それは、キリスト教圏における自然哲学から自然科学への展開を押し並べて機械論的唯物論に寄せて理解し、それを受容する以前の日本では、対象的自然がそれとして措定されず、主客が分立していなかったかのように説きもする。この妄想は、科学史や文芸批評のみならず、国語学では大野晋『日本語の年輪』(新潮文庫、一九六六)の冒頭、翻訳論では柳父章『翻訳の思想 ―「自然」とNATURE』(平凡社、一九七七)とも底を通じており、これによってもたらされた混迷は一九八〇年代、いや、今日まで尾を引いている[6]。

明治期に自然の改作を急激に機械力に頼るようになったのはたしかだが、それまでに日本人が自然の改作を行ってこなかったなどとは誰も考えないだろう。今日では江戸中後期に公害が頻発していたことも報告されている[7]。それゆえ、ここで、この自然観の近代的変容をめぐる戦後イデオロギーの病根を切除しておこう。核心だけ簡潔に述べる。

中国でも日本でも、前近代では「自然」の語には「自ら然り」の意味しかなかった。が、今日われわれのいう対象(客体)的自然を総称して、中国では古代から「天地」「天」「造化」「乾坤」などと呼び、とくに儒学では世界を「天・地・人」の三体に分け、人は天地のはたらきに参じると論じてきた(『礼記』〈中庸篇〉)。すなわち「天」と「人」の相関論である。日本でも、これらの漢語と考えは早くから受けとられ、ヤマトコトバでは対象的自然の総体を「あめつち」と呼んできた。それゆえ、一九世紀半ば、香港でつくられた英華辞典で、“natural world”を意味する“nature”と「天地」が互いに訳語になった。ところが、それが明治期の日本で受容され、「天地自然」「天然」を「自然界」と言い換えるうち、それと同義で「自然」の語が用いられるようになった。つまり、「自然」の語の含意に、あらたに「天地」が加わったのである。むろん、もとの意味の「自然」も、今日まで用いられている[8]。

そしてもう一つ、山本正秀の「言文一致」論には、明治後期の芸術思潮史をめぐって、やはり中村光夫の文学史観とも共通する問題を孕んでいる。どちらに肩入れするにせよ、「ロマン主義」対「自然主義」の対立図式に根本的な訂正が必要だからである。なぜなら一九世紀後期に、ゲオルク・ブランデス『一九世紀文学主潮』(*Hovedstrømninger i det 19 de Aarhundredes Lieteratur*, 1872-90)は、一九世紀前半の英独仏の文芸動向を「ロマンティシズム」から、宗教的因習を打破し、ブルジョワ社会の虚偽を暴くような傾向をも含んだ広い意味での「自然主義」へという構図でまとめてみせ、それがかなりの勢いをもったのはたしかだが、一九世紀後期の文芸の実際は、ベルギー・フランス語圏の詩人・劇作家、モーリス・メーテルランクの神秘的象徴主義の評価が高まり、ドイツでは民族信仰を題材にしたメルヘンが盛んになるなど、「自然主義」の頽落が顕著になっており、その動向は日本に届いていたからである。石川啄木「時代閉塞の現状」(一九一二、生前未発表)が、その冒頭で説いているように、「自然主義」の理念は混乱の極みに陥っていた[9]。

たとえば山本正秀が「自然主義」の代表格にあげる一人、田山花袋は『蒲団』(一九〇七年一〇月)の翌月、「象徴主義」というエッセイを書き、自分なりの理解を示しており、彼が『文章世界』の編集主幹として開陳した文章論は、印象主義なども取り入れ、かつ彼の小説は次第に仏教的観念に傾いてゆくことはよく知られる。もう一人の島崎藤村は「ルウソオの『懺悔』中に見出したる自己」(一九〇九)で、ジャン＝ジャック・ルソー『告白録』(*Les Confession*, 第一部1781、第二部1788, 歿後の刊行)こそ、自己の醜悪への煩悶、その告白の原点と述べ、フローベールやモーパッサンはそれを受けついでいるが、「解剖」に走ったゾラは芸術的ではないと断じている。これは藤村の勘違いで、実のところ、文芸批評家、サント＝ブーヴが『月曜閑談』(*Causeries du Lundi*, 1851)で解剖にたとえたのは、登場人物の心理に細かく分け入るギュスタフ・フローベール『ボヴァリー夫人』(*Madame Bovary*, 1857)のことだった。フローベールが医者の息子だったという、まるで根拠にならない理由によるのだが、それはともかく、藤村は自らの内なる醜悪の告白を、告白体ではなく、『家』(一九一〇〜一一)『新生』(一九一八)に繰り広げることになった。これらは一角にすぎないが、日本の「自然主義」の全般が、まるで実体のない符丁として流行しただけで、世間では、性欲の代名詞のように扱われ、一九一〇年頃には雲散霧消してしまった[10]。すでに多彩な前期《アーリィ》モダニズムの芸術思潮が渦巻きはじめており、その動きと「言文一致」の進展は必ずしも軌を一にするものではなかった。本稿では最後に近く、この点を明らかにすることになろう。

以上、山本正秀の日本近代における「言文一致」＝「精神革命」説は、彼が参照した西洋近代文体革命の理解において、探究の方法において、そして文芸思潮史の根柢をなす科学的自然観の受容の理解において、また二〇世紀への転換期の文芸思潮の把握において、その欠陥が明らかであり、根本的に立て直しを要する。そののち、彼は『言文一致の歴史論考』正続（桜楓社、一九七二、八一）では、検討する論議の期間を延ばしているが、この四つの欠陥を改める姿勢は見いだしがたい。

3　今日の指標的見解の検討

『日本大百科全書』に掲載され、『ジャパン・ナレッジ』に再掲されている山田有策氏による「言文一致」を紹介しよう。便宜のため、段落を分け、番号を付す。

明治初期の改良運動の一つで、国語・国字改良と類縁をなしている。改良運動とは、日本を急速に西欧近代に接近させるため、日本のさまざまな分野の制度を西欧風に改良していこうとする運動だが、その根幹となったのが言文一致を中心とすることばの組み替えの試みであった。具体的には国民の啓蒙を目的としていたが、結果的には日本人のそれまでの思考の変革を促す一種の精神革命として機能していった(①)。

このことばの改良運動は、最初は前島密《ひそか》の「漢字御廃止之議」建白(1866)に始まる漢字廃止論や、西周《あまね》、外山正一《とやままさかず》、矢田部良吉、田口卯吉《うきち》らのローマ字論あるいは清水三郎《さぶろう》らの平仮名論などの国語・国字改良論が先行していたが、しだいに言文一致論へと改良の比重が移行していった。言文一致とは、それまで分離していた言（話しことば）と文（書きことば）とを一致させようとする試みだが、具体的には話しことばすなわち口語体で文章を表していこうとする運動として展開していった（②）。

理論面では数多くの論があるが、物集高見《もずめたかみ》の『言文一致』（一八八六）などはその代表的なものであろう。実践面では「かなのくわい」（一八八三結成）の三宅米吉《よねきち》、「羅馬字《ローマ》会」（一八八五結成）の田口卯吉やチェンバレンらの活動が目覚ましく、また啓蒙書、啓蒙雑誌、翻訳書、教科書、小《こ》新聞、速記本などが談話体を普及させたことも相まって、言文一致はさまざまな分野で急速に拡大していった。このなかでももっとも先行したのが文学の分野であり、山田美妙《びみよう》の『武蔵野』（一八八七）や二葉亭四迷の『浮雲』（一八八七〜九〇、一八九一刊行）、『あひゞき』（一八八八）の試みを出発点として、明治末年にはさまざまなジャンルでほぼ口語文体が確立していった（③）。

ただ官界や司法界あるいは軍部など、分野によっては既成の漢文体や文語文体を保持するところも多く、ほぼ全分野で文体の口語化が完了するまでには長い時間を経なければならず、やはり第二次世界大戦での敗戦をまたなければならなかった（④）。

そして最後に、参考文献として、山本正秀『近代文体発生の史的研究』(前掲書)、『言文一致の歴史論考』(前掲書)、『近代文体形成史料集成』発生篇・成立篇(桜楓社1978、79)の三著五冊をあげている。

3・i　山本正秀説は超えられたか

①の部分では、明治期の国語「改良」運動の一つである「言文一致」が〈結果として一種の精神革命〉を生んだ、と山本正秀の「言文一致」＝「精神革命」論を修正している。「一種の精神革命」とは、この文脈では、既成の文体に縛られていた思考が「口語文」の成立により解放されたという含意になろう。〈結果として〉というのは、「言文一致」の動きは、必ずしも「精神革命」を目的とするものではなかったという含意だが、先に見た尾崎紅葉のように、文芸の趣向の一つとして「言文一致」が試みられている場合もある、という含みかもしれない。また、たとえば、二葉亭四迷「余が言文一致の由来」は、よく知られているように、坪内逍遥に「言文一致」の工夫を尋ねたところ、円朝の落語の語り口調を真似てみろといわれ、やってみた、というところからはじまるが[11]、坪内逍遥

『小説神髄』(一八八五～八六)は〈小説篇〉で、西洋の小説は世態人情の「写実」に向かっていることをいいながら、〈文体篇〉で〈(我国の俗言に一大改良の行ハれざるあひだハ)俗言をもて写すべからず〉というもので、小説の「近代化」＝「西洋化」論であっても、〈当代における〉「言文一致」を退ける主張だった。その関係は相即的ではなかったのだ。

山田有策氏は、山本正秀の「言文一致」論のうち、前近代の「言文一致」とのちがいや、「客観的リアリズム」や「自然主義」など西洋文芸理念の受容と関連されることを避けている。避けているのは、明治期「言文一致」を事典で解説する際、それらにふれる必要がないと判断するゆえであろう。それは、ある意味で賢明な措置といえよう。

大きな修正点はもう一つある。山本正秀は、明治期「言文一致」は一九二〇年を前後する時期、「だ、である」体の一般化をもって一応の完成と見ていた[12]。これは新聞社の申しあわせによるものだが、たとえば日中戦争期以降、新聞の報道記事が、一見、漢字に覆い尽くされたかのように、漢語や書き下し文が幅を利かせた。一九二〇年前後の申し合わせはなし崩しにされていったのである。国語表記史上、軽視すべきことではあるまい。日本における「言文一致」は、山田有策見解⑤にいうように〈官界や司法界あるいは軍部など、分野によっては既成の漢文体や文語文体を保持するところも多く、……やはり第二次世界大戦での敗戦をまたなければならなかった〉のだ。日本国憲法が制定され、公用文が「だ、である」文末に統一されたことをもって「言文一致」の一応の完成とすべきだろう（歴史的仮名づかいや促音・拗音の小文字化など表記の統一は遅れた。また手紙文では、早くに女性から「です、ます」止めが浸透したが、戦後もしばらくは、改まったときには「候」止めが残っていた）。

3・2　残された課題

ただし、山田有策の指標的解説は、②〈このことばの改良運動は、最初は前島密《ひそか》の「漢字御廃止之議」建白（一八六六）に始まる漢字廃止論や、西周《あまね》、外山正一《とやままさかず》、矢田部良吉、田口卯吉《うきち》らのローマ字論あるいは清水卯三郎《うさぶろう》らの平仮名論などの国語・国字改良論が先行していたが、しだいに言文一致論へと改良の比重が移行していった〉と国字改良をふくめて、国語改良の方向をまとめていた。事典用にまとめるため、厳しい制約を受けていることを承知でいうが、この叙述は、結果として詐術に近づいている。なぜ、国語国字改良論が「言文一致」論に比重を移していったのか、それが説かれていないからだ。
第一に、表記の根本的転換運動は、民衆の日常用語に漢語があふれている状態にそぐわず、挫折し、「常用漢字表」(一九二三年、二〇〇〇字弱)、「仮名遣改定案」(一九二四年)に収束した。それゆえ、ローマ字運動は継続し、第二次世界大戦後、GHQの提案により再然もした。

表音文字を用いた方が習得は早いことはもちろんだが、その方が、文明度が高いかのように考えるのは、全くの妄想である。いわゆる表音文字を用いるとされる西欧語でも、一語の綴りは表音どおりではないことが圧倒的に多く、逆にしばしば表意文字とされる漢字も九〇%以上が形声文字といわれる。いずれにしても、一語の発音と意味の結びつきに必然性はない。文字の種類が多い日本語の場合、表記の習得に時間はかかるが、多様な表現の可能性を孕んでいることを忘れるべきでない。

また〈啓蒙書、啓蒙雑誌、翻訳書、教科書、小《こ》新聞、速記本などが談話体を普及させた〉とあるが、啓蒙書、啓蒙雑誌は明治前期、翻訳書には漢文書き下しも多く、尋常小学校教科書への口語文の導入が本格化するのは明治後期である。娯楽本意の小新聞は、日清戦争期に政治記事も載せる「中新聞」化し、無署名記事の大半は書き下し体である。速記については後述するが、メディアによって、またジャンルによって、変遷がある。つまり「言文一致」論に比重を移していったように見えるのは、山本正秀と同じく、明治期国語改良運動の全体を「言文一致」中心にまとめようとしているからだろう。

では、どうすべきか。メディアやジャンルと関係させつつ、国語改良の大きな動き、すなわち明治「普通文」の平明化の動きと「言文一致」の関連を捉えることが肝心だろう。前者の動きを把握するには膨大な作業が要るが、「言文一致」に関しては、二〇世紀への転換期に絞ってよいことがわかっている。その理由は後述する。

4 「言文一致」の意味

西欧近代文体革命とは、中世以降、ヨーロッパ知識人の国際共通語であったラテン語(雅語)に代えて、英語・フランス語・ドイツ語など自国の民衆の話し言葉、その意味での通俗(vernacular)言語を国語(national language)とし、国民文化の根幹にすえたことをいう。たとえば一八世紀半ばのフランスの科学アカデミーで、植物学者のビュフォン伯・ジョルジュ゠ルイ・ルクレールが入会演説「文体について」(*Discours sur le style*, 1753)をフランス語で講演し、「文は人なり」と述べたことが知られている。それが国民全般に拡がり、精神文化の大転換、「精神革命」が起こったのである。

それに比して、日本においては、古代から公文書には漢文が用いられたが、万葉仮名、カタカナ、平仮名を交えて、日本語を表記する工夫がさまざまに重ねられ、知識層は古代から中国語(漢文)と自国語のバイ・リテラシーだった。そして一六世紀には、公用文に漢文に替えて自国語が用いられた。地方政権にはじまり、全国に向けては、織田信長の楽市楽座令が知られている。徳川幕府が一般化した高札をはじめとする御触書は「事止め」「べからず止め」の日本語で、明治期からいう変体仮名が多用された。諸藩のお触書もこれに準じた。このような言語環境においては、自国語の標準文体の形成が同時に精神革命になることはありえない。

4・i　西洋における「言文一致」の意味

ヨーロッパ諸語がとくに学術用語を、多くラテン語から借りてはいても、ラテン語は格運用が基本で、主語を省略しても、語順がどうであれ、文として成り立つ(その限りでは、世界の諸言語の半ば以上が同じ)。だが、フランス語の標準文法は格と語順の双方に厳格であり、英語は語彙の半数以上をフランス語から借りてはいても、主として語順に依拠するなど、それぞれに文法の根本規則がちがう。そのように標準語の規則を組み立てていったのである(西洋諸語でも、実際は場面により主格が欠落したり、文法が乱れたりすることは往々にして起こる。寝言をそのまま記述する場合を考えればわかりやすいだろう。それとは別の制度の問題)。

またラテン語では、法廷から弁論術が大いに発達し、ぶ厚い修辞学をもつ。レトリックは説得の技術の型といってよい。ヨーロッパ諸語の文体革命は、そのレトリックの規範に縛られない自由な思想表現を可能にし、しばしば、修辞の鎧をつけない、ないし衣装で飾らない「著者の思想の素肌にふれさせる」「透明な」表現を可能にしたとされる。

一般には簡潔で明快な文章がよいとされるが、入り組んだ「悪文」を書く場合も、下層民のスラングを多用することなども著者の嗜好や思考の癖、社会的立場などを示す「個性的文体」も可能にしたのである。

幼いころから話すこともラテン語で教育されたミシェル・ド・モンテーニュが、フランス語の表記法も定まらなかった時代に、『エセー』(*Essais*, 2vol.s, 1580)で、自由な散文のスタイルをつくったことが画期とされる。新旧のキリスト教の対立を超えて、人文主義(humanité, the humanities)の立場を打ち立てたことも高く評価されてきた。ナショナリズムの高揚に伴い、民族信仰が表に出れば、キリスト教精神秩序から脱け出ることにもつながる。それらも含めて「精神革命」といわれると考えてよい。

民衆の話し言葉は地球上のどこにおいても、長く、地方及び社会方言だが、ヨーロッパ諸国は一九世紀後半にかけて、少なくとも一世紀半以上をかけて話し言葉の標準文法と表記の基準を定めたので、話し言葉(＝言)と読み書き言葉(＝文)が一致するといわれる。これが「言文一致」の原義である。その標準語は、多くの場合、首都の官僚や上流家庭の言葉遣いをベースに、その読み書きとともに各国の国民文化の基盤、身につければ、どこでも働ける国民の平均的労働力の指標とされ、各国の資本主義経済を支える基盤になった。当然、国内少数民族や下層の子供たちには教育の過程でも社会的にも不利にはたらく。ただし、上級者にはギリシャ語やラテン語の古典学習が重んじられ続けた。それは日本でも二〇世紀半ばを超えても、よく知られていた。

言語ナショナリズムについては、近頃では、アメリカのベネディクト・アンダーソンが『想像の共同体』(*Imagined Communities: Reflections on the Origin and Spread of Nationalism*, 1983, 1991, 2006)で、グーテンベルクの印刷術が標準的な各国語のリテラシーの拡大を促し、国民文化の基盤を形成したと唱えたことが知られる。それは、ヨーロッパにおける国民国家形成の必要条件ではあるが、十分条件ではない。市民革命や国民国家形成は、それぞれの政治的社会的要因によって契機と形態が異なる。

とくに日本の場合、ヨーロッパよりも早く、自国語の民衆向けの木板印刷物が室町時代から出まわりはじめ、江戸時代を通じて識字層は拡大の一途をたどった。だが、黒船ショックを待たなければ、国民国家形成に向かう動きは起こらなかった[13]。

開国により西洋知識が大量に流入し、文化全般に大きな変革を促したことは誰しもが認めよう。文明の衝突や文化の競合も起こりはした。が、基本的には西洋文明を手持ちの文化で受け止めていった。概念編制に組み換えが起こり、対象的自然を総称する語に、天地、天然などに加えて、自ずから然りを意味していた「自然」の語が加わったことは先に見ておいた。日本の知識層は、日本語、中国語に加えて、英語等、西洋語のトリリテラシー以上が要求されるようになった。喋れるかどうかは別である。

4・2 東アジア前近代の言語記述（エクリチュール）

中国語も、漢詩では四・五・七言や音韻（平仄や脚韻）を整え、散文でも六朝時代に盛んになった四六文（駢儷体）のレトリックが長くつきまとった。対句や、対応する語句群による対偶は同義のことを繰り返してリズムをつくるのが基本だが、長寿をいうのに「鶴は千年、亀は万年」のようにコントラストのはっきりした比喩（隠喩）を用いる。また典拠を踏まえ、そのヴァリエイションをつくり、伝統の流れにそうことも基本ルールの一つである。だが、漢詩でも、北宋中期に欧陽脩らにより、明快で質朴清新な革新運動が起こり、南宋時代の朱熹は漢詩に夢中になることも「玩物喪志」として退け、文飾を嫌う方向に舵を切り、一六世紀明代の古文辞派は、素朴な古語に帰ることを主張、駢儷体も避けた。明末の公安派から清朝の性霊派は当代語で自己の精神を流露する道を拓いていた（日本の場合、江戸前期、深草の僧・元正に公安派の受容のあとがあるが、拡がらず、徂徠派により古文辞派の『唐詩選』が喧伝され、江戸後期における性霊派の受容とのあいだに断絶がある）。

民間に読み物があふれたのは、中国が世界で最も早く、とくに唐代後期から五代十国時代に貴族層が崩壊し、富裕層が士大夫（官僚・読書階級）を形成するようになった宋代一一世紀には、出版が盛んになり、元代を経て、明代に民間に芸能や読み物があふれ、街頭で、読み切り形式で行われる講談が『三国志演義』や『水滸伝』など「白話小説」を生んだ（最初と終わりに定型句をもち、各回の標題をもつ）。

中国では、とりわけ後漢時代以降、官僚・読書階級に儒学が必須となっていったのに比して、日本の場合、天武朝期の宮廷に神・儒・仏・道（陰陽道）の四教併存の体制がつくられ、また平安初期から白居易の儒・仏・道の三教一致論も浸透し、神・儒・仏の三教一致に置き換えられ、それらが習合したり、反撥しあったり、組み合わされて議論がなされてきた。鎌倉時代以降、日本独自の仏教もかなりの勢力をもった。徳川幕府が築いた幕藩二重権力体制は、文化全般の一元的秩序の形成を妨げ、読み書き文化は、むしろ無秩序に展開した。幕府は朱子学を公認したが、藩儒のあいだでは陽明学も拡がり、折衷派も多く、神・儒・仏の三教一致論も盛ん、民間に、のちにいわゆる国学が盛んになるなど諸思想も多岐にわたった。また儒者同士、儒者と国学者、国学者同士も互いに自由闊達に論議を展開した。

和文の場合、『古今和歌集』(仮名序)で、対句や典拠を踏まえる修辞を漢詩文に借り、だが、極力、漢語を用いない文体が意識的につくられた(漢語および和製漢語を駆使する官人の口語文ではない)。枕詞、掛詞、縁語など和歌の修辞が、『源氏物語』では地の文でも駆使されるが、それは、歌物語集の先蹤である『伊勢物語』をはじめ、長編物語にも見られない極立った特色であり、文体規範とはいえない。一〇世紀から南北朝時代にかけて、歌日記の形式(叙事プラス和歌)にのっとった回想記の類(のちにいう「日記文学」)も多彩な個性的な表現をなした[14]。また、日本語文には、鎌倉時代に『方丈記』が、漢詩文や和歌の修辞を自在に駆使する、漢文と和文の文体上の中間言語とでもいうべき和漢混交文の典型をつくった。祇園精舎の鐘の音ではじまる『平家物語』冒頭も対句や対偶からなり、経典を参照して書かれたものであろう。これらは語り物の調子をつくり、のち、能や浄瑠璃、歌舞伎など芸能の詞章のベースとなったが、こちらも自由度は高い。日本列島は鎌倉時代に二つの政体に分裂、北条政権はかろうじて統一政権を保ってはいたものの、南北朝時代、応仁の乱を契機に、各地に武家政権が乱立する国家分裂時代に入ると、各地に商工業が発達し、中央権力に統制されることなく、読み書きも各種に及んだ。民間の読み物の多様な展開は、中国よりも日本の方が早かった。

室町時代には、中国と禅宗の僧侶の往来が盛んになり、外典(宋学)とともに民間の伝承説話も五山に流入し、また堺の商人層によって出版文化が形成されてゆくなかで、日本版中世民間説話というべき、御伽草子(室町物語)類がまとめられもする。江戸初期、浅井了意の仮名草子は多彩を極め、元禄期には井原西鶴の浮世草子、近松門左衛門らの浄瑠璃や歌舞伎の時代物・世話物、中世のワビ、サビを受け継いだ芭蕉俳諧など多岐にわたって展開した(同時代の西洋で、民間の読み物は教会の前で売られるパンフレットぐらいだった)。

そして、江戸中期、享保の改革のころから、各藩で藩政改革、富国政策が採られ(国は藩の意）、農・工・商の中間管理層にはリテラシーが要求され、民間のリテラシーが向上した。このようにして、思想においても、文体様式においても多彩を極め、レトリックにおいても、自由に書くことができ、著者の思想の素肌に触れさせる文章も、個性的な表現も前近代のうちから展開していた。和歌でも江戸後期の香川景樹は俗語も辞さなかった。

一七世紀以降、学問は漢文でなされても、「漢文書き下し」「擬固的和文」「和漢混交文」、さらには「戯作」などのくだけた俗文体など、四種もの日本語の読み書きが行われ、それらが入り混じる傾向も見える。民間への講義類には、たとえば神・儒・仏の三教一致論に立つ石田梅岩『都鄙問答』（一七三九）は、町人向けの講義を柔らかな漢文書き下しで記し、時折、地の文に口語体も混じる。民間に展開した「国学」は、もっと自由だった。上田秋成『胆大心小録』（一八〇八）など、シラフとは思えないほど、上方ことばで他者の悪口をふりまくところもある。一例だけあげる。

「仏法僧は高野山で聞《で》た《い》か《が》、ブッパンブッパンとないた。形は見へなんだ《だ》」[15]。

声はすれども姿は見えず、と真言密教を揶揄していよう。本居宣長が書きついだ『玉勝間』は、のち鈴乃屋門下の石原正明によって、いわば気ままな展開の「随筆」と呼ばれた。神道家・増穂残口『艶道通鑑』(一七一六)は、くだけた口語体で談義し、国学者・平田篤胤の「ござる・ござろう」文末の談義には、先にふれた。

なお、日本語の文章が民衆向けの平俗化の一途を辿ったわけではない。荻生徂徠が拓いた独自の古文辞学は、一方で『論語』を読むにも白話が分からなくては、と白話小説の読みを長崎通詞に習い、独自の書き下し文を工夫した。が、その学統は中国古文辞派による漢詩集『唐詩選』を種々のかたちで板行、なかには四声の符丁を付したものもあった。漢詩文も例外ではなく、江村北海による漢文学習の初学者に向け手引書『授業編』全一〇巻(一七八三)の第二巻には「読書三則」という章があり、漢文の大意を捉えるなら音読、精読なら看読(黙読)が適していることなど説いている。この頃から都市と農村の富裕層にも漢文学習の気運が高まり、寛政期からは、朱子学系漢文を平仮名で読み下し、かつ解説する『経典余師』という名の四書の学習書が町人や農民向けに出まわり、農村指導層が農民の子弟を指導するケースも見られる[16]。

つまり、日本においては、近世(プレモダン)における民衆(被支配階層)のリテラシーの拡大も、思想と文章の多様なスタイルの展開もヨーロッパよりはるかに先行しており、文体における自由な精神の発揮というなら、むしろ無秩序に近く、「思想の素肌」は剥き出しにされ、個性も十分、発揮されていた。文体や表記にも統一基準が作られることなく、書院や寺子屋による民間教育も自主性に任され、出版が盛んになればなるほど、多彩な形態、趣向が溢れ、表記も多彩を極めた。(なお、文体の問題を論じる際は、権力による直接的な風紀の取り締まりは除外して考える)。

ヨーロッパにおけるラテン語(文語・雅語)と自国語(口語・俗語)の関係は、日本における漢文と日本語のそれに類比しうるだろう。が、その日本語には、古代から漢文書き下しや和文が展開し、近世には庶民のあいだに「俗文体」が流通していた。だが、話し言葉における標準語の策定と定着、書き言葉における標準文体の成立は著しく遅れたのである。

5　前近代の口語体

飛田良文他編『日本語学研究事典』中、遠藤好英「口語文」は、近世初期の天草本『平

家物語』を始め、聞き書き的な『おあむ物語』(一七二一〜一六)『おきく物語』(一八三七刊)をあげ、また〈降《くだ》って『鳩翁道話』や『古今集遠眼鏡』、また平田篤胤の講義本などに、話しことばをそのままに文章にしたものはある。翻訳書にも大庭雪斎の『民間格致問答』(文久二1862〜元治二1865)のように『じゃ』止めの口語訳もある。それらは素朴な言文一致とはいえても必ずしも口語文とは認められない〉[17]としている。いま、それぞれの論者の「言文一致」「素朴な言文一致」「口語文」の用法にこだわらない。「話しことばのままに近く(読む者に分かるように整えて)再構成した記述」と「近代文体として意識的に記した口語調」との相違を考えることが肝心である。

5・1 白話の概念と「共通語」的文体

かつて藤井貞和『平安物語叙述論』(二〇〇一)(第6章第3節)「『た』の性格」は、湯澤幸吉郎『室町時代言語の研究』(再版、一九五五)および『徳川時代言語の研究』(一九三六)により、室町時代から徳川時代前半にかけて、京阪でも江戸でも、民衆の口語の再現には文末「〜た」が、過去ないし完了として進展していたことを紹介し、文末「〜た」を目安に、キリシタン文献や天草本『平家物語』は〈本格的な〝言文一致体〟〉[18]とし、過去時制の成立を論じた。さらに「言文一致体における時制の創発―『たり』および『た』の性格」(二〇〇三)[19]でも、江戸時代の講義、咄本、軍談、道話、随筆に、文末「〜た」が現れる事例を二〇例近く鮮やかに示した。「〜といふた」「〜と仰せられた」のかたちが多い。そして、これらは、全文が「会話文」によるものという見解を示している[20]。卓見である。

「会話」をそのままに近く再現する態度も、それなりに意識的に撰びとられた態度である。近代の「言文一致」体とのちがいは、その意識の仕方のちがいに求めることになる。ただ、「語ったままに近く再現する」といっても、語られた内容本意の場合と、その口調のままを再現しようとする場合とでは開きがある。内容本意であれば、当代当地の一般的記述体の規範(コード)に近づこうし、口調をさながらに写そうとすれば、方言の問題が避けられない。よくまとまっていない口調をそのままに記すことも、ふつうはしない。どちらも、当代の読者が読んで分かる範囲におさめるのが常である。

坪内逍遥の『小説神髄』〔文体篇〕では〈支那および西洋の諸国にてハ言文おほむね一途なるから殊更に文体を選むべき要なし〉[21]と述べているが、「支那」については、そそっかしいにもほどがあろう。中国語の文章には、昔から「文言」と「白話」があった。

中国語では、秦の始皇帝が文字を統一し、統一国家の公用文を一種に決めた。これが公用語の「文言」である。それに対して話しことば、「白話」の方は、初期仏典の「如是我問」のあと、釈迦の語ったことばは語ったとおりが「真言」とされるが、漢訳されると内容本意になろう。『論語』で「子曰く」のあと、『孟子』で「孟子曰く」のあとの記述も、それに類する。弟子との問答になる場合もある。『朱子語類』などの問答体や儒者などの講義録なども、これらが原型と考えてよい。「白話」といっても、地方方言で暮らしている庶民は、声に出して読んでもらっても、意味はわからない。リテラシーがあれば、了解しうる。

もう一つの「白話」の系列に、古代から民間説話を地の文は駢儷体、会話は話しことばのままに、再話する『遊仙窟』などがあった。中国では散逸したが、遣唐使が求めても ち帰り、『万葉集』などの仙人譚に名残が見える。実際は、男女の会話に性にまつわる隠語が多出するという。

中国では宋代に、出版文化が盛んになる。経典の註についての疏《そ》(コメント)やさまざまな習俗について書き継ぐ北宋時代、沈括《しんかつ》による『夢渓筆談』(一一六六年頃)、南宋時代には洪邁『容斎随筆』シリーズが知られる。「筆談」といい、後者は「随筆」とつく書物の嚆矢とされるが、どちらも文言の論説である。また洪邁に『夷堅志』が知られるように、民間の志怪小説を文言で編むことも盛んになる。宋代の志怪類には、専門家でも手に負えないと嘆くほど語彙や文意が正則を外れるものがあるという。民間の話し言葉が反映しているからだろう。宋代は文法の大変革期でもあった[22]。他方、禅宗の問答を記す『碧巌録』等の「作麼生《さもさん》」「説破《せっぱ》」などは完全な「白話」だが、問答そのものは文章体に近い。つまり歴史的には「文言」と「白話」とに截然と二分できない、いわば中間的な文章もさまざまに生じていた。

民間演劇などは、日常会話は方言でしかなしえない民衆にも、聴いてわかる程度の「共通語」によって流通していたと考えられよう。リテラシーがあれば、文字化されたもので意味が確認しうる。日本でもそれは変わらない。その発生の場として遊郭などの場を想定しなくともよい。そのような方言差を越えた「共通語」的な言語は、どの言語にも生じる可能性は否定しえないだろう[23]。

日本では、事物のリアルな再現への志向は、会話のリアルな再現にも向かった。たとえば『方丈記』の前半、火災や竜巻のリアルな描写がよく知られるが、同じ鴨長明の歌論書『無名抄』に歌語りの場で、また特異な仏教説話集『発心集』にも、見聞した出来事の現場報告（ルポルタージュ）の意識が覗く[24]。軍記や『平家物語』の語り物、『太平記』の読み物、『源平盛衰記』の合戦の場面などに臨場感を醸す表現があふれ、描写におけるリアリズムへの志向が展開していた。いわゆる中世説話集のなかに、『宇治拾遺物語』など、仏教者の説話を外れて民間の多様な話への内容に関心を集める向きが生じ、そのなかには話しことばのありのままを写す趣向も見てとれる[25]。それゆえ、戦国時代から江戸前期にかけて、リアルな観察と自在なレトリックとが交錯する表現があふれた。浅井了意『むさしあぶみ』（一六六一）も明暦の大火の見聞をリアルに語る。他方で『おあむ物語』（一七一一～一六）『お菊物語』（一八三七刊）のように、方言を交えた、語り口調をそのまま残そうとする意識の強い「聞き書き」的文章も生じた。

江戸前期、実地主義に徹した貝原益軒の平易な漢文書き下しによる福岡藩の地誌『筑前国続風土記』や紀行文『和州巡覧記』なども記され、その『養生訓』は、中国の新しい経験主義医療（古医方）に倣いながら、儒学系の既成概念を自在に抜け出て、実に平易に説いている。やがて江戸後期には紀行文も現地案内記的なものに展開した[26]。江戸時代には事物および現象のリアルな観察が町人向けの「図会」類も展開し、それは他方で、語り口のリアルな再現にも向かった。式亭三馬『浮世風呂』(一八〇九~一三)に見られる風俗と会話のリアルな再構成も、勝小吉『夢水独言』(一八四三)のような江戸下町ことば(べらんめえ)の口語体による回想なども生じた。だが、それらは規範性が薄く、ジャンル化しなかった。

5・2「白話」は規範化しない

関ケ原の合戦のしばらくのち、中国の白話小説『水滸伝』などが舶載されて伝えられた。「笑話」も「白話」によるジャンルと受け止められていたはずである。正則の漢文を勉強する日本人には「白話」は読みこなせない。だが、助辞が多いので「白話」ということはわかる。寛永元(一六二四)年ころの成立と目されている仮名草子『きのふはけふの物語』では、本文は物語規範の「なり、たり」止めが多いが、小咄のオチにのみ、「といふた」「といはれた」「と仰せられた」「と申された」が用いられている。そして、それが「ほめられた」「謡うた」などに拡がり27、さらに「口をかゝへた」「賞玩した」「しまうた」「思ひきつた」などへ展開し28、『鹿《しか》の巻筆《まきふで》』(一六八六)では「云ふた」類のほかに「をりは(降り場)がなかつた」「安堵した」「尋ね逢た」「跳ねまわつた」「極楽へ通された」「調法にしられた」「帰つた」「帰られた」29などへ一般化していった。ここでは「た」止めが規範化しているといってよいだろう。

ところが、一八世紀初頭の辻芸人、米沢彦八の『軽口御前男』あたりから、「といふた」の類を省略し、登場人物のセリフオチが現れる。そこでは、地の文が消え、「た」で終わらなくなる。その後の笑話は、セリフオチが規範化してゆくらしい。つまり、笑話は白話で書くという規範意識はあっても、「た」止めに収束しなかった。

さらに庶民の会話文の文末傾向をたどるために、次に黄表紙、恋川春町《こいかわはるまち》作・画『金々先生栄華之夢』(一七七五)を覗いてみると、会話の文末に「たのみます」「なさりませ」「しましやう」「かつこうだ」「なさりませ」「申ました」など即座に拾える30。口語の文末基本形がほぼ出そろっている。ところが、同じ黄表紙でも、山東京伝作『江戸生《むまれ》艶気《うはき》樺焼《かばやき》』(一七八五)では、地に用言終止形が目立つ。これは人情本、鼻山人『美談 籬《まがき》の花』(一八一七)

などにも顕著に見られる。地には、次つぎに生起する出来事を現在(藤井貞和は「非過去」という)形で重ねる物語の規範が活きていることが確認できる。そして洒落本、人情本、滑稽本の会話には、社会方言、地方方言などのリアルな再現が狙われてゆくため、「ネ・サ・ヨ」類や花魁《おいらん》言葉の接尾語が目立つ。それゆえ江戸後期の小説類には、会話にも地にも「た」や「だ」「ました」などの口語文末は露出してこない。

そこで、もっとくだけた枕絵を見てみると、書き入れに見える庶民の話し言葉の再現には、江戸後期まで「た」や「だ」、「です、ます」が確認できる。ここでは「た」「ました」に限るが、揃物の歌麿『歌まくら』(一七八八)〔付文二〕の船頭のセリフに「どふやら空がおかしく成つた」、葛飾北斎『富久寿楚宇《ふくじゅそう》』(一八一五頃)〔付文〕に「つれだつてきました」、同じく画中の書き入れに「それをおもひだすとあじなきになつた」「あたまがはんぶんはいつた」など容易に拾える[31]。やはり揃物の渓斎英泉『十開之図』(一八二三)中「声門 条之助、おむめ」の書き入れに、条之助「アヽよくなつた」、お梅「いつそよくなつてきた」[32]。ものがものだけに、こちらは方言色を脱して共通語化しているといえよう。いや、枕絵にも、方言色を活かすものがかなりあるという[33]。といっても、他の地方の人が読んで意味のとれる範囲だろう。

そして、『十開之図』の前口上に、こうある。〈三千世界に只ひとり、ほかのとのごにやあふまいと、たがい《ママ》に書《かき》しきしようせいもん(起請誓文)。筆者曰、それでこひつを十界のせいもん(声聞)のこぢつけにしました〉[34]。「十界」は、仏教で人の心の十態をいい、「声聞」は、その一つで自分の悟りだけを求める者くらいの意味でよいだろう。この文末「ました」は、笑話のコードが踏襲され、筆者の口語でセリフ落ちをつけている。枕絵の釈文では、格調高く物語規範の「なり、たり」にはじまり、しだいにくだけていって、しまいにムムム、アアアとなる形態がいくつか見える[35]。場面によって文体変化が自在に遊ばれている。

このように見てくれば、江戸時代の庶民の会話を写したあまたの文芸から、地方方言を抜き、あるいは「ナ、ナァ、ネ、サ、ヨ」など接尾辞を取り払いさえすれば、用言終止形や「た」「だ」、「です、ます」「ました」文末が露出してくるわけで、会話のみならず、庶民の口語体で地の文をつくることも容易なことだったことが了解されよう。ただし、繰り返すが、それらは規範化し、収束しなかった。なぜなら、意識が「白話」、すなわち語られたとおりに近く再構成するというモードに留まっている限り、コード化には向かわないからである。

そして、坪内逍遙が『小説神髄』〈文体篇〉で、〈此間《このごろ》の傍訓《ふりがな》新聞紙に掲載せる所謂続話《つづきもの》の雑報の如きハおほむね草冊子体の文章なれども多少の改良を加へたるものなり〉36といい、だが、その実態は、雅俗折衷文体〈会話は俗語、地は「なり・たり」止め〉というより、為永春水流の俗文体に近いと述べているのは、そのように規範化しない事態が明治前期にもつづいていたことを意味しよう。体言止め、連用止めで事態を運び、会話につなぎ、ト書きも用いて、世話物狂言を観ているかのように、いや、それよりも速い転換で、次から次へと場面を繰り広げてゆく。が、前栽の様子、着物の柄や色調など、凝ろうと思えばいくらでも細かく書きこむのが為永春水流である。

では、明治近代の「言文一致」の意識は、どうだったのか、それを検討するために、ここで、二葉亭四迷「余が言文一致の由来」を読み直してみたい。新文体に懸けた苦しみの原因も明らかになろう。

6　二葉亭四迷「余が言文一致の由来」を読みなおす

二葉亭四迷「余が言文一致の由来」は、よく知られるように、坪内逍遥から円朝の落語の語り口調を真似てみろと言われ、やってみた、というところからはじめているが、〈坪内先生は、も少し上品にしなくちやいけぬといふ。徳富さんは(其の頃『国民之友』に書いたことがあつたから)文章にした方がよいと云ふけれども、自分は両先輩の説に不服であつた、と云ふのは、自分の規則が、国民語の資格を得てゐない漢語は使はない〉云々と続く。彼の「言文一致」は、逍遥とも蘇峰ともぶつかるものだった。

6・1　二葉亭における「俗語」の精神

二葉亭が自分の「言文一致」は〈文章が書けないから始まつた〉〈自分には元來文章の素養がないから〉云々というとき、その「文章」は漢文書き下しを指している。謙遜ではなく、東京外国語学校で、ロシア語の勉強に打ち込むあまり、漢文書き下しは読めても、書くのが苦手だったのだろう。

徳富蘇峰の率いた『国民之友』（一八八七年創刊）は、創刊の辞の冒頭〈嗟呼《あゝ》国民之友生れたり〉（Kokumin-no-tomo has been born!）と、欧文脈の言いまわしで新鮮味を打ち出し、語り草になったが、表看板の「政治・経済・文学之評論」の「文学」は広義のそれ（大学の文学部の「文学」）で、歴史と伝記（併せて史伝）が中心、漢文書き下し体を規範にしていた。平民主義に出発した蘇峰が小説を蔑視したわけではないが、いわば商売用の附録としてまとめて掲載したのである。

それに対して、二葉亭は、西欧の俗語革命の思想をよく把握し、「国民語」すなわち民衆の話しことばで書くことを考えていた。それゆえ、「文体革命」と評される試行に挑んだと評してよい。漢文書き下しと「国民語」とのちがいは、ここでは語彙の問題として述べられている。〈自分の規則が、国民語の資格を得てゐない漢語は使はない、例へば、行儀作法といふ語は、もとは漢語であつたらうが、今は日本語だ、これはいゝ。併し挙止閑雅といふ語は、まだ日本語の洗礼を受けてゐないから、これはいけない。磊落《らいらく》といふ語も、さつぱりしたといふ意味ならば、日本語だが、石が轉つてゐるといふ意味ならば日本語ではない。日本語にならぬ漢語は、すべて使はないといふのが自分の規則であつた〉、〈成語、熟語、凡て取らない〉と。

二葉亭は西洋の「言文一致」の本来の意味をよく掴んでいた。「言文一致」は、文末だけの問題ではなく、この意味で用いられていたし、用いるべきである。ただし、漢語が日本語になっているか、どうかの線引きは、個々人によって、また時期によっても揺れが生じよう。

そしていう。〈参考にしたものは、式亭三馬の作中にある所謂深川言葉といふ奴だ〉と。「べらぼうめ、南瓜畑に落《おつ》こちた凧ぢやあるめえし、乙《こ》うひつからんだことを云ひなさんな」とか「井戸の釣瓶《つるべ》ぢやあるめえし、上げたり下げたりして貰《もら》ふめえぜえ」とかをあげ、〈下品であるが、併しポエチカルだ。俗語の精神はここに存するのだと信じたので、これだけは多少便りにしたが、外には何にもない〉と述べている。

円朝の落語ではなかったという含意になろう。また「ポエチカル」の語は、二葉亭が小説はレトリックを駆使した美的散文の一ジャンルという西欧近代の芸術概念、詩・小説・戯曲をいう狭義の「文学」に立っていたことも映している。

『浮雲』では、明治中期の新風俗を活写し、俗世間で用いられる地口や洒落の類から

「見立て」を工夫した隠喩を用いて、市井の人物像を造形した。その見事さは当代に比類がない。それは和歌の枕詞や縁語、掛詞、本歌取り、本説取りなどが俳諧連歌に受け継がれ、山崎宗鑑らの『新撰犬筑波集』で品を落として談林俳諧に流れ、かつ俳諧を越えて、黄表紙・洒落本・滑稽本にあふれていた。〈俗語の精神はここに存する〉という断案は、民間に息づく地口や洒落の類に、いわば「国語」による文芸の魂を求める主張だった。

坪内逍遥『小説神髄』(小説篇)の説くように、世態人情のあるがままを写すのが小説の新傾向であるなら、技巧や趣向の工夫はいらない。それゆえ、それなら写真で事足りると反撃を受けた[37]。実際、世態人情の写実しかいっていない、そして、その(文体篇)の立場は〈(我国の俗言に一大改良の行ハれざるあひだハ)俗言をもて写すべかゞらず〉というものだった。逍遥も「俗言」の意味は了解した上で、俗言が下品な現状では、という含意で反対していた(『小説神髄』では上方ことばは品がよいとしていた)。それゆえ二葉亭四迷は、蘇峰にも逍遥にも「叛逆」したのである。

それ以前、山田美妙が「武蔵野」(一八八七)(『夏木立』一八八八所収)の地に「だ」などを用いたところ、石橋忍月や内田魯庵から品位がないといわれ、忍月は「です」を勧めた。こうして山田美妙も敬語を用いる方向に切り替えた。だが、自分はそうしなかったと、二葉亭ははっきり述べている。逍遥から〈もう少し上品に〉などといわれても、同調するつもりはなかった。やがて魯庵も「湯女」(一八九九)で、江戸女性言葉のベランメイ調で一人称の語り体を試みる。俳句界にも俗語(popular language)に徹した「言文一致」を試みる人々は出た(後述)。

二葉亭は途中、一言、文法の工夫もしたと書いている。彼はツルゲーネフの短篇「あいびき」などの初訳に際し、果敢に音調、文体を映すことに挑み、「?」や「!」の記号類の導入なども図りながら、文法にも配慮した。二葉亭訳「あひゞき」の全体は過去の回想だが、眼前に次つぎに生起する事象を述べるロシア語の過去形完了体が多く用いられており、それに、いわゆる完了の助動詞「たり」が口語化した「～た」を繰り返し用いた。それを連載中の『浮雲』の一部にも用いた。

だが、「～た」止めの繰り返しは、斎藤緑雨が「小説八宗」(一八八九)で「煙管《きせる》を持つた煙草を丸めた雁首へ入れた火をつけた吸つた煙《けぶり》を吹いた」と文体模写で、その不細工なことを揶揄した。これは応えたにちがいない。彼は、しばらく小説の筆を折ったかたちになった。

6・2 二葉亭四迷の試行の位置

二葉亭四迷における「言文一致」は、西洋における「言文一致」を「俗語革命」として正確にとらえ、かつ小説を近代的な言語芸術の一ジャンル——古義の広義(技芸一般)でも、西洋近世的な中義(リベラル・アーツ)でもなく、美を目的とした狭義の「芸術」——として把握し、その二つを実現するために意識的に採用されたものだった。それこそ、近代的で意識的な「言文一致」の名に値しよう。だが、二葉亭は「あひゞき」初訳の一八八八年頃、「言文一致」については積極的に、自身の理念を説かなかった。徳富蘇峰とも坪内逍遥とも正面からぶつかる態度だったからだろう。

明治前期、知識人が民衆の話しことばを「俗語」と呼びならわしているあいだは、ヨーロッパ語では「言文一致」の意味は、長いあいだ文章語であったラテン語に代えて、自国語で読み書きするという含意でいわれ、日本におけるラテン語にあたる文章語としては、「漢文」が想定されていた。日本ではじめて「日本文学」というカテゴリーを発明したことで知られる福地源一郎（桜痴）は「日本文学の不振を嘆ず」（『東京日日新聞』一八七五年四月二六日社説、無署名）で、日本では「歴史」が漢文で記され、日本語で記されていないと非難しているのは、それをよく示していよう。幕末の武士層に尊王思想を湧きあがらせた頼山陽『日本外史』（一八二九刊行）は漢文で記されていた。彼はそれを実感で知っていた。そして、福地源一郎のいう「日本文学」は、広く日本語で記した人文科学の全般、大学の文学部の「文学」を指すものだった（作文も含めていた）。が、彼の平民主義は、そのなかに、十返舎一九や式亭三馬の滑稽本も含めていた。イギリスでもフランスでも市民のための文芸があふれていることをよく承知していたからである。徳富蘇峰も広い意味での「文学」概念に立っていたことは、先にふれた『国民之友』の編集方針にも明らかだろう。

幕末の前島密の「漢字御廃止之議」建白に発し、福沢諭吉「世俗通用の俗文」論を典型とする明治前期の欧化主義は、鹿鳴館外交への反撥から、自由民権運動のなかに不平等条約の撤廃を掲げる国権主義的ナショナリズムの流れが生じるなど大きな反撥を受けた。そもそも維新政府の文部省が「正格」と定めた硬い漢文書き下し（仮名遣いは賀茂真淵流）のリテラシーは高等小学校で習得すべきものとされていた。一八七二年の学制において、エリートの卵の養成をはかる中等学校の「国語」に「漢文」を導入、大学入試にも漢文と西洋語が課された。一八八〇年を前後して和漢の古典学習ブームが起こりもした。博文館は中学生向けに『日本文学全書』全二四巻（一八九〇〜九二）、『日本歌学全書』全一〇巻（一八九〇〜九二）、『支那文学全書』全二四巻（一八九二〜九四）を刊行した。

　国語国字改良に対する反対論の一つに、西欧より長い「国語」の伝統を主張するタイプがある。三上参次《みかみさんじ》、高津鍬三郎《たかつくわさぶろう》合著『日本文学史』上下（金港堂、一八九〇）、大和田《おおわだ》建樹《たけき》『和文学史』（一八九二）などの序文に見られる。これらは「漢文」の価値も評価し、「国学」のヤマトコトバ尊重精神には反対していた。また、たとえば、一八八四年、外山正一「漢字を廃すべし」（『東洋学術雑誌』第二九号より三回連載）に対して、東京大学助教授、三宅雪嶺が「仮名軍の猛将をして一驚を喫せしむ」（同三二号）を書いて反駁した。雪嶺はドイツ観念論哲学を学んだ人だが、漢字廃止論が高まるたびに「漢字利導説」（『太陽』一八九五年八月号）など、「漢字」の利点をあげ、むしろ音の変化を学習させよ、と繰り返した。これも伝統主義の一種だが、いわばアジア主義を内包している。

ローマ字運動も仮名文字運動も挫折したことは先に述べた。日清戦争期、博文館の創刊間もない『少年世界』（一八九五年一〇月後半号）で「文壇の三名士」としてあげられているのは、徳富蘇峰、三宅雪嶺、志賀重昂である。いわゆる文芸界が言論界全般から分岐し、「文壇」と称されるようになるのは一九一〇年頃、狭義の「文学」、すなわち言語芸術が一般に定着するのと併行していると見てよい。が、それ以前は、彼らが当代の「文壇」を代表すると目されていた。そのころまで一般に「文章」といえば、漢文書き下し体を指していたのである。ただし、三人とも西欧の文脈上の概念、語彙、言いまわしも多用する。

徳富蘇峰と三宅雪嶺についてはすでにふれた。日清戦争たけなわのこの年、志賀重昂『日本風景論』は漢詩や和歌を繰り拡げながら、水蒸気が豊かで、火山活動が活発な日本列島を「気」（エネルギー）に満ち溢れたものと論じて、ナショナリズムを謳歌して大ヒットした。

西洋文明を参照し、タテマエ上、復古革命を果たした日本の国民国家主義は「近代化」と「伝統主義」、「欧化」対「東洋主義」の二軸・四極の主張を孕んで展開した。福沢諭吉らの「近代化＝欧化」の対極に「欧化＝反近代文明」の立場（内村鑑三）、もう一つの対極に「伝統に立つ近代化」すなわち「改良」路線があった。逍遥『小説神髄』（小説篇）も本居宣長『源氏物語玉の小櫛』（一七九九刊）に依拠する姿勢を見せている。その対偶の位置に「東洋主義に立つ伝統保守」（三宅雪嶺）を想えばよい。それを「近代化＝欧化」の方向だけで割り切ろうとすると誤謬に陥ることは先に見ておいた。

二葉亭四迷の場合は、「文学」を「哲・史・文」の「文」、言語芸術を指す狭い意味での「文学」を意味する範疇に立ち、俗語すなわち民衆の話し言葉という意味をよく了解し、漢語廃止をいわず、日本の国民が体得している漢語に限るとしていた。むろん、その国民の範囲は、想定する読者層により、ちがってくるが、平民主義に徹し、庶民に息づいている（と彼が思う）式亭三馬流の深川ことば（下町方言）を頼りに「伝統改良」を推進しようとした。

ところが、小説界における「言文一致」の模索は、文体に品位の問題が絡み、敬語法の是非、「雅俗折衷体」における会話（俗語）と地の文（文語）の調和、また「写実」をめぐる美学上の論議が入り乱れて進行した。品位や敬語の重視は身分秩序の尊重であり、芸術における精神の自由とは抵触する。その点、今日の「言文一致」論もよく整理がついていない。

山本正秀は『近代文体発生の史的研究』〈序章 第一節 三 日本近代文体の性格と言文一致〉中、第六「近代的写実」の項で、坪内逍遥が二葉亭を〈ロシア風の徹底的写実主義をいただいた強固な言文一致主張者であった〉と評した条を引いている。〈強固な言文一致主張者〉と評する理由は、先に見ておいたが、〈ロシア風の徹底的写実主義〉については説明を要する。

二葉亭は短い評論「小説総論」（一八八六）で、小説は浮世の様々な形（フォーム）をリアルに描くことを通して、意（アイデア）を直接に（＝言語によって）表現するものと論じている。これは逍遥『小説神髄』（小説篇）が世態人情の写実を説くことに終始し、写真とどうちがうのか、などと批判を浴びたことに比して、「意」を立てることにより、その批判的克服を示したものだった（中村光夫の二葉亭擁護にかかわる）。作品に即していうと、逍遥の『当世書生気質』（一八八五〜八六）が江戸戯作で職分や職業ごとに気質を描き分ける

「気質《かたぎ》もの」の型にのっとり、当代の書生の生態を面白おかしく活写したのに対し、二葉亭の『浮雲』(一八八七〜九〇)は、明治維新政府が緊縮財政に迫られ、下級官吏の大量馘首を行った現実に立って、その犠牲者をめぐって、市井に活きる人々のあいだに波紋が拡がる様子をリアルに形象化している。ここに、逍遥と二葉亭の写実の質のちがいは歴然としている。それは、ロシアの政情が有意の青年を世の秩序から疎外し、デカダンスに追いやっていることから、ロシアの小説に生まれた「余計者」という観念類型(=アイデア)を借りている。とりわけ、ツルゲーネフの小説『余計者の日記』(*Дневник лишнего человека*, 1850)は、主人公の死に至るまでの数日間の心境を綴って、ロシア小説に「余計者」の造形を流行させるきっかけとなったとされる。そして『浮雲』〔第三篇〕は、失業し、婚約者もライバルに奪われた主人公・文三の悶々とする内面を、途切れがちなままに連綿と続く独白体で再構成し、途切れたままで終わっている(続きを試みた草稿は残っているが)。それは時代をはるかに抜く表現の開拓だった。

坪内逍遥『小説神髄』が曲亭馬琴の勧善懲悪を退け、「世態人情のあるがまま」を説いた「写実主義」(realism)は、そののち、「無意識」(意識下、subconsciousness)の普遍性をいうエデュアルト・フォン・ハルトマンの『無意識の哲学』(*Philosophie der Unconscious*, 1869)に依拠した森鷗外との「没理想論争」(一八九一〜九二)において、「無底」の論と退けられた。逍遥自身は、戯曲批評の研究を進めて、近松門左衛門の世話物に「勧善懲悪」を身近な題材で展開するという明末の演芸家・李漁(笠翁)の技法を見出し、倫理道徳を説くようになってゆく。

だが、それをよそに、井原西鶴の『世間胸算用』など、元禄期の「世態人情」の写実が再評価され、ブームを呼び(ただし、博文館の『西鶴全集』は日清戦争の武張った季節に発売・頒布禁止措置を受けた)、そののち、田山花袋「露骨なる描写」(一九〇三)は、旧派の技巧に対して、ドストエフスキー『罪と罰』(*Преступление и наказание*, 1866)を例にあげて、当世風俗の「あるがまま」を書くことを主張し、それは五十嵐力『新国文学史』(早稲田大学出版部、一九一二)では、古典は技巧、近代は写実と変奏され、議論は「言文一致」の本義から、全く外れた方向へ大きく流れてしまった。「言文一致」におけるレトリック論の開発も、結果としてなしえず、個々人の自由な実践に委ねられたまま、今日まで、その跡づけすら十分なしえていない。

繰り返すが、二葉亭は、当時、自身の「言文一致」の精神を開陳しなかった。「余が言文一致の由来」は、一八九〇年前後の初志を回想しつつも、その自分の「規則」が窮屈にすぎたと反省し、そして、次のように閉じている。

〈自分は、有り触れた言葉をエラボレートしようとかゝつたのだが、併しこれは遂《とう》とう不成功に終つた。恐らく誰がやつても不成功に終るであらうと思ふ、中々困難だからね。自分はかうして詰らぬ無駄骨を折つたものだが……。／思へばそれも或る時期以前のことだ。今かい、今はね、坪内先生の主義に降参して、和文にも漢文にも留学中だよ〉。

二葉亭はツルゲーネフの短篇三つを収めた『かた恋』(春陽堂、1896)を刊行。その「あひゞき」訳は、初訳(1888)を大幅に改め、漢語を減らしたり、読者の馴染み深いものに換えたり、会話に「ネ・サ・ヨ」を挟んだり、こなれたものに工夫した。かつて揶揄された、ロシア語文法でいう過去形完了体を日本語に写した「た」止めの一部を、未完了体の「ている」止めに転換するなど変化をもたせる工夫もした[38]。この改訳版にこそ、ありふれた(popular)ことばの用い方を〈エラボレート〉する、洗練させる努力のあとがよくうかがえよう。だが、この二葉亭の新たな努力に対する反応は即座には生じなかった。

とはいえ、一八九七年六月、『太陽』博文館創業十周年紀念臨時増刊号には、坪内逍遥『当世書生気質』など七篇の小説とともに『浮雲』が再録された。前後して二葉亭四迷訳、ツルゲーネフ「うき草」(ルーヂン *Рудин*, 1857)が本誌に連載された。それらが手伝い、二葉亭の試行に、新たな読者の関心が集まる機運が生じていたと想われる。

「余が言文一致の由来」は、創刊間もない『文章世界』一九〇六年五月号に掲載された。編集主任の田山花袋は、自身が二葉亭の試行に関心を向けていたことはもちろんだが、その新たな関心を察知していたにちがいない。そして、その掲載は、さらに関心の輪を広げたことだろう。

7　「普通文」の平明化と「言文一致」

一八九四年、ドイツで「博言学」を学んだ上田万年は、帰国直後に行った講演「国語研究に就いて」(『太陽』一八九五年一月創刊号)で、あらためて、民衆の口語をもって「国語」とすることを主張した。そこでは、日本では詔勅や論説が「漢語」で書かれていると難じている。明治期の詔勅は硬い漢文書き下し（幕末では一八六七年の「討幕の密勅」だけ漢文、偽勅とも）を用いており、このままでは漢文書き下しも認めない、過激な主張に映るだろう。ところが、彼自身、論文を書くときは漢語を用いて、やわらかい漢文書き下しで書いている。彼の用いる基礎概念は、しばしば曖昧である。どうやら硬い漢文書き下し調を廃すというくらいの趣旨だったようだ。上田万年はやがて国語政策の中枢に座り、読み書きにおいても、話し言葉においても「標準語」の浸透をはかってゆくことになるが、この提言は、むつかしい漢語や漢文的表現を減少させる「普通文」の平明化の促進につながったと推察される。標準語の浸透に至っては、第二次世界大戦後にも及ぶ。

7・1 「普通文」の平明化が主流

『日本語学研究事典』中、遠藤好英「普通文」は、それが明治の文体の混乱期に標準とされたもので、〈言文一致文より大きな意味をもった〉としている。遠藤氏は「言文一致」を「文体革命」とは述べても、「精神革命」の語をもって語らない。賢明である。

そして「普通文」は、教育上の用語としては一九〇〇年改正の小学校令施行規則第三条にはじめて登場したとし、当代の慣用を公に認めた「文法上許容スベキ事項」(文部省告示第一五八号一九〇五年一二月)をもって指標としている。明治初頭に欧化主義により〈理想とされた言文一致文と現実に主流を占めていた漢文訓読文に、調和を与えようとした〉もので、諸文体を統合する模索の末に、〈耳遠い雅語〉は避け、和漢洋の語彙を漢字仮名交じりで記す文と規定している。「雅語」は、漢籍や古典和文に跨る古典語の意味だろう。

明治期「普通文」について、わたしは「国語」教育史の動きについて、不勉強で精確には知らずにいた。明治期「普通文」では、漢文書き下し(洋書翻訳をふくむ)の平明化の動きが促進されたが、精確には、和文から雅語(古典語)を減らす方向も伴っていた。漢文書き下し、欧文翻訳体、和文体それぞれの平明化が統合され、平易な「文語体」と総称すべき状態に立ち至っていたと見てよいだろう。本稿、冒頭近く、山本正秀の著より引いた、逍遥『柿之蔕』の一文に見えた「漢文くずし」と「和文くずし」を併せた動きである。山本正秀『近代文体発生の史的研究』(序章一)も「平明性」の追究の項で、「普通文」を〈在来の各種の文語文体を採り合わせて平易化したもの〉としている。とはいっても、西洋の論説文の翻訳は、多く漢文書き下しだから、要するに「なり、たり」文末を考えればよい。その他、雅俗折衷体は小説や随想で会話部分がくだけた俗語の場合、地の文が取り澄ました文語文では調子がちがいすぎるのを緩和したいという欲求によるもの。和漢洋調和体は、ハイカラな翻訳語や言いまわしが行文中で浮かないようにする工夫をいうので、どちらも、地の文末を口語にしても同じ問題は起こる。

ただし、山本正秀は〈「普通文」以上に通俗的でわかりやすい、言文一致の運動から生まれた口語体が、明治四〇年代に確立されて急速に勢いを得〉ると述べている[39]。これは「言文一致」を「自然主義」とセットにする考えによるものである。遠藤好英氏は「普通文」は、一九〇〇年ころには、すでに「言文一致体」に圧されて影を薄くしているという。十数年のちがいだが、遠藤氏の判断は、教育界の動きによるものと想われる。わたしは一般知識層では、日露戦争後、国家的緊張が解け、新時代へ向かう機運とともに起こると見ている(後述)。

なお、『日本語学研究事典』中、遠藤好英「口語文」は、〈言文一致体に即して言えば、口語文の出発点は言文一致体成立の時期にあるとすることができる〉とし、〈文末に見る指定・時制の表現の試みが、模索を経て「なり」は二葉亭の「だ」、山田美妙の「です」、嵯峨の屋御室の「である」に置き換えられ、尾崎紅葉の『多情多恨』に至って「である」が代表的文末語に定着した。「たり」は「た」となる〉という。そのようにして小説の伝統的規範的文末だった「なり、たり」を意識的に置き換え、〈新しい話しことばの語法に即した文章に変貌し、表現内容にふさわしい文体にまでなる〉が、それには〈写実主義の方向〉と〈詩的精神の参与〉もはたらくという。文末の意識的置き換え自体に近代的な意識を認めるかどうか、それに芸術観や芸術意識を絡めて考えるべきか、が問われよう。

先に見たように、中国前近代の「白話」の概念は、官僚・読書階級の口語体をもふくむ概念であり、民衆の「俗語」で書く西洋諸国の「言文一致」とは区別される。日本の一八九〇年を前後する時期に、小説界で行われた「言文一致」をめぐる議論には、品位や敬語、すなわち身分秩序の問題が絡み、また、坪内逍遥の「世態人情の写実」は「詩的精神の参与」などをむしろ捨てる方向を指していた。これらは、「俗語革命」志向を混乱させた要因と見るが、どうだろうか。くだけた口語体の志向は、その後も、俳句界など一部に続きはしたが（後述する）、「普通文」の平明化の大きな波のほんの一角にすぎないと見てよい。むしろ「普通文」の平明化の大きなうねりが、いわば最後に、文末処理の問題に及び、「言文一致」の定着に進んだと考えてよいように思われる。それに決着をつけたのも、国語教育界の動きだった。

7・2 「言文一致」の定着へ

国語教育史で明らかにされているように、一九〇〇年、民間に「言文一致会」が発足し、一九〇一年に貴族院・衆議院に「言文一致の実行についての請願」を提出し、両院で採択され、同年「全国聯合教育会」で「小学校の教科書の文章は言文一致の方針による」が満場一致可決された。そして一九〇四年の国定教科書「尋常小学読本」(「イ・エ・ス・シ」読本)及び「高等小学読本」に、一八八〇年代後期から登場していた「です、ます」文末、「だ、である」文末など「口語文」の教材が多くなり、一九〇五年一二月の文部省による「口語文」の許容決定を経て、一九〇九年改訂の「尋常小学読本」(「ハタ・タコ・コマ」読本)に引き継がれる。これらは尋常小学校の教科書の問題であり、専門的なむつかしい語彙や古典語、漢文的言いまわしなどは、あらかじめ排除されている。「普通文」の平明化と「言文一致」の二つの動きが、このとき噛みあったと言い換えてもよい。

そして、それは、尋常小学校の国語教科書に限らず、知識層全体の動きを促進した。次章では、一九〇〇年を前後する時期、『太陽』の署名記事、論説や随想（エッセイ）等に「言文一致」が急速に増加する傾向を明らかにする。ここで、もう一度、二葉亭の「あひゞき」についていえば、その改訳の刊行は「言文一致」の国会決議に先立つこと四年前だった。その努力の方向は、いわゆる「普通文」の平明化の方向、その時期の知識層の欲求の方向に沿っていただけでなく、斎藤緑雨から不細工と揶揄された文末「〜た」の連発に、「〜ている」止めを交え、変化とリズムをもたせ、美意識も満足させるものだった。そのことの意味も考えてみたい。

8　文体改革は「立体的まだら状」に展開した

山田有策解説③は〈啓蒙書、啓蒙雑誌、翻訳書、教科書、小《こ》新聞、速記本などが談話体を普及させたことも相まって、言文一致はさまざまな分野で急速に拡大していった。

このなかでももっとも先行したのが文学の分野であり、山田美妙の『武蔵野』(一八八七)や二葉亭四迷の『浮雲』(一八八七〜九〇)、『あひゞき』(一八八八)の試みを出発点として、明治末年にはさまざまなジャンルでほぼ口語文体が確立していった〉とあった。小説界の議論と実践が先行したのは確かだが、それが「言文一致」の拡大を先導したとは認めがたい。

それとは別に、ここで「談話体」は話し言葉の総体を指していようが、談話をそのまま筆記する講演筆記にしても、当初は、のちに講演者が漢文書き下しにまとめなおすのがふつうだった。そして、叙述一般には、『国民之友』が漢文書き下し体を規範としていたように、掲載される新聞・雑誌による規制がはたらく。新聞の場合は一九二〇年前後に、各社の申し合わせにより、「言文一致」に移行したのが定説である。にもかかわらず、口語体の「確立」の時期を〈明治末年〉とするのは、山本正秀の見解に引きずられているようにも思える。では、何をもって、口語体の「確立」とするのか、その問題に踏み込んでみたい。

8・i 知識人も、メディアのコードから解放されれば

いま、一八九五年の創刊期から各界の第一人者を執筆陣に据え、世論形成に大きな役割を果たした博文館の巨大雑誌、『太陽』を例にとる。創刊号からしばらく、講演欄が設けられているが、口語常体（だ、である）も敬体（です、ます）も入り乱れ、「まする」や「ござる」を好んで用いる人もいるなど、文末がその場の調子でさまざまに変化し、それらの頻度もまちまちである。つまり講演者によって手入れが行われることなく、いわば実際の講演の様子を伝えるもので、しかも、圏点の付け方などもまちまちで、速記者それぞれの流儀にまかせられていると判断される。だが、『太陽』は、やがて速記者にまかせる方式を改め、署名談話として掲載するようになると、文末が整えられてゆく。目立つ傾向としては、一九〇三年・一九〇六年あたりでは、口語敬体が六五〜八〇％に達し、一九一七年で五〇％に減じ、その後は、ほぼ口語常体になる。談話の文末方式に流行があったらしい。それは、しかし、掲載誌の編集方針や記事の種類を見極めてはじめていえることである。これは、かつて総合雑誌『太陽』を中心に署名論説記事（談話含む）

の口語体への推移を調査した折に、留意した方法だが、その折り、『早稲田文学』『中央公論』などと、ごく大雑把な比較も試みた[40]。

『太陽』の場合、民友社の『国民之友』とはちがい、署名記事の文体も執筆者の自由に任せている。民間の公器のような性格をもち、当代の第一人者から広く原稿を集めるのが最大の特色で、知識層一般の傾向を見るには最適である。一八九〇年代では文語文末(なり・たり)が圧倒的多数だが、これにも漢語や呼応の副詞を多用する硬いものから、それらを軽減するものまである。一八九五年創刊で、一九〇〇年代前半まで口語体は四〇%、一九〇五年(一月)に四七%、一九〇七年には七〇%に達する。口語体の「確立」を、どの程度をもっていうか、意見が分かれようが、知識層では、このあたりと見てよいのではないか。以降、ほぼ横ばいで推移し、一九一八年に九〇%に達する。

ただし、口語体内部でも変化があり、一九〇〇年代の論説文には、談話記事と洋学者のそれを中心に敬体の使用が二〇~三〇%見られる。洋学者、とくに自然科学者には啓蒙的姿勢が表に立ち、比較的早くから「言文一致」が多く、「イソギンチャクは海辺の生物です」のように口語敬体(です・ます)も用いている。常体が少しずつ割合を増して、一九〇〇年

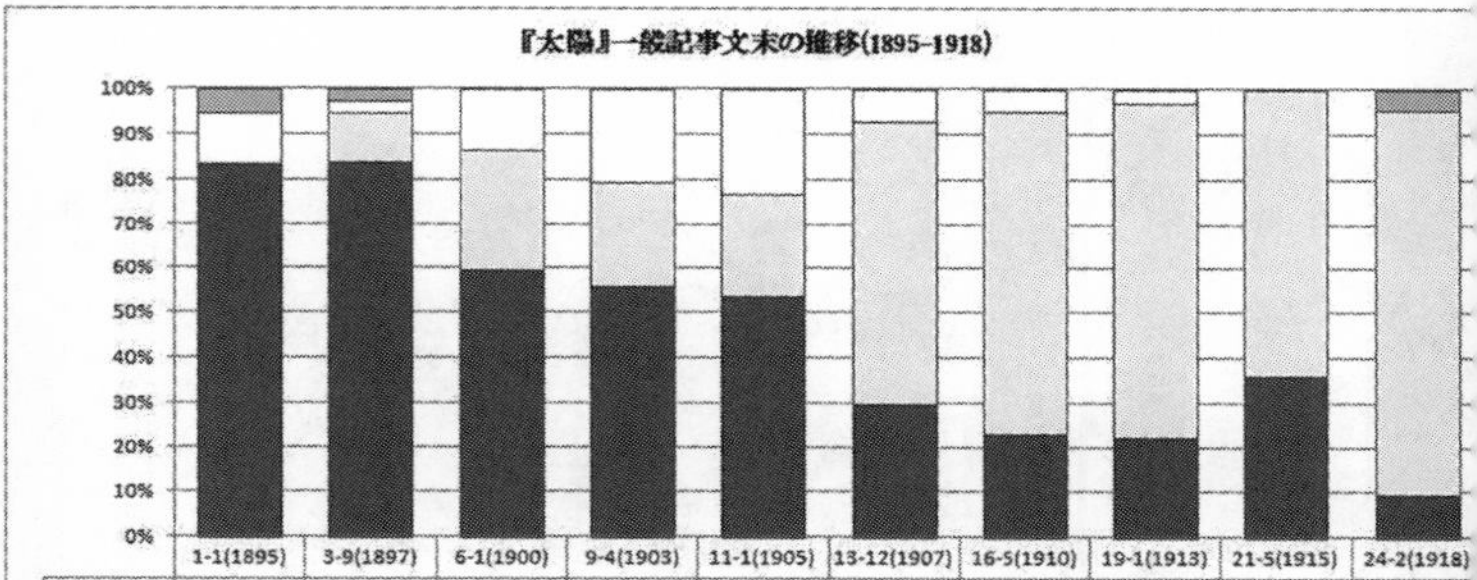

	1-1(1895)	3-9(1897)	6-1(1900)	9-4(1903)	11-1(1905)	13-12(1907)	16-5(1910)	19-1(1913)	21-5(1915)	24-2(1918)
▨その他	2	1	0	0	0	0	0	0	0	1
□です・ます	4	1	5	7	7	2	2	1	0	0
□だ・である	0	4	10	8	7	17	28	23	16	18
■なり・たり	30	31	22	19	16	8	9	7	9	2

代後半には敬体を圧倒する。なお、多彩な文末表現を混用する記事は、この数値から外してある。

この調査は、当初、五年ごとにサンプリングして統計をとったところ、日露戦争後に口語体が顕著に増加する傾向があまりに顕著に現れたため、サンプリングの号を増やし、ほぼ二年半間隔でとった。一九一五年の号だけ文語文末が三五%に達したが、これは対象号がたまたま「普通選挙」特集号であったためである。政治論文は文語文末傾向を強く残していた。生物学者に啓蒙的姿勢が顕著に見られたこととあわせて、文体は、ジャンルによっても傾向が生じることが考えられてよい。

なお、『国民之友』は、先にもふれたように、長く漢文書き下しの規制がかかっていたが、終刊号(一八九八年)

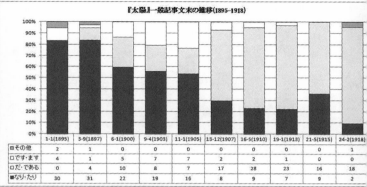

には談話、特別寄稿に口語体も見られるので、少し緩んだのだろう。

『早稲田文学』も『太陽』とほぼ並行して口語体に推移するが、島村抱月時代、一九一二年を越えると口語体が一〇〇％を示しており、申しあわせか、編集部の規制がかかっていたと推察される。以上は署名記事の傾向である。後発の総合雑誌『中央公論』の場合、一九〇五年創刊号は署名記事・無署名記事ともに口語・文語五〇％ずつ。署名・無署名記事ともに一九一〇年では口語体が六〇％を超え、一九一五年には八五％を越えている。新中間層を読者対象とし、執筆者に新人を起用したが、予想されるほど、『太陽』との差は開いていない。口語体への移行に世代差が大きくかかわっているわけではないようだ。

『太陽』の無署名記事については、一九一〇年まで文語文末が圧倒的だが、一九一三年から四〇～五〇％に減少する[41]。『東京日日新聞』の場合、一九一二年を越えると、署名記事には口語体が五〇％を超えることもある。が、無署名の一般記事では談話体を含めて一九一五年に口語常体が一〇％を越える程度である。

なお、ジャンルによる文体規範は文化性差《ジェンダー》を超えてはたらき、大正前期、すなわち女性の論説への進出期にも、與謝野晶子がそうであるように、口語常体を用いる者が多かった。なお『太陽』は、小説・戯曲も第一線で活躍中の作家に依頼しているが、日露戦争中から一〇〇％口語常体に移行、その状態は一九一三年まで続くが、各号二～三作程度の掲載で、一作の場合もあり、手がかりとしても絶対数が少なすぎる。

8・2 教育規範とジャンルのはたらき

もう一点、庶民の実際の記述様式を探ったことがある。正岡子規が率いた俳句雑誌『ホトトギス』が一九〇〇～〇二年にかけて、「日記」の文章を募集した。俳句は俗の文芸であり、投稿され、掲載された日記は、ほとんどが民間人の日記だが、職種も記事内容も多岐にわたり、この時期の生活習慣の一端を多方面にわたって知ることができて、興味深い。もちろん、投稿に際して、文章をよそゆきに整えているだろうが、記述のスタイルも実に多彩である。『ホトトギス』の読者とその周辺からの応募であり、かつ選者が選んだものである。当然、選者の嗜好がはたらくが、全体の選択の趣旨は、子規が先導して、多彩な職業の多彩な題材のものを選んでいる。誤字の類の訂正はあろうが、文末や句読点、表記の傾向は度外視して掲載している。

「週間日記」と「一日記事」の二種を一か月交替で募集・掲載しており、応募の要領は、締め切りの一〇日前までの一週間、一〇日前の一日の出来事の見聞に限り、事実にもとづき、連想や議論、詩歌俳諧もはさんでよい、文体随意としている。『ホトトギス』は毎月一〇日を敢行日としており(都合でかなり遅れることもある)、ほぼ一ヵ月前の記事が載ることになる。

「週間日記」「一日記事」ともに、選者は、4巻5号まで正岡子規が担当、以降を高浜虚子、5巻より河東碧梧桐が担当している。

「週間日記」は、全体として勤務、商売、作業などの業務記録で、これが当時の一般的な日記の作法であったと判断される。掲載欄には、「募集日記」ないしは「募集週間日記」のタイトルが付され、応募された記事のほとんどが「~日記」と題されている。

掲載の号(刊行月)、記事数は以下のとおり。合計71篇(女3)。

4巻1号 一九〇〇年一〇月一〇篇/3号 一二月八篇/5号一九〇一年二月八篇(女1)/7号 四月八篇/9号六月七篇/11号 八月一〇篇(女1)/5巻2号 一一月

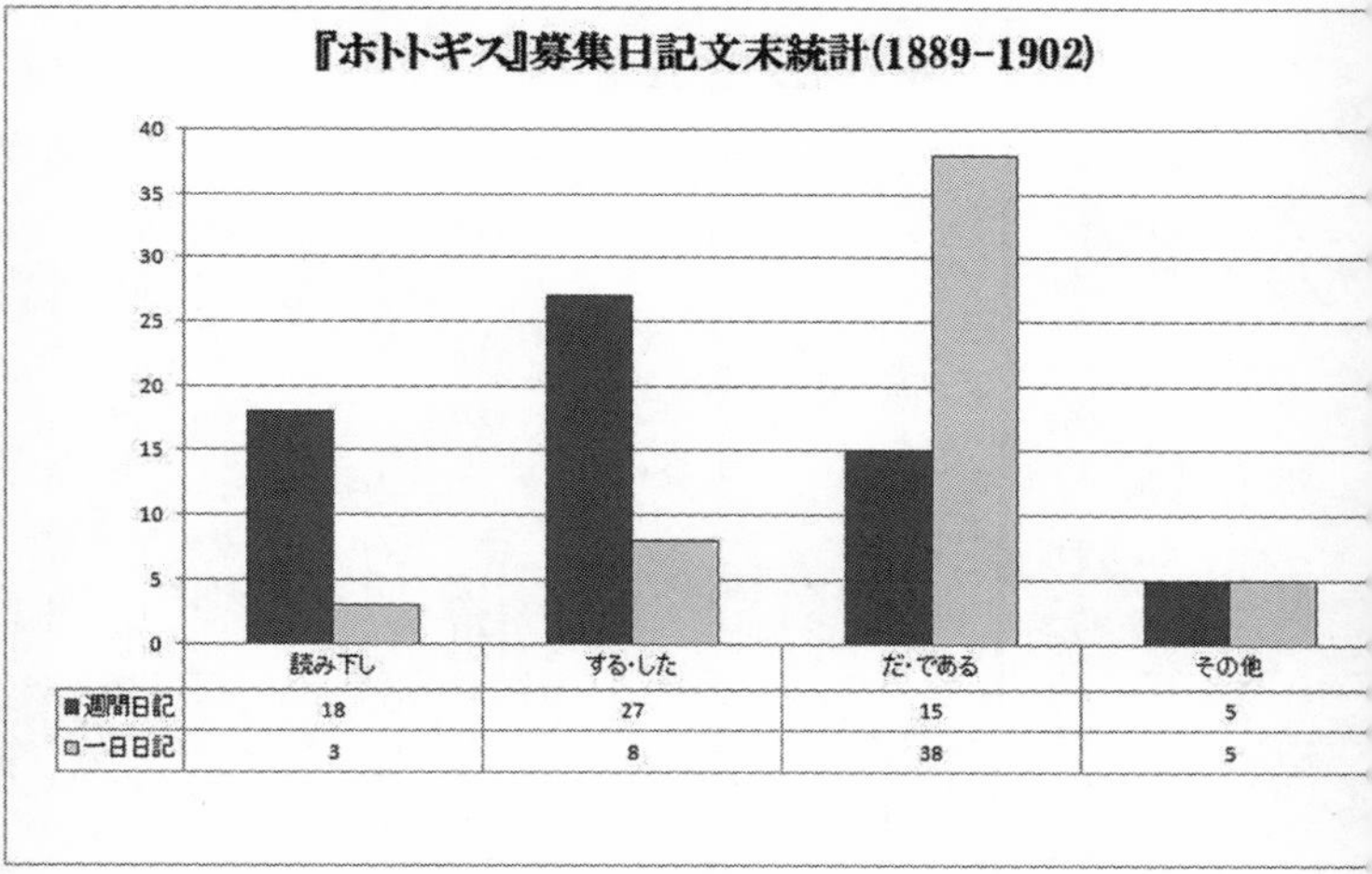

一〇篇／6号　一九〇二年三月六編／10号　七月五篇（女1）

この文末による分類をグラフにまとめる。口語常体でも「だ・である」を全く用いないものもあるため、「する・した」体として分け、和文体「なり・たり」「です・ます」及び文末不定は「その他」として数えてある。

一見、さまざまな文体が入り乱れて用いられていることがわかる。このような混乱状態が続いたのは、文体の大きな変革期ゆえで、「する・した」体の中に一カ所だけ、「である」が登場するような例も数例ある。が、一つ一つの記事の文体の傾きによって判断すると、週間日記、全七二篇中、漢文読み下しの「なり・たり」は二〇篇、「する・した」体は二八篇、「だ・である」体は一九篇、その他は「です、ます」体、和文体「なり、たり」がそれぞれ一篇(女性)、混用三篇(女性1)。

「する・した」体が約四割を占めるのは、日記というジャンルの特性、すなわち出来事や行為の記録が主で、感想や意見を論述するものではないからと見てよいだろう。大きな変化の傾向は、漢文書き下しが次第に減少している。また「する・した」体に変わって、「だ・である」体が増加してゆく傾向も見える。これは、後述する「一日記事」の変化傾向に引きずられてのことだろう。

いささか疑問に思えることがある。4巻7号と5巻2号との二冊のみ、「する・した」体と「だ・である体」を併せた今日いわゆる「常体」の割合が圧倒的である。この時期の『太陽』の署名記事では、漢文書き下し体が主流で、常体は二五%。比較すると異常なほどである。先にふれたが、高浜虚子は『ホトトギス』の「写生」が「言文一致」を推進したと吹聴したことが知られており、その意図をもって4巻7号に「口語体」を意識的に多数選んだ可能性は否定できない。だが、応募原稿中の割合も、碧悟桐に同調する意志があったかどうかもわからないので、推測の域を出ない。

なお、子規は「写生」の語は、まず美術のスケッチにしか用いない。前近代中国絵画では、鳥の死骸など横においてリアルに模写するのが「臨模」ないし「写生」と呼ばれ、その対義語、頭のなかに浮かぶ観念を描くのが「写意」[42]。江戸の絵師もその用法に従っていたから、子規も承知していただろう。子規が用いるのは「叙景」で、日記は「叙事文」と呼んだ。『ホトトギス』では一人、虚子が光景や事物の描写の意味で「写生」を唱道した。

次に「一日記事」について、掲載号の刊行月と本数は以下の通り。合計54本(女5)。

4巻2号 一九〇〇年一一月六篇／4号 一九〇一年一月四篇／6号 三月五篇(女1)／8号 五月六篇(女1)／10号 七月七篇／12号 九月七篇／5巻4号 一九〇一年一月九篇(女2)／8号 五月六編／12号 九月四篇

「一日記事」では、漢文書き下しはすぐに消え、常体への傾斜が顕著に見られる。子規も論説文では漢文書き下しを用いる。『ホトトギス』同人の日記記事も載るが、村上鬼

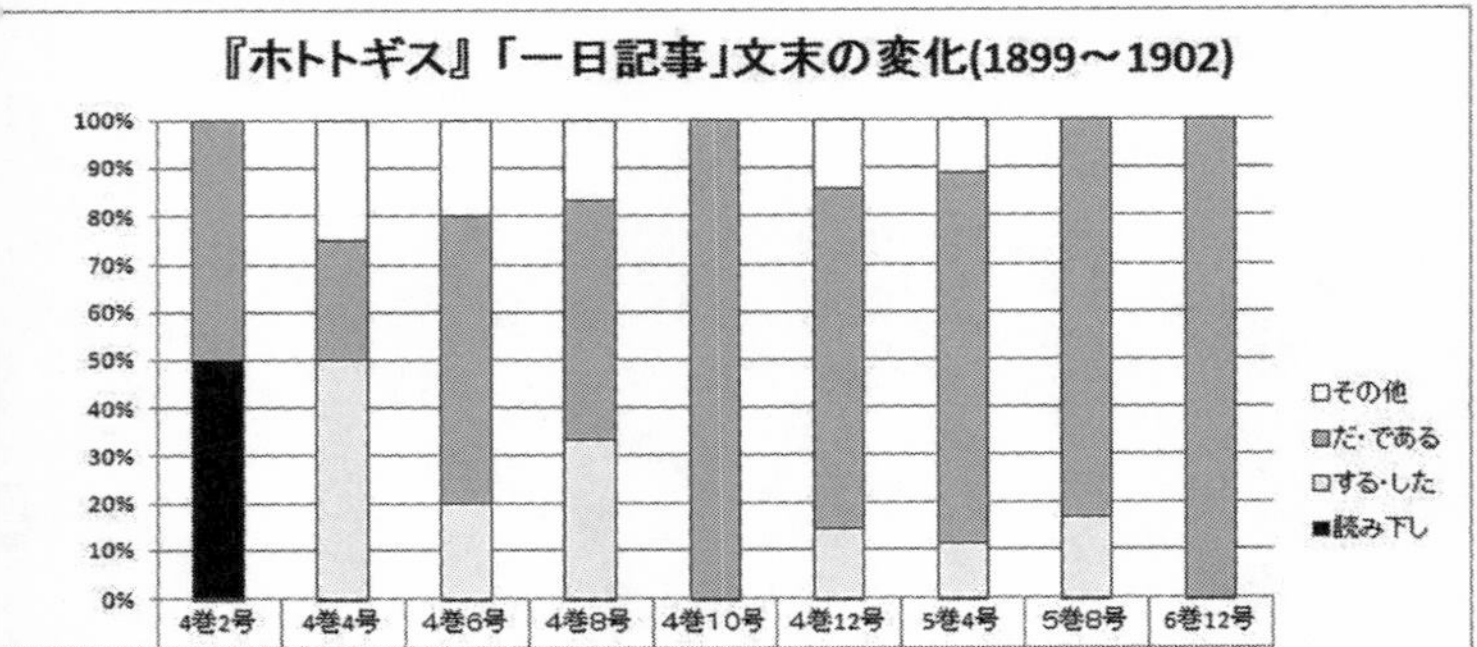

	4巻2号	4巻4号	4巻6号	4巻8号	4巻10号	4巻12号	5巻4号	5巻8号	6巻12号
□その他	0	1	1	1	0	1	1	0	0
▨だ･である	3	1	3	3	7	5	7	5	4
□する･した	0	2	1	2	0	1	1	1	0
■読み下し	3	0	0	0	0	0	0	0	0

城、内藤鳴雪らは、くだけた口語体で、オノマトペを頻出させ、「する・した」体が多い。句読点は各人それぞれの作法による。「言文一致」も口語体といいながら、くだけたおしゃべりに近づけばちかづくほど述懐に傾き、いわゆる饒舌体となり、対象の写実的描写からは遠のく。

それにもかかわらず、『ホトトギス』の「日記」の投稿には、いわゆる口語常体が増えてゆく。子規が4巻6号（一九〇一年二月）「一日記事に尽きて」で〈面白き事を捉えて書くが肝心なるべし〉と印象に残ることを焦点にして書く技法を導いたゆえであり、かつ、やや構えて書いているからだろう。「週間日記」が記録的であるのに比して、いわゆる随筆的文章への傾きが強くなったといってよい。ただ

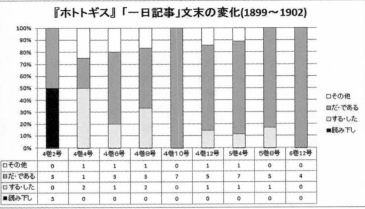

し、4巻2号の「だ、である」体に数えた一篇は、冒頭が文体不安定で、「なり」「である」も混用され、〈心地つたらない〉と口語的表現も混じっている。こうした不安定さは他にも見受けられる。「週間日記」よりも、この傾向が目立つのも、随筆的な気安さによって起こることだろう。

また、第4巻10号で選ばれている全篇が口語常体なのは、やはり虚子の恣意的な選択といえるかもしれない。だが、それを除いても、全体の傾向は変わらない。この常体への著しい傾斜を、知識層が寄稿する『太陽』の署名記事と比べるなら、いわゆる口語体の定着は、漢文書き下しを習得していない職人層や小学生の方から容易に進行したといえよう[43]。

ただし、これは、新興の俳句グループ『ホトトギス』の読者周辺という限られた範囲のもので、期間も短く、当時の庶民の文体傾向の一端を示すものにすぎない。先に紹介した『ホトトギス』の「写生文」が「言文一致」を導いたという虚子の言は、正しくは、「叙事文」における子規の焦点化の技法の指導は、読者庶民層の口語体の定着を促進する一定の役割を果たした可能性がある、というくらいに訂正すべきだろう。

要するに二〇世紀への転換期、日本語文体の改革は「普通文」の平易化が「言文一致」に及んだことにより急速に展開した。だが、それは一律ではなく、メディアとジャンル、また書き手の学識・教養の程度による差を孕んで、いわば立体的な「まだら状」に進行した。それには、その他の要因もはたらいている。その一つは、文部省が定めた文体規範であり。他の一つは新しい美学の浸透であった。先に子規が募集日記に印象深いことに焦点を合わせる技法を導いたことを紹介したが、それもその一つである。

9 子規の「叙景」、独歩の「情景」

9・i 印象の再構成

古くから漢詩も和歌も「景」を詠み、それに触発された「情」を添える形式を一つの規範として成立していたので、その意味で「叙景」は、伝統的な技法だった。『万葉集』には「寄物陳思」の部立てがあり、物に寄せて思いを述べることをいうが、思いを述べずに

「景」を叙すだけで、情が伝われば、言外の「余情」となる。それとは異なり、日本近代では、景と情を併せる新たな表現の開拓が狙われていた。その端緒を拓いたのは、明治期に初めて「叙景」の語を用いた正岡子規といってよい。その「叙景」も、焦点化の技法と同じく、景や出来事から受けた印象の再構成をいうものだった。「我邦に短篇韻文の起りし所以を論ず」（一八九二）の冒頭、日本において〈短篇韻文を成立せしめたる一大原因〉を説いていう。

何ぞや曰く我邦の韻文は叙事よりも叙情を主とせり。叙情よりも叙景を主とせり。語を換《か》へて言はば錯雑にして変化多き人間社会の現象を模写せずして専ら簡単にして静黙なる天然《ナーチュア》を模写せしが為なり。更に語を換えて曰はば吾々人間が就する客観的万象が直接に吾人の心理に生じたる表象を取りて、ここに山光水色若《も》しくは花木竹草の如き幾多の長時間に微妙の変動を成して外部に生じたる客観的の事実関係等を以て材料となさずして偏《ひとへ》に主観的に有りて善悪混淆する無数の観念の分析、又は其観念が表象を取りて、これに極めて僅少の理想を加え以て一首の韻文を構造するに過ぎざりしを以てなり（短歌にして人情を写す者は只恋歌等の一部分に過ぎず）。[44]

ここで、短篇韻文は、短歌及び俳句を指しているが、よく「叙情より叙景」といわれる理由の説明が、対比行文を二つ並べて行われている。〈簡単にして静黙なる天然《ナーチュア》〉を模写するとは、言い換えれば〈客観的万象が直接に吾人の心理に生じたる表象〉を採り、〈客観的の事実関係等を以て材料〉とすることだという。そしてそれを、複雑な観念を採ることと対比している。〈客観的万象が直接に吾人の心理に生じたる表象〉とは、すなわち外界にふれて生じるイメージないしは印象のことであり、それを媒介にして対象界が材料になる、言い換えると印象に映る客体を材料にするしくみである。子規は、その意味の印象主義から出立していたのである、これを戦後思想は「客観的写実」のように誤解してきた。

そこでは、主観の投影もおこる。それを「主客同一」のように考え、「自然主義以降」〈後自然主義、ポスト・ナチュラリズム〉と見る人も出てくるが、子規自身は〈造化の秘密〉（『病床六尺』一九〇二）を探る象徴主義へ向かった[45]。実は、撰歌集『叙景歌』（一九〇二）などで「叙景」を提唱した落合直文と尾上柴舟のいう「叙景」も象徴主義に接近しているが、ここでは、それには立ち寄らず、同傾向の散文の動きを探ってみたい。

9・2 新たな情景描写

先の『ホトトギス』(「募集日記明治卅三年十月十五日記事」4巻2号、一九〇〇)に、掲載されている一篇の「一日記事」を紹介したい。

これでも僕は度々《たびたび》諸種の競争はやつたが自転車のレースは初めてだ。レースをまだやらない中《うち》から心臓が鼓動して居る。砲がなつた中で無中《ママ》で駆けだした。第一の曲り角で僕の直ぐ後の某紳士が倒れた。第二の曲り角でつい馬力を張り過ぎたせいでもあらう僕の車は縄張り外の堆上の土に乗り上げた。あわをくつた。心を静めて車をとり直し又駆け出した。見物人が騒ぐのが聞こえる。追かけた。敵は既に半周計《ばか》りも先に居る。大急ぎだ。三周目に追ひ付いた。大分落ち付いて来た。夫《それ》は勝利の目算が立つたからである[46]。(句読点原文のママ)

アマチュアの競輪に初めて参加した人の奮闘ぶり。〈縄張り外の堆上の土〉は、コースにロープが張ってあり、その外に土手状に盛り土してあるらしい。「堆上」は、土砂の堆積の表面をいう地学・土木用語。署名は由人。田舎で『木兎《みみずく》』という雑誌を創刊、『ホトトギス』の常連に近い。景と情と動きを重ねて短くまとめ、臨場感あふれる筆致には感心する。「だ」「居る」「た」「て居る」の文末の変化に注目してほしい。二葉亭四迷が「た」と「ている」を組み合わせてリズムをつくった「あひゞき」改訳を学んで、それをスポーティヴな場面の展開に応用した本邦初の表現とでもいいたいところだ。

語り手の動きにつれて光景が変化するさまを書く手法は、すでに国木田独歩「今の武蔵野」(一八九八、のち「武蔵野」『武蔵野』所収)で開発されていた。そこには、一点に留まり、時刻に連れた光景が変化するさまを書く「あひゞき」の描写の応用とともに、いわば逆に、語り手の移動につれて、肩掛けカメラでとらえた映像のように景物が変化するさまが仕込んであることは、野田宇太郎が指摘して久しい[47]。独歩はまだ、移動式カメラによる映像も観たことがなかったと想われるが。それをかすめとって、激しい身体の躍動とともに用いうる言語技法への関心が地方の俳人に蓄積されていたことを想うべきだろう。

二葉亭四迷の「あひゞき」改訳の国木田独歩による「発見」には、いくつもの契機が重なっている。もともとツルゲーネフの「あひゞき」の自然描写は、彼が一九世紀半ばのパリで、外光派の画家たちに学んで、それが光景の時々刻々の変化を追うスケッチに展開したものだったが、独歩の場合、印象派の画家に外光のもとで自然を描くことを学び、それが「万物の生命」をうたうワーズワースの詩と結びついたことは『武蔵野』中のエッセイに記されている。

他方では、ジョン・ラスキン『近代画家論』〔第1巻〕(*Modern painters*, 1843) におけるヨーロッパ・アルプスの賛美とその描写法が徳富蘆花らの紀行文に取り入れられる流れがあった。ラスキンはアルプスが時刻の推移につれて姿を変えてゆく景観美を描いている。一枚の画面には写しえない動きを文章にすることは、ツルゲーネフの「あひゞき」と同じである。

独歩「武蔵野」の全体は、視覚・聴覚・触覚などの感覚と景物を併せた「情景」[48]の描写をベースに、武蔵野の地誌と季節のめぐりによる「情景」の変化をあわせた一種の案内記にしたててある。その頂点は、真夏の熱気のなかで「永遠の生命」の息吹にふれて陶然とする境地に結ばれる。独歩の場合は「忘れえぬ人々」(一八九八)中にいう〈総ての物に対する同情の念〉がはたらく。万物への同情とはふつういわない。これはエデュアルト・フォン・ハルトマン『美の哲学』〔第1巻〕(*Die Philosophie des Shönen*, 1887)〔美の概念〕(森鷗外訳『審美新説』一八九二〜九三)における、対象から受ける印象と対になる対象への感情の投影をいう「同応仮情」の短縮形とわたしは推測している[49]。

独歩は「自然の日記」を書くことを蘆花に勧め、蘆花『自然と人生』中に、五分間、たとえば日の出のときの富士の光景の変化をスケッチする試み「自然と対峙する五分時」シリーズが生まれもした。その蘆花の「自然に対する五分時」シリーズは文語体で、時々刻々、移り変わる情景描写の文末には変化をもたせて「つ・ぬ・たり・り」を用いている。二葉亭による「あひゞき」訳の「〜た」止めを、もっぱら時制の問題として受け止め、そして活かした人もいたのである。たとえば、「此頃の富士の曙」(一八九八年一月)の一節。

富士は薄紅《うすくれなゐ》に醒めぬ。請ふ眼を下に移せ。紅霞《こうか》は已《すで》に最も北なる大山《おおやま》の頭にかゝりぬ。早や足柄に及びぬ。見よ、闇を追ひ行く曙《あけぼの》の足の迅《はや》さを。紅《こう》追ひ藍《らん》奔《はし》りて、伊豆の連山、已に桃色に染まりぬ。(中略)海已に醒めたるなり[50]。

文語体だが、読者に視点を誘いながら、一人称視点で語る。これらを収録した蘆花の『自然と人生』は、当代の文典類に収録され、長く中学生などに参照された。文部省の規定では、敗戦まで、漢文書き下しが「正格」とされていたことを忘れてはなるまい。

実際のところ、明治期壮丁調査における識字能力検査では、尋常小学校卒業同等にふつうの文語文を与え、その保持者は一九〇五年で七〇％を越え、一九一二年で八〇％を優に突破している[51]。それを民衆と呼ぶなら、そして「リテラシー」(書けなくとも読める能力)における言文一致」を想定するなら、平易な文語文をそこから排除する理由はない。この点にも、口語文をいう「言文一致」が「立体的まだら状」に進行した所以はあった。

なお、蘆花は「思ひ出の記」(一九〇〇)を、それ以前の『トルストイ』(一八九七)と同じく言文一致で書いている。その意図を自伝的な『冨士』第2巻20章「新秋」では〈砕けて、心易く、話をするやうに〉と明かしている。二〇世紀への転換期、日本の文芸家が個々の作品のモチーフによって、文体を自在に選んでいることを示す好例であろう。

10　結語

「明治期『言文一致』再考—二葉亭四迷『余が言文一致の由来』を読み直す」は、二葉亭四迷が明治期日本の小説における言文一致体の確立に大きな役割を果たしたことが定説となっているが、それは、坪内逍遥の勧めに従い、三遊亭円朝の落語（人情噺）の口演（その速記）を参照したという通説に反して、むしろ、逍遥の言に逆らい、式亭三馬の戯作の文体（レトリック）をベースにしたものだったことを明らかにすることにあった。実際には、二葉亭が品が悪いと非難を浴びた文末「～た」に、改訳「あひびき」（『かた恋』一八九六所収）で「～ている」を混用し、リズムを整えるなどした工夫が、二〇世紀への転換期、国木田独歩「武蔵野」（一八九九初出）などに及ぼした影響が大きいことを確認し、それが新たな情景描写法の開拓に道を拓いたことを論じた。

これは、長く明治期「言文一致」論の指標とされてきた山本正秀『近代文体発生の史的研究』（一九六五）などの見解を、その論理構成から検討しなおし、尾崎紅葉の小説における「言文一致」については、江戸時代の笑話などに展開していた「～た」止めの「言文一致」とのちがいを明確にすることが課題になるものだったが、それが「写実主義」及び「自然主義」受容の問題に流れてしまったこと、彼の見解の総まとめにあたる『新潮日本文学辞典』（一九六八、増補改訂版一九八八）の「言文一致」の項では、明治期「言文一致」の成立をヨーロッパの俗語革命と類比し、日本の「精神革命」としたことを根本から覆した。さらに、明治期における文学制度史の観点から山田有策氏が論じてきた、今日、標準とされている見解に対しても、言語表記上の改革と切り離して論ずべきことなど修正をはかった。

積極的な展開においては、飛田良文他編『日本語学研究事典』（明治書院、二〇〇七）中の遠藤好英による「言文一致体」「口語文」「普通文」などの項目の解説を参照し、かつ、これまでわたしが二〇世紀への転換期に絞って行ってきた具体的文体の調査とをあわせ、いわゆる国語学と国文学研究とにまたがって考察することが不可欠であること、明治期「言文一致」の一般文章におけるその定着には、小説における「言文一致」運動はきっかけを与えた程度にとどまり、公用文における漢文訓読体をやわらかくした普通文の平易化の動きが文末表現「だ、である」の口語常体に及んだと見てよいこと、それには尋常小学校の国語教科書の改訂が大きくはたらいたこと、しかも、その実態は、公用文は「なり、たり」止め、改まった手紙文では「候」止め、女性の日記など私的文章に「です、ます」止めなどと、ジャンルによって異なり、メディアそれぞれにも「なり、たり」と「だ、である」が規範化され、口語常体の拡がりは、時期においても「まだら状」に展開したこと、徳富蘆花などにおいては、口語常体と平易化した文語体を自由に選択していたことなど明らかにした。新聞や雑誌の政治論文や一般記事（匿名）に多く残っていた「なり、たり」文末は、一九二〇年頃に新聞社間の申し合わせによってほぼ消え、口語常体が社会一般に定着したものの、日中戦争から第二次世界大戦期の新聞・雑誌記事には漢文書き下し体が隆盛し、第二次世界大戦後における公用文の変革によって、はじめて文章一般に、ほぼ安定して口語常体が定着したことも改めて確認した。

また、明治期普通文の平易化が進行した前提的条件として、前近代知識人のあいだにラテン語共通圏が成立していたヨーロッパとは異なり、東アジアにおいては、古代から知識層は漢文リテラシーを身に着け、士大夫（官僚層）の社会方言として行われていた「古官話体」は規範化せず、それとは別に、中国及び日本のそれぞれの民間に、オーラル・パフォーマンス（芸能における口演）が読み物化し、喋ることはできないが、地方・社会の両方言を越えた「リテラシーにおける一種の共通語」とでもいうべき文章体がそれなりに成立していたことも論じておいた。だが、明治期の「言文一致」を考察するうえで必要となる言語事象の通史的展開を追うことに性急で、それらの具体的用例のほとんどをわたしの既刊本に委ねるなど、粗漏が多く残ったことは否めない。ここで、三点を補っておきたい。

第一に、一八九〇年を前後する時期、山田美妙や二葉亭四迷らが試みた小説における「言文一致」運動は、二〇世紀への転換期に進行した明治期普通文の平易化、すなわち一般文章の「言文一致」の展開に大きな役割を果たしていなかったことの証左として、彼らの試みが急速に下火になったことを述べるべきだった。フランシス・イライザ・ホジソン・バーネット著『小公子』(*Little Lord Fauntleroy*, 1886) の若松賤子《しずこ》による翻訳の連載が『女学雑誌』で一八九〇（明治二三）年から九二年一月まで続いたのが、その最後尾と目されよう（上巻のみ一八九一年に刊行）。地の文末は「でした、ました」の敬体で、山田美妙が落ち着いた先に準じている。やがてのち、長く少女向け小説の規範となった。

そして、一八九一年、はじめて「少年文学」を名乗った巌谷小波の『こがね丸』は、その凡例に〈文章に修飾を勉《つと》めず、趣向に新奇を索《もと》めず、ひたすら少年の読みやすからんを願ふてわざと例の言文一致も廃しつ〉とことわっている。まだ、年少者が「言文一致」に慣れていないと判断していたからであろう。なお、その序は、陸軍の権威を借りてまで「言文一致」反対論をぶった森鷗外が寄せている。「言文一致」反対の姿勢が当代文芸界の指導者と自任する人々に共有されていたことを確認しておきたい。なお、逍遥『当世書生気質』をヒントに、当世ハイカラ女学生気質にあたるものを記した三宅花圃『藪の鶯』(一八八八)も、登場人物たちの会話のあいだを作者が繋ぐ戯作形式を採り、文末は用言終止形および「なり、たり」止めである。

坪内逍遥が小説の地の文に口語体を避けたことをめぐって、翻訳「贋金つかい」(一八八八)の例なども補っておくべきだったかもしれない。それは、アメリカの「探偵小説の母」とも呼ばれるアンヌ・キャサリン・グリーンの短編集『X、Y、Z ―ある探偵が語った物語』(*X Y Z: A Detective Story*, 1883)の巻頭の一篇「ミステリアスなランデブー」(The Mysterious Rendezvous)の翻訳だが[52]、全篇が作家のオフィスを訪れた私立探偵が体験談を一人称で語る会話体による構成をとる。だが、その翻訳にあたって逍遥は、地の文に「なり、たり」止めを用いただけでなく、一人称による会話体を避け、全体を三人称に転換してしまった[53]。

逍遥は、いわゆる自由間接話法を駆使できず、ストーリーを運ぶ地の文の内に、原文の会話の一人称視点が残ってしまい、いわば三人称の語りのうちに一人称の立場が紛れ込むような事態が生じた。これは、しかし、翻訳における一人称視点の工夫などではない。ましてや「言文一致」ともかかわりのない事態である。なぜなら、三人称の語りのうちに一人称の立場が紛れ込むような事態は、古代の物語類から頻繁に起こってきたことだからだ。歌謡（民謡）や和歌、歌物語において、仮託した歌い手になりかわって詠う作歌の態度なども関連しよう。書き手を女性に仮託した『土佐日記』にも人称的視点の揺れが論じられている。『和泉式部日記』の場合、主人公を「女」と三人称で呼ぶが、その視点は一人称でありながら、「女」が、その時点でわかるはずのないこと（たとえば冒頭で、木戸を訪れてきたのが誰か）が、その場面で語られてしまうこともある。これは、和泉式部が自身の経験を語るに際し、のちに知ったことを、その場面の説明に入れてしまったと、今日では説明されている[54]。日本における「語り」にも、それなりの歴史的展開があり、その通史的論脈の水準であつかうべきことである。

フランスの一九世紀小説においては、ギュスターヴ・フローベールが『ボヴァリー夫人』(*Madame Bovary*, 1857)で、主要登場人物の一人称視点に徹して、外界にふれる五官の感覚を通して各自の内景を語る方法をとったことはよく知られるが、それは彼がスピノザ的汎神論の支持者で、作家は自身の考えを述べるべきではないという信念の持ち主だったゆえ。彼はシャルル゠オーギュスタン・サント゠ブーブが駆使した作家の環境への還元主義の批評などテンから相手にしていなかった。マルセル・プルーストの態度は、それとは異なり、いわば作家の魂の表現としての芸術観から、サント゠ブーブに逆らって、芸術諸ジャンルにわたる論と多様な「語り」の形態(figure)を長篇中に展開したのだった。二〇世紀前半に作家の創造主としての立場を保持していたフランソワ・モーリアックの登場人物の内的独白が徹底していないことを、ジャン゠ポール・サルトルが「モーリアック氏と自由」(M. François Mauriac et sa liberté, 1933)で批判したことなど、いわゆる第一次戦後派に属する野間宏や中村真一郎は、よく承知していた。それにもかかわらず、客観的リアリズムや一人称的視点について、いまだに混乱した議論が続いているのは、問題設定の仕方、考察の枠組（フレイミング）が狂っているからだ[55]。

この「語り」をめぐるフレイミングの問題を補うべき第二点目とすれば、第三点目に、より大きな問題として、二葉亭四迷が式亭三馬の戯作に倣ったとしていた口語常体のレトリック（修辞）について、東西のレトリックのちがいの考察などに発展することを鮮明にしておくべきだった。西洋古典においては、アリストテレスが論証法の一環として修辞法を説いたにもかかわらず、そののち、雄弁術の領域が独立し、分厚い蓄積がなされてきた。東洋においては、類似音を重ねてリズムをつくったり（『詩経』〈大序〉にいう「詩は志の之《ゆ》く所なり」の「詩」と「志」は類似音）、六朝時代に対句や対偶が発達したり（駢儷体）、また古典を下敷きにすることがルール化し、意味とイメージの重層性が共有されてきた。日本の和歌や物語では、加えて、縁語なども駆使される。類比（アナロジー）、隠喩（メタファー）、象徴（シンボル）が区別されることなく、概念としては寓（ことよせ）として一括されてきたことなどが、いまだに整理されていない。今日、国際的に諸科学の概念と論理に、とくにコンピュータ・プログラムと関連するアナロジーやメタファーが新たな操作主義(operationism)を拡げて、あたかも人間の脳には同一プログラムがセットされているかのような倒錯した幻想を蔓延させており、批判的な検討が迫られている。レトリックが人間の思考法を規定することは、すでに常識であろうが、その規定の仕方をよく検討することこそが、今日、問われているのである。

そして、芸術的散文において口語常体が主流となってゆく動きのなかで、二葉亭の「〜た」止めの展開に注目したため、口語敬体(〜であります)を駆使する三遊亭円朝の人情噺の口演とその速記本が近代小説の「言文一致」に寄与したという通説の検討は疎かになった。次章ではその問題に立ち入り、また円朝口演とその速記の文芸史上の意味について論じてみたい。

本章を閉じるにあたって、最後に、「言文一致」について、今日の指標とされる山田有策氏による解説に替える一般事典用のオルタナティヴを試作してみたい。

言文一致は、明治維新期、公用文に硬い漢文書き下し(歴史的仮名遣い)が用いられたことに対して、欧化主義により、民衆の話し言葉を基礎に自国語の記述法の標準をつくったヨーロッパの俗語革命に倣おうとする動きのなかで「話しことばで書く」意味で用いられた。分厚いレトックの蓄積されたラテン語を知識人の国際共通語としてきたヨーロッパでは、それが自由な思想の展開と個性的な表現が可能にするものとして「精神革命」と評されるが、日本の場合、江戸時代の民衆の読み書きに日本語のさまざま文体や表記が無秩序に展開しており、その意味での「精神革命」にあたるものは生じるはずはなく、その標準化をどのように進めるかが実践上の課題になった。また維新期から漢字廃止や仮名文字やローマ字化を含む表記の改良が唱えられ、民衆の日常用語に漢語が多用いられている状態に表記法の根本的な転換はそぐわず、こちらは漢字制限にとどまった。話し言葉における標準語の制定とも併せ、「国語改良」と呼ばれるが、それぞれ区別して考えるべきである。

文芸界では、一八八七年頃から、翻訳や小説の文体に、山田美妙、二葉亭四迷らによって、地の文の文末を口語にする試行が「言文一致」と呼ばれて試みられたが、品位や敬語、会話文と地の文の調和などの問題に西洋文芸理念の受容も加わり、議論は錯綜した。実践面では、時制の工夫など新たな情景描写の開拓に寄与することになった。

文体の改良は、教育界を中心に、漢文書き下しから難しい漢語や漢文特有の言いまわしを減じて平易にする「普通文」の運動が進められ、和文体（擬古文）でも古語を減じ、やがて文末も文語体（なり、たり）から口語常体（だ、である）に改める動きが二〇世紀への転換期に急速に定着した。句読点の標準的な使用法も国定教科書で示された。この動きは、知識人一般には、執筆者の自由にまかせる総合雑誌などの署名記事から進展した。ただし、政治論文や新聞や雑誌記者の匿名記事などの口語常体への統一は、一九二〇年を前後する時期まで待つことになる。手紙などに女性の口語敬体（です、ます）も早くから定着したが、目上の人に出すときや改まったときには「候体」が長く用いられていた。文部省は第二次世界大戦に敗戦するまで、漢文書き下しをもって正則の日本語文体と規定しており、戦時期には新聞記事が漢語で覆いつくされるなど、日本語文体の変化は、メディアやジャンル、時期によって一様ではなく、いわば「まだら状」に進行したのである。

【注】

1 『日本古典文学大系100 江戸笑話集』（岩波書店、1966）371頁。

2 わたしは、記述（エクリテュール）については、表現主体の立場を尊重し、「漢文訓読」とも、漢語をそのまま用いることが多いので、「訓述」（『古事記』序文に初出）とも呼ばず、「漢文書き下し」と呼ぶ方が精確だと考えている。読書活動に用いるときは「漢文読み下し」が厳密だろう。

3 勝本清一郎「近代文学の曙」（『鑑賞と研究・現代日本文学講座』小説Ⅰ、三省堂、1952）の見解で、そのうち二篇が山田美妙の筆写であるところから、美妙が紅葉に先んじて「言文一致」の抜け駆けをしたと論じた。

4 山本正秀『近代文体発生の史的研究』前掲書737頁。

5 前近代でも、たとえば賀茂真淵は自著に句読点を付しているが、ふつう目安は一九〇六年、「句読法案」が国定教科書の標準に定められたことにおかれる。歴史的仮名遣いと同様、真淵の句読点が参照された可能性はあろう。なお、句読点に確かなルールかあるかどうか、今日でも疑問視する向きもある。

6 鈴木貞美『「日本文学」の成立』（作品社、2009、p.151～）を参照。国木田独歩に「風景」と「内面」の成立を論じた柄谷行人『日本近代文学の起源』（1980）の倒錯にいては、同署〔第3章3節〕を参照。

7 安藤精一『近世公害史の研究』（吉川弘文館、1992）を参照。その思想史上の原因は享保の改革における徂徠派、とくに太宰春台の『経済録拾遺』（1747）に明らかである。鈴木貞美『日本人の自然観』（作品社、2018）〔第9章2節〕を参照。

8 鈴木貞美『日本人の自然観』（前掲書）〔第2章〕を参照。
9 概念上の混乱をもたらした一つの原因は、ドイツの美学者、ヨハネス・フォルケルト『美学上の時事問題』（*Asthetisce Zeitfrangen*, 1895、森鷗外訳、1899）が象徴主義の隆盛を伝えるとともに、それを自然主義のうちに加えて「後自然主義」という概念を発明したことによる。鈴木貞美『入門 日本近現代文芸史』平凡社、2013, p.168を参照。
10 鈴木貞美『入門 日本近現代文芸史』（前掲書）〔第2章〕を参照。
11 欧米語の速記の方法が応用され、すでに講演なども速記で刊行されていた。
12 山本正秀『近代文体発生の史的研究』（前掲書）3頁。
13 鈴木貞美『日本語の常識を問う』（平凡社新書、2011、第4章5節、14節）を参照。
14 一九三〇年を前後する時期に、「心境小説」の隆盛をヒントに作られたジャンルで、後宮生活の覚書で、構成されていない『紫式部日記』は除くべきである。鈴木貞美『日記で読む日本文化史』（平凡社新書、2016）〔第二章〕を参照。
15 同前、159頁。
16 鈴木俊孝『江戸の読書熱—自学する読者と書籍流通』（平凡社選書、2007）を参照。
17 『鳩翁道話』は、石門心学者・柴田鳩翁の講義を養子の武修（遊翁）が筆録、編纂したもの（正編・1835、続編・1836、続々編・1838、各3巻全9冊）。『古今集遠眼鏡』は本居宣長による『古今和歌集』短歌の口語逐語訳（1793頃成立。1797刊、6冊）。『民間格致問答』は、Johannes Buijs, *Volks-natuurkunde. of Onderwijs in de natuurkunde voor mingeoefenden; tot wering van wanbegrippen, vooroordeel en bijgeloof. Amsterdam,*

18 Corns de Vries, Hendk van Munster, 1811. 自然科学の入門書。NDL;1858

19 藤井貞和『平安物語叙述論』(東京大学出版会、2001) 422頁。

20 『國學院雜誌』二〇〇三年一一月。

21 藤井貞和「言文一致における時制の創発―『たり』および『た』の性格」、前掲、53頁。鈴木貞美「言文一致と写生」再論―「た」の性格、『国語と国文学』二〇〇六年六月。

22 『明治文学全集16』前掲書、30頁。

23 鈴木貞美『「日記」と「随筆」―ジャンル概念の日本史』臨川書店、2016、〔第2章1〕を参照。なお、「日記」の語源については、『日記で読む日本文化史』平凡社新書、2016〔第1章〕で新説を提示した。

24 のち、清代にイエズス会宣教師たちが「マンデリン」と呼んだ士大夫の「白話」にも数種の地方言に分れるという。リテラシー抜きのダイロクシア論の陥穽については、鈴木貞美「都市と多重言語、そのかかわりの歴史へ―体験的国際比較の試み」『日本語学』二〇一八年八月号(明治書院)を参照されたい。

25 鈴木貞美『鴨長明―自由のこころ』(筑摩新書、2016)を参照。

26 鈴木貞美「説話の概念」(倉本一宏・小峯和明・古橋信孝編『説話の形成と周縁』中世篇、臨川書店、2019)を参照。

27 『日記と随筆―ジャンル概念の日本史』(臨川書店、2007)〔第1章3〕、『日記で読む日本文化史』(平凡社新書、2016)〔第4章〕を参照。

28 『日本古典文学大系100 江戸笑話集』(岩波書店、1966) 76頁。

28 同前、36～40頁、56頁、67頁、73頁。
29 同前、189頁、171頁、164頁、172頁、201頁、206頁、208頁。
30 『日本古典文学大系59 黄表紙 洒落本集』(岩波書店、1958) 36～40頁。
31 『浮世絵揃物 枕絵』上(学習研究社、1995) 124、126、127頁。
32 白倉敬彦、早川聞多編『春画 秘めたる笑いの世界』(洋泉社、2003) 198頁。
33 国際日本文化研究センター教授、早川聞多氏より教示を受けた
34 白倉敬彦、早川聞多編『春画 秘めたる笑いの世界』前掲書、198頁。
35 『浮世絵揃物 枕絵』下、前掲書、釈文、129～131頁。
36 『明治文学全集16』(筑摩書房、1969) 42頁。
37 坪内逍遥『小説神髄』は、当代からキャノン化されていたわけではなく、また本人も翌年の第二版「あとがき」で撤回の意図を示唆している。それがキャノンのように扱われるようになったのは、むしろ第二次世界大戦後、写実すなわち文芸の近代化というスキームの定着のなかにおいてである。鈴木貞美『日本の「文学」概念』(作品社、1997)〔VI2〕、『「日本文学」の成立』(前掲書)を参照。
38 『國學院雑誌』二〇〇三年一一月。
39 山本正秀『近代文体発生の指摘研究』前掲書、p.6
40 鈴木貞美編「総合雑誌の文体」(近畿大学文芸学部紀要『シュポシオン』創刊号、1996)、近畿大学の院生5人の協力を得た。『太陽』記事については『「日本文学」の成立』前掲書〔第7章4節〕を参照。他の雑誌や新聞については、わたし自身の論考では、ここにはじめて紹介する。

41 国立国語研究所の『太陽コーパス』は署名・無署名を問わず、文末で分類しており、新聞記事とほぼ同じ傾向が見えている。
42 中国にわたり、宋代山水画を学んで、峨々たる岩山を描く北宗画、霞の漂う南宗画をともによくした雪舟には、気の通り道をそれとして造形しない「真景」もある。
43 これらの具体的文例と考察は、佐藤・バーバラ編『日常生活の誕生』（柏書房、2007）に初出。再編集して、鈴木貞美『「日本文学」の成立』前掲書〔第7章5節〕。一般書では鈴木貞美『日記で読む日本文化史』（平凡社新書、2017）〔第五章〕中に示したものが読みやすいだろう。本稿では分析も簡略化したが、虚子の選択について補填した。
44 『早稲田文学』一八九二年一〇月号、4～5頁
45 鈴木貞美『日本人の自然観』前掲書〔第11章2〕を参照。
46 『ホトヽギス』第4巻2号、一九〇〇年一一月、31～32号。
47 野田宇太郎「解説」、国木田独歩『武蔵野』（角川文庫、1956）p.217
48 鈴木貞美『日本人の自然観』前掲書〔第11章2〕を参照
49 鈴木貞美『「日本文学」の成立』前掲書〔第7章〕など参照。
50 徳冨蘆花『自然と人生』（民友社、1900。復刻版、日本近代文学館、1984）69頁。
51 鈴木貞美『「日本文学」の成立』前掲書、p.297を参照。
52 そのデビュー作『*The Leavenworthhe Case*』（一八七八年）は黒岩涙香の翻案により『真ッ暗』（金桜堂、1890）として刊行された。

53 鈴木貞美『入門日本近現代文芸誌』(平凡社新書、2013)でも示しておいた。
54 鈴木貞美『日記で読む日本文化史』平凡社新書、2016を参照。
55 鈴木貞美「中村真一郎と三島由紀夫—エロスと能をめぐって」(『中村真一郎手帖16』二〇二一年四月)を参照されたい。

第二章

三遊亭円朝考

1　円朝の再評価をめぐって

二〇〇〇年を前後する時期から、明治前中期に人情噺の名人と呼ばれた三遊亭円朝の再評価が一種のブームともいうべき現象を呈している。その契機には『三遊亭円朝集　明治文学全集10』（筑摩書房、一九六五）の「解説」で、興津要が「言文一致」との関係に終始してきたきらいのある円朝評価に加え、これまで欠けていた考察として、「円朝と文学史」という問題視角をあげ、「大衆文学」の系譜に位置づけ、かつ比較文学的考察の必要性を訴えたことがはたらいていよう。

そして一方で、永井啓夫の丹念な評伝『三遊亭円朝』（青蛙房、一九七一、新版一九九八）が進展し、また延広真治による円朝の翻案ものなどの発掘と考察が進み、岩波書店版『円朝全集』（全一三巻別巻二、二〇一二〜一六）の刊行を見るに至った。

また他方、森まゆみ『円朝ざんまい—よみがえる江戸・明治のことば』（平凡社、二〇〇六）が、情を込めた円朝の口演の魅力をわかりやすく説き、またそれが〈社会風俗の丹念な描写〉に支えられていることについて、東京下町や上州への旅先を巡り、発見に満ちた魅力的な読み物に仕立てた。その「あとがき」では〈円朝こそ明治文学史の筆頭にすえるべき〉だと提唱、その文春文庫版（二〇一二）の「解説」で、半藤一利が正岡子規の評言や夏目漱石の反応を紹介しつつ、円朝の口演速記を〈明治二〇年代の大衆文学の主流〉と論じて、森まゆみの先の評価に〈ムべなるかな、である〉と同意している。

文芸作品の歴史的価値を再評価し、文学史の再編に挑むのは批評の常道である。古代歌謡から『平家物語』『太平記』などの例をあげるまでもなく、民衆のあいだの、もしくは民衆向けのオーラル・パフォーマンスの記録を重んじる立場も正統である。明治前期の小説界は、為永春水の人情本や十返舎一九の滑稽本が命脈を保っていたものの、曲亭馬琴の読み本の活版化が読書界を圧倒するようになってゆく[1]。新作では開化風俗を書く仮名垣魯文らの滑稽本などが注目されてきたが、それは、西洋化すなわち近代化のスキームによるもので、文芸としての質の低迷は否めない。その中で、明治前中期における円朝の口演の魅力は群を抜いており、その価値を最大級に評価したい気持は了解できる。

とはいえ、円朝口演の速記が明治期「言文一致」運動に果たした役割は、これまで過大に評価されてきたきらいがある。興津要が提案し、半藤一利らが同調した「大衆文学」の系譜に位置付ける見解についても、首をかしげざるをえないところがある。まず『明治文学全集10 三遊亭円朝集』の興津要「解説」を参照し、コメントしながら、明治前中期における円朝の活動について概観しておこう。

1・1 興津要「円朝と文学史」

円朝は、幕末、三題噺の自作自演によって落語界に新たな機運を起した酔狂連、興笑連のなかから登場した。幼くして高座に上がっていたが、家族に反対され、商家に奉公に出され、また絵師に弟子入りもしたが、どちらも馴染めず、再び落語界に戻ったのだった。その酔狂連、興笑連のなかには、明治開化期の戯作に活躍した仮名垣魯文、翻案小説の山々亭有人《ありんど》もいた。このとき、このグループに加わったことは、彼にとって、二つの意味をもっていたと想われる。

その一つは、円朝が幕末にはじめた芝居噺は、歌舞伎の書割（張り物）にあたる大きな絵や三味線の囃し方を伴い、衣装を引き脱ぎにしたり、ときに小道具もつかったりと、芝居に近い演出をするもので、聴衆はいわば歌舞伎の雰囲気を手軽に楽しめるものと喜んだといわれる。江戸後期は、歌舞伎においても、四代目鶴屋南北が書き下ろした「天竺徳兵衛韓噺」で、巨大な蝦蟇が登場したり、また突然、楽屋裏を見せる「白化け」を試みたりと、観客を驚かせる新奇な趣向で評判をとったことはよく知られるが[2]、そのような傾向は、その頃、彼らと交際した歌舞伎狂言作者・河竹默阿弥默阿弥に受け継がれており、酔狂連も染まっていたのではないだろうか。

落語界では柳派が台頭していたが、それに抗して、三遊派の再興を志した円朝は、芝居噺が当たって真打となった。が、中入り前のスケ(助勢)に頼んだ師匠の円生が弟子の出世を妬んでだろう、道具立てを見て、中入り前に同じ噺を素噺で語ってしまうことが続いた。そこで円朝は新作の工夫を重ねるようになったといわれる。だが、もともと新たな趣向に出発した人、新作への志向は早くから芽生えていたと見てよい。

もう一つは、浅草馬道寝釈迦堂の近くで、魯文や默阿弥のほか、福地源一郎との交流がはじまったことである。福地は旧幕臣のときから、イギリス・フランスに渡って西洋事情に通じていたが、維新後に士分を捨て、桜痴と号して遊興に耽った。円朝とは、そのときから交友関係がつづいた。福地は岩倉使節団にも加わり、一時、大蔵省に勤めもしたが、幕末から国民国家におけるジャーナリズムの役割に着目しており、一八六八年『江湖新聞』を創刊、一八八一年には『東京日日新聞』を起し、主筆として立憲主義と文化欧化の論陣を張った。が、政府が国会開設・憲法発布に向かう動きに在野の立場の存在意義を失い、一八八九年頃から文芸や歌舞伎改良運動に打ち込んでゆく。その途中、円朝らに翻案もののネタをいくつも提供している(後述する)。が、それだけではない。

円朝は、もと幕臣で剣術家として知られ、江戸城無血開城に活躍した山岡鉄舟、また長州藩出身で鹿鳴館政策を推進した井上馨ともそれなりに親しく接し、数かずのエピソードを遺しているが、彼が江戸幕府から明治政府への権力の転換、江戸から東京への社会風俗の移り変わりのなかで、芸人として身を処してゆくうえで、東西の文化規範の相違をよく理解し、独立した知識人として民間に生きることを選んだ福地桜痴を早くから知己に得ていたことは、かなりの意味をもっていたと想われる[3]。

明治初年代の円朝は、芝居噺で当たりをとったものの、その装置を弟子に譲って、素噺に転じて口演の芸を磨いていくが、新聞記事をネタにした噺にも取り組んだ。素噺に転じたのは、明治二年からとも五年からともいわれているが、興津要は、この円朝の姿勢の転換を、一八七二(明治五)年四月に教部省が出した「三條の教憲」に基づく芸能界の再編のなかで、幕末に『鼠小僧』など「白浪(盗賊)もの」で活躍していた講釈師・松林伯円(二代目)が新聞閲覧所で仕入れた記事をネタにした実録ものの講談に大きく方向転換していったことなどと関連させて説いている。「三條の教憲」は、明治政府が神仏分離令を発し、天皇崇拝と神社信仰を基軸に近代天皇制国家のイデオロギーを最初に説いたものである。江戸後期、松平定信の寛政異学の禁は、朱子学を復興させ、民衆のあいだに朱熹が定めた四書を平仮名で読み、解説する学習書(経典余師)のブームを生み、農村指導者たちも教材に用いて子弟の教育に用いたという。明治政府は、その朱子学の庶民への浸透の上に、忠孝中心の日本的儒学を高めようとしたのである。

ところが、松林伯円は、いわゆる不平士族の叛乱、西南戦争なども盛んに取り上げ、洋服姿でテーブルを前にして講釈を行い、「開化講談」と持て囃されたものの、自由民権思想に傾いたため、警視庁に呼び出されたこともあった。が、一八八九(明治二二)年、帝国憲法発布後は、礼や義より、忠孝の教えを全面に出す日本的儒学にのっとった「赤穂義士伝」などで人気を博したとされる。江戸幕府によって取り潰された赤穂藩の旧藩士による主君の仇討ち事件（一七〇三年）は、『仮名手本忠臣蔵』として浄瑠璃や歌舞伎の舞台に乗せられ、人気をとったが、当代の事件を舞台で演じることが禁止されていたため、時代を室町時代に移し、『太平記』中の人物の名前を借りていた。赤穂藩の浪人たちの仇打ち事件は、幕藩体制の崩壊によって大っぴらに「義士」と呼ばれるようになったのである[4]。伯円は一八八二年には、明治天皇の御前講演では「赤穂義士伝」とともに、忠臣の物語「楠公」なども語っている[5]。

そして興津要「円朝の文学史」は、明治一〇年代における円朝の口演が速記本として出まわったことが、明治二〇年頃の山田美妙や二葉亭四迷の小説における「言文一致」に貢献したという。のちに確認するが、円朝の口演が小説の「言文一致」運動のきっかけになったことは間違いない。それを、二〇世紀への転換期における一般文章の「言文一致」、その流れとともにあった小説の「言文一致」と結びつけるから、過剰な評価になるのだ。

そして、興津要は〈明治二〇年代における円朝は、なんと云っても、新聞連載の速記によって記憶されねばならない〉という。明治一九（一八八六）年一〇月、幕末の酔狂連のときから馴染みだった山々亭有人（條野採菊）によって創刊された庶民向けの小新聞『やまと新聞』に、円朝は翻案ものの新作口演『松の操《みさお》美人の生埋《いきうめ》』（副題「侠骨今に馨《かんばし》く賊胆猶《な》お腥《なまぐさ》し」小相英太郎速記）を一八八六（明治一九）年に連載開始。『蝦夷《えぞ》錦《にしき》古郷の家土産《いえづと》』（一八八六年一二月～一八八七年一月）、その続編『椿説蝦夷訛《なまり》』、また『真景累が淵』（一八八八年九月～）など『やまと新聞』の売れ行きを高めたことは確かである。

前者はタイトルに「蝦夷」とついているものの、幕末の争乱を語りながら、庶民の男女が夫婦になり、北海道で出直しをはかろうと旅発つまでの物語（刊本は金泉堂、一八八八）。後者は、五稜郭に立てこもった榎本武揚らと政府軍の戦を語り、また東京の庶民にとっては珍しい北海道の景色や風物を散りばめ、ヒグマが出てきたり、主人公がアイヌに助けられたりと波乱万丈の物語が展開する（刊本は博文館、一八八七）。どちらも史実の解説に、庶民の主人公たちが巻き込まれる事件の成り行きを絡めるもので、ストーリーは、かなりご都合主義に展開する。口演の「～でございます」体は変わらない。

これは一八八六年八月、明治政府が北海道の開拓に本腰をいれるため、北海道庁の開設に備えて、内務大臣・山県有朋、外務大臣・井上馨らか北海道に視察旅行に赴いた際、円朝も同行し、五稜郭をはじめ、あちこちを見て歩いた見聞を盛り込んだもの。このときの円朝は、北海道開拓への関心を民間で高める役割を負っていたのである。アイヌも等しく国民に加える政策だったから、円朝がストーリーの上で活躍させて不思議はない。だが、よく知られるようにアイヌは同化政策により、やがて滅びゆく民族の位置に追いやられてゆくことになる。

興津要は、それら新聞掲載の口演速記は読み物として新作小説と同様に受容されたゆえ、円朝は〈大衆作家に近い存在だった〉とし、一八六〇（安政六）年に人情噺『累ケ淵《かさね》』を自作自演して以来、庶民に向けて語ってきた円朝の作品には〈二葉亭にはないロマンの芽がひそんでいた〉という。〈ただ、その作品が近代のロマンとして成長することをさまたげていたのは、円朝の中に巣食うあまりにも封建的な倫理観であり、それにもとづく勧善懲悪的な筋立てだった〉と限界を提示し、「大衆文学」の系譜に位置付けることを提案している。さらに、もう一つ、翻案ものについて、『指物師名人長二』（一八八七年『中央新聞』自筆連載）や『名人くらべ──錦の舞衣《まいぎぬ》』（一八八九年初演、一八九一年『都新聞』速記連載）など原作がはっきりしているもの、原作のはっきりしていないものとに分けて言及し、比較文学的考察が必要であると提起して「円朝と文学史」の項を閉じ、収録作品の解説に移ってゆく。

1・2 円朝の思想性と翻案もの

円朝が明治新政府のかなり厳しい言論統制下にあった庶民に人気を博した芸人であることに間違いはない。が、その芸能が「封建的な倫理観」に貫かれているとするのも、またそれを「大衆文学」と呼ぶことも、興津要の活躍した、第二次世界戦後に盛んな民主主義の価値観と用語によっており、円朝の時期とは相当ズレが生じている。「封建」も「大衆」も、その概念から問いなおさなくてはならないのだ。

明治新政府は一八七二年一一月の徴兵諭告により、四民平等と江戸時代の「封建」(藩が領地を管理する制度)を解体し、古代の「郡県」(律令による中央集権)に戻すことを宣言し、タテマエの上でも法律の上でも四民平等の国民国家を建設していった(いま四民以外の問題にはふれない)。興津要が「封建的な倫理観」と呼ぶのは、国家神道と忠孝中心の日本的儒学による倫理のことだろうが、そのズレだけでなく、円朝作品も時期により、作品により、変化がみられる。とくに西洋の「近代のロマン」の翻案ものも、「封建的な倫理観」によると言えるのかどうか。また円朝の時代に「大衆」といえば、大勢の僧侶の意味が普通で、「大衆文学」などという概念は影も形もなかった(これらについては、本稿の最後にまとめて述べる)。

なお、先の『松の操美人の生埋』は、その速記のなかで、アレクサンドル・デュマ(ペール)の英訳本を福地桜痴が口訳してくれるのを聴いてつくったことが明らかにされている。英訳本の書名はややちがっていたが、のちJames H. Graffによって『*Pauline, or; Burried alive*』(1879)と訂正された。原作のタイトルは『*Pauline*』(1837)で間違いなかろう。生き埋め事件に読者の興味を惹くように英訳本は改題されていた。

『西洋人情話英国孝子ジョージスミス之伝』(速記本一八八五、『英国孝子伝』など)は、イギリス・ヴィクトリア朝の作家、チャールズ・リードの『*Hard Cash*』(1863)をタネ本にして、東京を舞台に移し、ジョージ・スミスを清水重次郎に置き換え、時を経て起こる借金をめぐる三つの殺人事件に親子の因果と情愛が絡む噺に仕立てて口演したもの。「孝子」は孝行息子の意味だが、借金絡みの犯罪に親子の因縁を絡ませ、犯人は死骸を隠し、証拠隠滅を図ろうとするが、最後に火事で証文が出てくるドンデン返しが探偵小説的興味を誘う。これらは、のち江戸川乱歩らによって、犯罪小説ないしは探偵小説に連なる系譜として位置づけられてきた。

『名人くらべ——錦の舞衣』は、フランスの劇作家・ヴィクトリアン・サルトウがサラ・ベルナールのために書いた人気戯曲のうち、ナポレオン時代を背景にした歴史劇『ラ・トスカ』(*La Tosca*, 1887初演)の舞台を大塩平八郎の乱があった時期に移し、日本舞踊の名人が活躍する物語に作り変えたもの。『指物師名人長二』(『中央新聞』一八九五年四月二八日〜六月一五日連載)も、フランスの作家、ギィ・ド・モーパッサンの小説「親殺し」(Un Parricide,1882, 改題 Asassine,1884)を、横浜税関長をしていた有島武、ないしはその夫人から教えられたものと原作は知れていた(幸夫人の翻訳が有島家「家集」に残されていた。夫妻の子に有島武夫・有島生馬・里見弴ら)。今日、未だに原作が確定していないのは唯一『欧州小説　黄薔薇《こうしょうび》』(金泉堂、一八八九)を残すのみらしい[6]。

これらについて今日では、各作品について比較文学的な考察も進み、犯罪小説や探偵小説の系譜に位置付ける考察も整理されてきている[7]。円朝における「情」の写実性や実地主義の精神と同様、これらを「封建的倫理」や「大衆文学」と呼ぶべきかかどうかなど、本稿の展開に即して検討することにしたい。その上で円朝の人情噺の口演および、その速記本が明治期「言文一致」の成立に寄与したという俗説の成立過程を整理し、その短絡ぶりを明らかにする(2)。そのうえで、円朝口演と速記との関係の詳細に踏み込んでみたい(3)。「言文一致」問題とは別に、円朝のはたした文芸上の役割について、力説されている情感と地誌や風俗の細部にわたる写実性について、それらを江戸後期から明治中期にかけての文芸史の展開のなかに置いて検討する(4)。そして最後に、円朝の果たした役割はどこにあったのかを明確にしてみたい。

2　円朝の口演速記と小説の「言文一致」運動

円朝の人情噺の口演とその速記について、それが小説の「言文一致」運動に「多大な影響を与えた」から「弾みをつけた」くらいまでさまざまな形容で語られてきた。しかも、その範囲が明治二〇年ころのそれなのか、二〇世紀への転換期に起こったそれなのかもあいまいなまま語られてきた。ここでは、「多大な影響」論は、過剰にすぎる俗説であり、それが事実関係の短絡によって起こったものであることを明らかにし、次いで、口演速記をめぐる実態にもふれてゆきたい。

2・i 俗説の成立過程

円朝の口演およびその速記が文芸の「言文一致」に寄与したという、これでの通説は、次の三つの事実を短絡させてつくられたものである。

①円朝口演速記『怪談牡丹灯篭』の別製本に「牡丹灯篭序」を寄せた春のやおぼろ（坪内逍遥）は次のように述べている。円朝の口演の速記を見るに〈通篇俚言俗語のみを用ひてさまで華《はな》ありとも覚えぬものから　句ごとに文ごとにうたゝ活動する趣ありて（……）我知らず或は笑ひ或は感じてほとほと真の事とも想はれ仮作ものとは想わずかしい、そして続ける。芸人の円朝が為永春水や式亭三馬より優れた、この稗史をものするとは不思議な気もするが〈深く人情の髄を穿《うが》ちてよく情合《じょうあい》を写せばなるべく〉云々。その逍遥が、その翌年から『当世書生気質《かたぎ》』を、さらには『小説神髄』（ともに一八八五〜八六）

を刊行したことはよく知られる。

②山田美妙は、女子教育雑誌『以良都女《いらつめ》』(一八八七年七月創刊号〜三号)に連載した言文一致体小説「風琴一節」〈序文〉で〈俗文体だとて塩梅さへ巧みに為《す》れば、中々雅文体に劣る所も無く、而も、自然に規律も有つて云ふに云はれぬ妙味もある。此小説の文などをば、稍《やや》此辺に注意して書いたもので、一口に云へば、円朝子の人情噺の筆記に修飾を加へた様なもの〉といい、それは自分なりに工夫を重ねてきたものであることを強調した。

③のちの二葉亭四迷「余が言文一致の由来」(一九〇七)は、小説を書くにあたって、坪内逍遥を訪ねると、円朝の落語通りにやってみろといわれ、〈仰せの侭《まま》にやつて見た。所が自分は東京者であるからいふ迄もなく東京弁だ。即ち東京弁の作物が一つ出來た訳だ。早速、先生の許《もと》へ持つて行くと、篤《とく》と目を通して居られたが、忽《たちま》ち礑《はた》と膝を打つて、これでいゝ、その侭《まま》でいゝ、生《なま》じつか直したりなんぞせぬ方がいゝ、と仰有《おつしや》る。／自分は少し気味が悪かつたが、いゝと云ふのを怒る訳にも行かず、と云ふものゝ、内心少しは嬉しくもあつたさ。それは兎に角、円朝ばりであるから無論言文一致体にはなつてゐる〉云々。途中、東京弁という地方方言で小説を書くことに対する躊躇《とまどい》が覗いていてい

るが、二葉亭の言文一致体への着手については、まだ標準語政策が行われていない時期である。標準語の策定は東京の山の手の言葉をベースにしたといわれる。それはともかく「余が言文一致の由来」をここまで読むと、二葉亭も円朝の口演、ないしはその速記を参照して、言文一致体の試みをしたことはわかる。実際、春廼屋朧助（坪内逍遥）と冷々亭杏雨の二者の訳者名を並べて刊行されたツルゲーネフ『父と子』の翻訳『虚無党気質』（一八八六年四月）の予告文には〈上品な東京語〉とあり〈悪く申せば円朝子の猿真似〉などの語が見える。この予告文は二葉亭が記したものであろう。

①②と③のここまでを読む限り、円朝の口演（速記）が明治二〇年を前後する、小説（翻訳を含む）の「言文一致」の出発期に、かなりの影響を及ぼしたことはわかる。一部に坪内逍遥が言文一致を推奨したかのような誤解が生じているのも、これらだけを読んでのことだろう。

確認してゆこう。第一に、逍遥が戯作の気質ものを当世書生風俗に移した『当世書生気質』の地の文は「なり、たり」止めであり、前述したとおり、『小説神髄』でも言文一致には反対している。①で円朝の口演速記を推奨している理由は、俗文体であっても〈深く人情の髄を穿ちてよく情合を写〉しえていること、「情」の写実性に力点があった。それは③でも同じで、かつ「～ございます」調によって、品位が損なわれないゆえだった。逍遥は品位を重んじたゆえに地の文を俗言で書くことには反対していた。

第二に、山田美妙の場合、一八八五年に尾崎紅葉、石橋思案らと硯友社を起し、雑誌『我楽多文庫』の第一、二集に曲亭馬琴の読本調の「竪琴草紙」を寄せたのち、一八八六年から「嘲戒小説天狗」を連載、一八八七年『読売新聞』に「武蔵野」を連載するなど言文一致体の試みを重ね、「～だ」体の品位を石橋思案から問われ、「です、ます」体に落ち着いた。そのとき、円朝の人情噺の速記に〈修飾を加へた様なもの〉という概括を行なっていた。

③の先の引用は〈それは兎に角、円朝ばりであるから無論言文一致体にはなつてゐるが、茲《ここ》にまだ問題がある。それは「私が……で厶《ござ》います」調にしたものか、それとも、「俺はいやだ」調で行つたものかと云ふことだ。坪内先生は敬語のない方がいゝと云ふお説である。自分は不服の点もないではなかつたが、直して貰《もら》はうとまで思つてゐる先生の仰有る事ではあり、先づ兎も角もと、敬語なしでやつて見た。これが自分の言文一致

を書き初めた抑《そもそ》もである〉と続く。「……で厶《ござ》います」調は、円朝の口演の調子を指しており、口語敬体。逍遥は品位を重んじる点から、地の文は雅文がよいと主張しており、いわば円朝の口語敬体なら認めた結果になっていた。言い換えると、二葉亭はここに、逍遥の〈敬語のない方がいゝ〉説とは矛盾していること（ないしは方針転換があったこと）を含ませている。そして、その逍遥説に逆らって、〈敬語なしでやって見た〉ところから自分の言文一致の試みははじまると述べているのである。『浮雲』（一八八七〜九〇）で部分的ではあるが、口語常体を用い、またツルゲーネフ「あひびき」翻訳で「〜た」止めを連発したことなどを指していると見てよい。

このように見てくると、円朝の「ございます」体は、たしかに二葉亭および山田美妙の口語敬体使用に影を落としていたが、二葉亭は口語敬体を廃した。そののち、小説の言文一致体の主流が口語常体に向かったのは、明治期普通文の平易化という一般文章の動きに連動してであったことは、本書第一章で論証、実証したおりである。とすれば、円朝の口演（速記）の口語敬体が明治二〇年期を前後する、小説の「言文一致」体の試みに影響したことはたしかだが、それはほんの一時期のことにすぎず、その口語敬体の影響はほとんど残らなかった。それを付け加えないと、過大な評価になってしまう。せいぜい「明治二〇年を前後する、小説の「言文一致」の試みに、きっかけを与えた」という程度にしておいた方がよい。

しかし、だからといって、円朝の人情噺の口演が明治前中期に東京の庶民を魅了したこと、その「情の写実」が小説の近代化に果たした役割も否定されるべきではない。正岡子規が「円朝の話」（『筆まかせ』第一篇、一八八九）で、「名人くらべ―錦の舞衣」の口演の一場面を引いて、画師とその妻の会話の裏に隠れた心理の機微を巧みに示していることを賛嘆し、小説にも応用すべきという意味のことを述べている。「錦の舞衣」は翻案ものだが（後述）、この場面の会話は円朝の創作である。また子規の『筆まかせ』のなかには、二八組の噺家比べをした「落語連相撲」があるが、そこで〈円朝はさすがの元老、落ちつきて話乱れず、趣向奇にして形容真に逼《せま》る。お嬢さんのまねをして書生に涎《よだれ》を流せしめ、男子のやさしさをのべては令嬢を身ぶるいさせしむ、柔にしてしまりあり、婉にしてにやけず〉云々とその話術の巧みさを褒め、〈話そのまゝの筆記をして日本の文学となし、言文一致家をして色なからしむ〉と述べている。すでに印象の鮮さをもって描写の要諦と思い定めていた子規であればこその評言である。子規自身は、ここに示されているように言文一致体を用いいなかった。次に円朝口演およびその速記の実態について、より詳しく検討してみたい。

2・2 口演速記と言文一致

円朝の人情噺の口演速記『怪談牡丹灯篭《ぼたんどうろ》』（東京稗史出版社、一八八四年七月～）は、日本式の速記の初めての刊本であり、その〈序詞〉に、アメリカから入った速記を日本語に適するように工夫重ねた若林玵蔵《かんぞう》は次のように述べている。〈東京の稗史出版社の社員来て曰く　有名なる落語家《はなしか》三遊亭円朝子の人情噺は頗《すこぶ》る世態《せいたい》を穿《うが》ち喜怒哀楽能く人をして感動せしむること恰《あたか》も其《その》現況に接する如く非常の快楽を覚ゆるものなりば　予が速記法を以てその説話を直写し之を冊子と為したらんには　最も愉快なる小説を得るのみならず〉、速記法の便益と必要なことを世に知らしめるのにも好都合であろうと告げたので、自分はそれを承諾し、〈円朝子が演ずる所の説話をそのままに直写し片言隻語を改修せずして印刷に附せしが即ち〉この冊子であるといい、それを〈言語の写真法〉と呼んで、円朝の口演を〈親聴するが如き快楽があるべきを信ず〉という。たが、それゆえに普通の小説を読むようには運ばないところがある、それを改良することを今後の課題としたいと結んでいる。

速記術が議会の記録などに用いられるようになる前に、まず書肆によって、寄席に行けない人を対象に、最もその商品化に適したものとして円朝の人情噺が選ばれたことがわかる。速記ゆえに読みにくいところが多く生じることは、円朝の口演に限らない。和語でも発音のままに帰したのでは意味がとりにくいので、適宜、漢語に置き換えなくてはならないことを指している。

明治期の小説はリテラシーの低い人のために総ルビが習慣化し、ルビ付き活字が用いられるようになってゆくが、『怪談牡丹灯籠』の頃には、ルビ付き活字はまだ用いられていない。冒頭から適宜拾ってみる。〈聖徳太子の御祭礼を執行《いたし》まして〉〈刀剣商《かたなや》〉〈店頭《みせさき》〉〈華美商品《よきしろもの》〉〈陳列《ならべ》て〉〈通行《とおり》かゝり〉などなどの宛て漢字は速記者によるもので、その一つ一つが最適かどうかは判断に迷うところもあろう。岩波書店版『円朝全集1』の清水康行による〔後記〕は、加えて、登場人物のセリフについて「小声で」「大声で」などと入っているのは、速記者による加筆と注意を促している[8]。

速記本一三分冊のうち、第九篇の巻末〔社告〕は、これまでは円朝の校閲を経ておらず、〈不完全の歎きを免れざるにあり〉とし、第一〇篇以降は、円朝自身が〈校閲し且《かつ》画組を与へられたる〉ものに改善するとある。同じく清水康行〔後記〕によれば、第一～九篇の届出日は一八八四年七月一四日。刊行は第一～二篇（七月）、第三～五篇（八月）、第六篇（九月）、第七～九篇（七月）。この最後の七月は、九月の間違いだろう。そして第一〇～一三篇の届出日は一〇月八日で、刊行は第一〇～一一篇（一〇月）、第一二～一三篇（一二月）である。

清水康行〔後記〕には、さらに〔付記〕が付され、翌一八八五年二月に刊行された別製本との異同を示している。別製本が出された主な理由は、円朝が初版の造本が粗末なのを嫌ったためといわれる。本文頁の仕様、挿絵は同じだが、判型を少し変え、装丁と綴じを替え、歌川国峯の口絵を新たに加え、また坪内逍遥と古道人（戯作者・総生寛《ふそうかん》）の序を添えた。

清水は本文を組み直し、口語調を活かすようにしているという。たとえば〈善美《よき》〉が

〈良い〉、〈立寄《たちよ》りて〉が〈立寄《たちよ》ッて〉、〈若き侍〉が〈若い侍〉、〈彼《あ》の〉が〈彼《か》の〉、〈皆《みな》〉が〈皆《みんな》〉、〈御座《ござ》います〉が〈御座《ござ》いました〉などなど。円朝が口調のままに直すよう指示したものと想われる。〈お久闊《しばらく》〉が〈久闊《しばらく》〉になっているのは、口演時には〈お久闊《しばらく》〉だったが、活字になると違和感が生じるので、円朝が直したのではないだろうか。

円朝としても、自分の口演がはじめての速記本になって刊行されていることゆえ、口調を遺すことに神経を使い、速記草稿に手を入れた。初版九篇以降には、それが反映され、それ以前の部分は別製本に活かされたのだろう。『怪談牡丹灯篭』はかなり売れたが、出費も多く、さして儲からなかったと若林玵蔵が回想していることから、別製本の本文組み換えなどの費用は、速記の宣伝のために速記法研究会が負担したのかもしれない。

当時、実際に円朝の口演を聴いた人は、その速記が口演のままの名調子を伝えるものではないという証言を遺している。これは速記者の用字など表記の問題に留まらないことだろう。円朝が口吻を他派の噺家に真似されることを嫌って、速記をとるための口演ではいつもと変えていたという推測もなされている[9]。が、それよりも、まず、口演は一般に、その都度、時間や聴衆の反応により、ディテールに変化が生じるものであることを考えた方がよいだろう。

のちの『塩原太助一代記』の場合、その「点取り」(構想の覚書)[10]とは筋も変化していったことが知られている(後述)。歌舞伎も定番の出し物でも新たな趣向を加えて演出が変わるだけでなく、それによって筋も変化することが知られている。円朝の人情噺の場合、加えて、その場面の雰囲気を醸し出すこと、言い換えると聴衆をそのなかに引き入れることに長じてくればくるほど、感興にまかせてストーリーの運びの細部の説明を省略していったことも伝えられている。したがって速記者に向けた口演では、読者を考慮し、ストーリーの細部を遺すように気を配ったと考えてよいだろう。つまり、興に乗って感情を込めてゆき、ストーリーの細部ははしょってしまうような口演の名調子は、活字に残されないことになるわけだ。

なお、速記が流布したのち、『太陽』の一八九五年創刊期の演説欄には、著名人のそれが並ぶが、文末は同一人でも「なり、たり」も「だ、である」「です、ます」を統一せず、演説時のままで、また、声を張ったところを示す圏点などの表記は速記者にまかせている。円朝の場合は「でございます」文末が目立つが、その弟子たちの落とし噺の口演速記を見る限り、必ずしも「でございます」文末で統一せず、言い切りや連用止めなども用いている。これが一般の落語家の口演文末だったように想われる。

ただし、一九〇〇年頃には速記とは別に、著者にインタヴュして要旨を記者かまとめる談話筆記の手法も用いられるようになった。たとえば『太陽』臨時増刊「十九世紀」(一九〇〇)には、井上哲次郎、井上円了らの談話が掲載され、二〇世紀への転換期における日本の哲学および宗教界の課題をよく語っている[11]。速記とその使用法にも、さまざまな変化が現れた一例である。

3 円朝口演の写実性

一八世紀中葉から、講釈を中心に寄席(興行小屋)では話芸や浄瑠璃、小唄などの歌、手妻(手品)などが行われ、次第に笑い話(小咄)が主流になったといわれる。一八世紀の往来ものには『伊勢物語』のパロディーが「笑い講談」と称して掲載されている。講釈も落語(落とし噺)も書いたものをもとに口演したのだった。それらにも、即興によるヴァリエイションや新作が加わっていった。

よく知られる円朝の口演『怪談牡丹灯篭《どうろ》』など怪談は、落語家がそのレパートリーに加えた長篇続きものの人情噺で、マクラや地口などで笑いをとることはあっても、ほとんどが「親の因果が子に報い」式の仏教の応報思想と男女の情愛を絡めたストーリーをもつ。もともと実際にあった事件にコメントを付すかたちの講釈の一分野として発達したもので、浄瑠璃や歌舞伎の狂言（ストーリー）と大筋は共通するものが演じられた。江戸時代の民間芸能の諸ジャンルは類縁性が強く、交錯しつつ展開する傾向が強かったのである。

幕末に流行した松林伯円の「白波もの」は、河竹黙阿弥の脚色で『網模様燈籠菊桐《あみもようとうろうのきくきり》』として歌舞伎化された（一八五七年）。それは明治前期にも変わることなく、さらには速記本として活字の読み物化がはかられた。円朝『怪談牡丹灯籠』に続いて、江戸幕府内の収賄事件を題材にして松林伯円が口演した『安政坂人組』も、若林玵蔵の速記で一八八五（明治一八）年に出版されている。そして円朝の『牡丹灯籠』は三代目河竹新七によって脚色され、一八九二（明治二五）年七月、五代目尾上菊五郎主演で歌舞伎座で上演され、大盛況だったといわれる。

ただし、菊五郎は舞台化にはかなり躊躇ったことが伝えられている。円朝は一人で何役も演じ分け、その間の呼吸をあわせるが、役者はそれぞれなので、息をあわせるのがなかなかむつかしいというのが、その理由である。ここからは、円朝の口演は登場人物、それぞれの声音を使いわけていたこと、それらはストーリーを運び、コメントを挟む地の文の語りと声音を替えていたことが知れよう。そして、そのように口演される登場人物のセリフと地の語りとをはっきり区別するために、円朝は「～でございます」の口語敬体を多用したと考えてよいだろう。それは人情噺に限らず、落とし噺でも同じで、円朝の芸風の一つの特徴をなしていたと想われる。なお、円朝も地の文を言い切らずに用言連用形や「～して」と接続助詞で止め、次のセリフに移るかたちも多用した。これは戯作一般で常套になっていた[12]。

このような芸能全般のジャンル・ミックス状況のなかで、円朝自身は、その口演について、どのように意識していたのだろうか。円朝は、晩年『毎日新聞』のインタヴュ記事「芸人叢談」(一八九九年八月)〔七〕で、講釈は人情よりは事実に重きを置き、人情噺は人情をきめ細かく語ると心得て、自分の特色を出していったという意味のことを語ったのち、講釈でも名人はちがう、先代の松林伯円はそれほどの内容をもたないセリフでも、お客の涙を誘うような語り方をしたのに感心したことを述べている。先代伯円は一八五五年に亡くなっているので、これは円朝のかなり若い頃、高座に上っていた頃のことであろう。よほど印象が強かったのだろう。その頃から人情噺への関心が芽生えていたのかもしれない。

繰り返すが、講釈は歴史的事件に題材をとり、それにコメントするかたちをとり、「なり、たり」調で運ぶのが規範だった。次第に臨場感を高めて聴衆を引き込むことに向かい、「講釈師見てきたような嘘をつき」（滑稽本『一盃綺言』一八一三）という川柳が示すような事態が進み、登場人物の動作などの描写が細かくなっていった。円朝は登場人物の着物、持ち物など細かく述べて、その人物の身分や性格を形づくるとともに、セリフには情を濃《こま》やかにこめてゆくことを工夫していったのである。やはり晩年の別のインタヴュでは、曲亭馬琴の読み本を勉強したことも語っている。曲亭馬琴らが中国白話小説から学んで論じてきた小説における人物造形の骨法の基本を身に着けていたことが知れる。円朝が新作の人情噺を次々にものしてゆくには、当然ながら、それだけの用意があった。

3・i 情の写実性

円朝が新作の構想を練るとき、たとえば『怪談牡丹灯籠』は、はじめから続き物の口演に備えて一三席に区切って構想していたが、その覚え書きは「する、した」「なり、たり」止めで書いていた。次々に生起することどもを陳列してゆき、登場人物のセリフを挟んで地の文でストーリーを運ぶのは、古典物語の常套形式である。『牡丹丹灯籠』の構想メモにあたるものが遺されており、歿後に公刊されたものから知れる。

その『怪談牡丹灯籠』の構想段階では、各場面の年月日、登場人物の年齢等、口演の際には端折られることまでが書き込まれている。過去の出来事が起こった日時と時刻まで決めるのは、講釈の規範になっており、なかには無理やり推定したものも多いが、円朝は新作のフィクションであっても、それに従うことで臨場感を盛りこむための手立てにしていたのである。だが、その構想の細部と口演速記とは相違も見える。そのさまざまについては、すでに考察されているが、口演毎に、ストーリーの展開と人物の心理の辻褄がよりよくあうように直されもしていっただろうし、速記用の口演の場合はストーリーの結構に神経がはたらいただろうし、速記本が出されたのちには、むしろ観客は、全体のストーリーを承知の上で聴いているはずとして、情感の盛り上げに力を入れるうち、ストーリーの細部が省略されることもあっただろう。これは先にもふれた。

聴衆の臨場感を高め、情感を盛り上げる語りは、視覚のみならず、カランコロンの下駄の音やボーンとなり響く寺の鐘など聴覚、ヒヤリと冷たい相手の手の感触など五官の感覚に訴える手段は、ありふれたオノマトペによっている。カランコロンの下駄の音は、西洋の幽霊には足があることを福地桜痴から聞いて知っていたのかもしれないが、幽霊には足がない、という当時の聴衆の常識から外れることを承知で、虚構の場面の情感を盛りあげている。それに際しては、なるべく一般の聴衆が馴染んだ表現を用いるし、人物の性格も気質ものなどで知られた類型に留まることになって当然である。つまり、新作をつくるといっても、新奇な形容を用いたり、特異な性格描写を工夫したりするわけではない。

『怪談牡丹灯籠』は、よく知られているように、中国明代の『剪灯新話』中の『牡丹燈記』を翻案し、亡霊と人間との情愛の縺《もつ》れをストーリーの芯に据えた浅井了意の『伽婢子《おとぎぼうこ》』をもとに、深川の米問屋に伝わる怪談や牛込の旗本家で円朝自身が聞いた話などを加え、女の幽霊を二人連れにしたり、親の仇と知らずに忠義を尽くす人物を登場させ、それを知った主人が、わざと討たれたりする事件を加えるなど、複雑なストーリーに仕立てたもの。中国の民間道教の神仙譚の翻案をより複雑にしたのは、仏教的因縁と儒学的忠孝の思想が沁み込んだ江戸の民衆向けに円朝が練り上げたものといえよう。ストーリーが複線的に交互に展開し、やがて「実は〜」と、隠れた人間関係が明かされ、ストーリーが絡んでいたことが示されて大団円に向かうのは、因果応報譚の特徴であるが、とりわけエピソードを派生させて見せ場をいくつも重ねる歌舞伎で発展した場面の運び方である。舞台なら登場人物それぞれが異なる俳優によって演じられるし、観客はおよそのストーリーを予め知っていることが多いので、戸惑うことはない。だが、繰り返すが、それを一人で口演する場合には、演じ分けが巧みでないと、それこそ、まるで話にならない。逆に、芸が達者なら、一人で演じ分けた方が相互の息があう、ということになるわけだ。

『真景累が淵』は、もとは一八五九（安政六）年から『累ヶ淵後日の怪談』として口演されていたものという（朗月散史「三遊亭円朝の履歴」一八九〇）。流布していた累という女性の怨霊譚のヴァリエイションを前半とし、後半に仇討ち噺を付け加えたものである。『松の操美人《みさお》の生埋《いきうめ》』などに続いて、一八八七年九月から翌年にかけて『やまと新聞』に掲載された（速記は小相英太郎、途中、休載が入り、交替も。刊本は一八八八年）。『やまと新聞』連載の速記の冒頭で、マクラに、開化期の啓蒙思想が「幽霊など実際にいない」「迷信にすぎない」と言い立てていることにふれ、幽霊は「神経」の病によるという意味のことを語っている。その「神経」に懸けた「真景」は、本所で漢学塾を開いていた信夫恕《しのぶじょ》軒《けん》のアイデアを借りたとされているが、あまた類話のある累伝承のうち、これこそホンモノという含意が生じるのではないか[13]。

3・2　実地主義

情感のリアリズムと並ぶもうひとつの写実の姿勢に、円朝が口演の舞台となる土地をよく実地見聞していることがあげられる。これもいわば講釈の事実に基づく態度を土地土地の景物や風俗に拡げたものといってよいだろう。地誌においては元禄期に福岡藩の儒者、貝原益軒が徹底した実地主義に立つ『筑前国続風土記』の編纂を続け、また『和州巡覧記』などの紀行文も同じ姿勢によっている。益軒の場合は、中国・明代の本草が詳しく細密になったことなどに学んでいようが、江戸中後期には、橘南谿による『西遊記』『東遊記』シリーズなど各段に各地の詳しい案内記的な記述へと展開し、そのことは伴蒿蹊が寄せた「序」にも明確に記されている。「北海道」の名称を考案したことで知られる松浦武四郎は幕府の命を受けて、蝦夷地を探索、その地誌の記述は漢文だが、本草などのスケッチを伴うもので、明治初期には和歌山の大台ケ原なども訪れ、その紀行文も地誌の観察記録といった方がふさわしい。このようなリアルな描写は、すでに寺島良安編『和漢三才図会』(一七一二年成立)など事物全般に及んでおり(といっても河童や人魚の絵も見えるが)、曲亭馬琴らも好事家的な考証随筆を出版した。その態度は幕末にかけて、民間の蘭学同好会的なグループにも共有されていた[14]。この傾向は、福地桜痴などはよく承知していただろうし、江戸下町の噺家連中も共有するものだったかもしれない。円朝が幽霊の絵を集めたのも、いわゆる「百物語」を念頭において、怪談噺を百集めたいと発案したのも、その流れに沿うものだった。

円朝が『塩原多助一代記』の構想にかかったのは、「塩原多助日記」(一八九六)などによれば、一八七六年に怪談百物語の題材を求めて、日本画家、柴田是真を訪れ、本所相生町の炭屋・塩原家に伝わる怪談を聞き、早速、その菩提寺や親戚などに出向いて調査、炭団《たどん》を発明して一代で身代を築いた塩原家の初代・太助が上州・沼田の在の出と知ると、車夫の酒井伝吉を連れて早速、沼田へ赴いた。日光湯本から奥日光の山岳地帯を抜けて沼田に赴く旅程で、八月末から二週間の旅だった。その旅行の一部始終は、先の日記のほか「沼田の道の記」などに残されており、のち、最初の手稿(円朝手記)とともに「上野下野道の記」として春陽堂版『円朝全集』(一九二八)に収録された。

一八七八年に初演されたときには、怪談の構想は消えていた。ある事情で浪人となった塩原角右衛門が仕官の元手と引き換えに、祖先を同じくする上州沼田の同姓同名の大百姓のもとへ養子にやった息子・多助が、苦難のすえに立身出世する物語に仕立て直されていた。その前半部は、その大百姓の家に分家との争いなどが起り、多助は故郷を出奔。途中、身ぐるみはがされ無一文となり、江戸で実父に会おうとするが養家を捨てたため父母とも対面もかなわず、命を狙われながら、身を粉にして働き、拾った藁草履を直して金を貯めるなど知恵をはたらかせて身を立ててゆく。婚姻によるほか職分の移動のかなわなかった幕藩体制のもとで、武士の血を引く多助が幾多の苦難を乗り越えて炭屋の大商人にまで成功してゆくストーリーの発端にも、数々の不孝と苦難が彼の身にふりかかる展開にも、かなり無理な設定が重ねられていると感じられるが、さまざまなエピソードを伝承のあれこれから借りて、アレンジしてちりばめている。無一文から身を起し、立身出世を遂げるこの成功譚に、中世の「藁しべ長者」などとの類型性を指摘する向きもあるが、それをいうなら、乱世を背景に行き当たりばったりの幸運が重なるのとは全く逆で、実直と勤勉、幾多の苦難を撥ね退け、社会的節約の知恵ひとつを元手に成功を重ねてゆくところに、生まれつきの職分からはじめて解き放たれた明治の民衆は希望を見ていたのである。

　だが、実直な立身出世という明治の世の価値観に円朝が真底、染まっていたといってしまうなら、それもやや言い過ぎかもしれない。塩原太助の前には、やはり江戸時代、上洲、伊香保や中山道にかけて義賊ないし侠客として知られた安中草三郎《あんなかそうざぶろう》をめぐる伝承を、多くの実在の人物を絡めて『後開榛名梅ケ香』にまとめていた。むろん明治政府の膝下で口演するのだから、義侠と改心の物語に仕立ててはあるとはいえ、いわゆるアウトローの生き方も民衆の人気を誘うところがあった。円朝は、そのような民衆の嗜好をよく掴んでいたというべきだろう。そうでなければ、一流の芸人はつとまらない。

『塩原多助一代記』の沼田時代では、いってみれば、多助と心を通わせるのは青という名の馬だけで、その別れに際して、馬が涙を流すのに多助が気づく場面がよく知られていた。速記本には残っていない。これも語りながら、即興で馬の涙に及び、聴衆の受けがよかったので定番的になったのだと想う。江戸に出てからでは、戸田屋敷に炭を届けて、偶然、荷札に実父の名を見つけ、実母と対面したものの、実父は養家を捨てた不義理を言い立て、ことばを交わすことさえ拒絶する場も見せ場として知られた。こちらは当初から多助の辛苦の場面として仕組まれていた。

一八八四年末から一八八五年にかけて若林玵蔵による口演速記『塩原多助一代記』全一八篇が速記法研究会から順次刊行された。一八九二年、帝大国史学科教授で実証主義史学をリードする重野安繹《しげのやすつぐ》の篇になる『尋常小学修身訓』巻一など、首位科目の教科書に立身出世の典型例として、ストーリーの一部が取り上げられたことも、塩原多助の名を高からしめた。円朝『塩原多助一代記』は、いうなれば、公認された「国民文学」に準じる位置を占めたのである(ただし、重野は、この年の久米邦武筆禍事件の余波を受け、翌年、辞職)。

『塩原多助一代記』の速記本は、明治末頃までに総部数一二万部という数字が報告されている。ベストセラーだったことにちがいはないが、版権が移り、途中、印刷者の異なる合本版なども出され、経緯は錯雑としている。当時、税は法人ではなく個人の申告で、出版物の発売部数は、公称二倍から三倍に及ぶものも珍しくない。確実なことはわからない。

なお、古代の物語から登場人物の会話は口語のままに近い口調が原則である。円朝は『塩原多助一代記』の会話には「〜すべえ」や「〜でがんす」を多用している。「〜すべえ」は関東一円で広く用いられていたようだが、「〜でがんす」は、山形県の日本海側、庄内地方の方言で、実在した塩原太助の出身地、上州方言ではない。だが、地方方言をそのまま舞台で喋ったのでは、遠く離れた地方の出身者には皆目わからない。方言らしく、しかも地方の出身者にも意味が通じる程度のものにしなくてはならないので、それが選ばれたのだろう。国家の標準語政策とは全く別に、前近代の民間の芸能や読み物のなかで共通語的なものがつくられていたことは本書第一章でも論じたが、それとともに、奇妙な言い方になるが、方言らしさをもつ共通語のようなものがつくられてゆく一端を示す近代の例といえよう。

3・3　俳諧と臨済禅

『怪談牡丹灯籠』もそうだが、『塩原多助一代記』の構想の覚書も、用言終止形と「なり、たり」文末で、物語規範にのっとっている。紀行文「上野下野道の記」も同じである。

岡本綺堂は「寄席と芝居と」(一九三五)で、〈この紀行の詳細を極めているのは実に驚くべき程で、途中の神社仏閣、地理風俗、旅館、建場《たてば》茶屋、飲食店、諸種の見聞、諸物価など、ことごとく明細に記入してある。後日の参考に書き留めて置いたのであろうが、円朝ほどの落語家となれば、一編の人情話を創作するにも、これだけの準備をしている。彼が一代の名人と呼ばれたのも決して偶然でない〉と記している。だが、これは備忘録をもとに、発表を意識して整えたものだろう。そのスタイルは、江戸後期の案内記的な紀行文を踏襲した気味が強い。

岡本綺堂は、そこで、この〈紀行には「何業も命がけなりと胸を据ゑ」とある。わが職業については一身を賭《と》する覚悟である。この紀行の一編、読めば読むほど敬服させられる点が多い〉とも記している。「上野下野道の記」には、芭蕉のとくに『奥の細道』が響いていると感じられる。

曾良の随行記に比してみれば、『奥の細道』は旅程に虚構がある。が、ここでいうのは、その意味でない。俳諧や狂歌を散らして、風流ぶりの姿勢が強いからだ。「何業も命がけなりと胸を据ゑ」の俳諧には「道路に死なん、これ天命なり」の精神が響いているといってもよい。わたしは円朝が実地の見聞の旅を重ねたのも、芭蕉と同じく禅僧の行脚に通うものがあると同時に、当地の庶民の風俗、気性にふれることに意義を見出していたと想う。俳諧は俗に題材を求めるもので、芭蕉は広く世情に通じることを心がけていた。円朝の場合は、いうまでもなく、口芸に活かすためである。ただ、そこに散らされた俳諧や狂歌の滑稽味は、芭蕉より、くだけて軽く、江戸後期の『柳多留』の川柳に近い。そして、芭蕉の伝統主義には「わび、さび」の、いわゆる中世美学が根幹にあり、また芭蕉は『蒙求』などをもとにして、漢詩文にもよくふれていたが、円朝にその形跡はない。その点が大きくちがう。

岡本綺堂は「上野下野道の記」にふれ、また円朝の工夫の数々を述べた章の終わりを〈円朝をして今の世に在らしめば、その創意、その文才、いわゆる大衆作家としても相当の地位を占め得たと思う〉と結んでいる。これなら、わたしも納得する。綺堂の「寄席と芝居と」は『舞台』一九三五年一月号に寄せた随筆であり、その時期には「大衆文学」が制度として成立していたからだ。が、それについては後にまわし、芭蕉に立ち寄ったついでに円朝と臨済禅とのかかわりにもふれておかなくてはなるまい。

芭蕉が深川の草庵に移って、墨田川対岸の臨川庵で仏町和尚に臨済禅を学んだひそみにならったわけではないだろうが、円朝も早くから臨済禅に接していた。自ら語ったことによるなら、商家に奉公することも画工のもとに務めることも続かずに、一六歳にならないころ、異母兄・徳太郎（玄昌）が住職を務める日暮里・長安寺に住んで、座禅をくんで一念に修行するなら、と本堂で落語の稽古をすることが許されたことが下地になった。一八七七（明治一〇）年頃、陸奥宗光や渋沢栄一らの贔屓《ひいき》を受けるようになり、宗光の父親・伊達千広の講義を受けたこと、その縁で、山岡鉄舟と知り合い、噺家なら「舌を動かさずに話をなすべし」といわれ、その頃、鉄舟が参じていた禅師・由里摘水のもとで修行を誓ったという。鉄舟は、元幕臣で江戸無血開城に際して西郷隆盛との交渉に当たったことで名高いが、明治期に無刀流の剣術を開いたことでも知られる。剣を構えて剣を否定する己れの流儀を噺家にもちかけたのである。摘水和尚は、禅師がしばしば入門に課す「無字の考案」を円朝に与え、円朝は楽屋でも公案に取り組んでいたと、弟子により伝えられていた（明月散士編「三遊亭円朝子の伝」一八八九）。

「無字の公案」は中国宋代の無門慧開《えかい》が撰述した『無門関』中、第一則に置いたもので、犬の仏性の有無如何を問うものだが、趙州《じょうしゅう》和尚はある僧に「無」と応えたが、他の機会には「有」と応えている。それを解いて慧開は有無を問うことの危険をいう。「わずかに有無に渉れば喪身失命す」（纔渉有無　喪身失命）と。「無字の公案」は、有無を超えた無の境地が肝心ということらしい。それを、のち西田幾多郎は、有無の相対無を超えた絶対無、すなわち論理的否定のように理論化することになるが、円朝は摘水和尚から「無舌居士」の号を承けたことを歓んで、「閻王に舌を拭かれて是からは／心のままに偽《うそ》も云はるる」という歌を残している。狂歌の類だが、あるいは己れの舌を使わず、登場人物の心になりきって語るという境地に達したことが含意だったかもしれない。居士の号を受けたのは、公案透過とはちがうが、いわば弟子に認められたに等しかった。

明治新政府が掲げた廃仏毀釈の政策が挫折したのは、全国の社寺に神仏習合がはなはだしく、当初から無理があったためだが、禅宗を奉じる旧武家層が強く反対しつづけたこともはたらいたといわれる。円朝が、芝居噺に用意した道具からその日の演題を察して、スケに頼んだ師匠の円生から、先に素噺で話してしまうような仕打ちを受けても、弟子に難題を与える師の心と受け取り、終生、感謝したというのも、弟子たちが時々に移り行く観客の嗜好にあわせて色物に走っても、いわば放胆でいられたのも、また要路の人々と、分を守りつつも自恃を保って親交しえたのも、禅に接して心胆を鍛えていたことが役立ったかもしれない。が、それだけではなく、臨機応変に機知を働かせる円朝の芸には、ありきたりの規範からの逸脱を歓ぶ臨済禅に学んだところもあったかもしれないと想ってみる。蕉門にも、多彩さを歓び、また時によって移ろう、言い換えるとヴァリエイションとチェインジの双方の変化を旨とするところがあった。

4 円朝の位置

円朝が場面場面の情趣を盛りあげることに長けており、自身、感極まって泣きながら話したこともまれではなかったと伝えられている。登場人物になり変わるだけでなく、馬の眼からも涙を落とさせるのは奇態の類だが、その場面に聴衆が引き込まれて語り草になるのだから奇特な芸にはちがいない。だが、それは口演にこそ生じることで、活字の系譜には起こりにくい。

たとえば国木田独歩は「忘れ得ぬ人々」(一八九八)で「万物への同情」を繰り広げてみせたが、それはワーズワースの詩句から得た「万物の生命」(life of things)の観念と、おそらくはエデュアルト・フォン・ハルトマン『美の哲学』(*Die Philosophie des Schöonen*, 1887)の鷗外訳にふれて、四肢に分けた感情——対象が実体(実情)か仮構(仮情)か、対象から受ける印象か対象への投影(同応)か——のうち、「同応仮情」を学んでのことだろう。ここには円朝の情の写実からは観念の転換があった。が、その独歩も、のち編集者として、中国・清代の『聊斎志異』の翻訳を蒲原有明にも依頼し、手掛けることになるのであれば、怪談への関心が途絶えるわけではない。

円朝の系譜については、怪談を離れ、また速記によらずに自分で筆をとった『指物師名人長二』をめぐって、その思想性について考え、たとえば幸田露伴の作風との類縁性を探り、また泉鏡花の作風なども参照して、二〇世紀への連続性と断絶の様子、文芸史上の位置の解明の一助としたい。そして最後に怪談とミステリーの系譜関係、また「大衆文学」概念について付言しておくことにする。

4・i『指物師名人長二』をめぐって

『指物師名人長二』は〈これは享和二年に十歳で指物師清兵衛《さしものしせいべえ》の弟子となって、文政の初め廿八歳の頃より名人の名を得ました、長二郎と申す指物師の伝記でございます〉とはじまる。ややあって、〈何芸にもよらず昔から名人になるほどの人は凡人ではございませぬゆえ、何か面白い話があろうかと存じまして、それからそれへと長二の履歴を探索に取掛りました節、人力車から落とされて少々怪我をいたし、打撲《うちみ》で悩みますから、或人の指図で相州足柄下郡の湯河原へ湯治に参り、温泉宿伊藤周三方に逗留中、図らずも長二の身の上にかゝる委《くわ》しい事を聞出しまして、此のお話が出来上がったのでございます。是がまことに怪我の功名と申すものかと存じます〉とくすぐりが入って、本題がはじまる。この調子で、全篇が「です、ます」「ございます」調で、その点は口演と変わらない。だが、速記ではなく、円朝の自筆による作品が『中央新聞』一八九一（明治二八）年四月〜六月にかけて連載された（刊本は博文館、一八九五）。興津要は、それゆえ「名人長二」はまぎれもなく小説であり、その意味で〈大衆文学と称してさしつかえない〉という。「大衆文学」云々は、あとにまわすとしても、これを小説だと言い切ってしまうのには、ためらわれるところがある。

冒頭で「伝記」とはいうものの、フィクションであることにまちがいはない。本所割下町で家具職人を営む長二という円朝の知己の人物をモデルにし、モーパッサンの短篇「親殺し」の筋書きを借りていることは先に述べた。まず、その翻案のしくみにやや立ち入って見ておこう。

モーパッサンの短篇は、拾われた捨て子から家具職人になった男が裁判で両親を殺したことを告白し、その理由を述べて正当に裁かれたいと訴えるのが大枠である。彼は、贔屓にしてくれる夫妻の様子から、彼らが結婚前に生み落とした子を捨てたことを知り、それが自分であろうと問い糺した。が、なおも隠しとおそうと父親がピストルを取り出した態度に怒り心頭に発し、殺害に至ったというもの。さて裁判ではどうなるか、と問いを投げかけて終わる。

円朝の『指物師名人長二』は、実直すぎるほどの職人気質の長二が、得意先の主人夫婦を殺害した事件の裁きにあたって、奉行が長二の腕に免じて、それを狂気に陥ったゆえとし、無罪にしようとするが、長二が承服せず、殺害した夫婦のうち、少なくとも、その妻は実の母親にちがいないこと、彼らが自分を贔屓にし、婚姻のための金まで用意してくれたことから、自分は彼らに捨てられた子であろうと迫ったが、夫婦は逃げまわり、夫の方は短刀を抜いて悶着になり、殺すに至った経緯を語る。奉行が調べを進めると、その母親は長二を妊娠していたとき、姦通し、産まれた長二を捨て、当時の夫(長二の父親)を殺害し、現在の夫と連れ添ったいきさつが判明する。長二は、実の父親の仇討ちを果たしたことになるが、実母殺しは免れない。さて、どう裁いたものかと奉行は悩む。

解決をつけた。

ここまではモーパッサンの短篇「親殺し」の設定を借りているが、円朝は、その難題に解決をつけた。幕府学問所の林大学頭《だいがくのかみ》が、『礼記《らいき》』に、父親に離縁された母親は、子の母親にあらず、とあるのを引いて、長二の実父を欺き、殺害に及んだ母親は長二の母親にあらずと判断してよい、と奉行に知恵を授けて一件落着、めでたしめでたしと終わる話に仕立てたのである。裁判の時期は、将軍・家斉が四六歳のときとあるから一八一八年、円朝の生まれる二〇年ほど前に設定されているが、このストーリーに、幕末に構想された新作口演『怪談牡丹灯籠』や『真景累が淵』のように仏教的因果は絡むことはなく、江戸時代の町人の人情の縺れを古典儒学の知恵を借りて結末をつけたのが特徴である。江戸前期に朱子学を奉じた林羅山は、儒学と神道以外は排斥し、神儒習合を企てたが、ここでの林大学頭は古典儒学の『礼記』第三巻目〈檀弓〉篇に依拠し、父権の絶対化、ないしは男系家族の理屈を持ち出している。徳川幕府の法では、離婚した場合、子は夫に属するとしていたが、それが『礼記』〈檀弓〉篇にもとづくということを円朝が何かの機会に知っていたからこそ、長二の実母殺しを罪から救い出す物語がつくられたのである。

『指物師名人長二』〔三十八〕には、林大学頭が『礼記』第三巻目〔檀弓〕篇を将軍・家斉に講じる条があり、〈ここの所は徳川将軍家のお儒者林大覚頭様の仮声《こわいろ》を使わんなければならない所でございますが、四書の素読もいたした事のない無学文盲の私には、所詮お解りになるようには申しあげられませんが、ある方からご教示を承けましたから、長二郎の一件に入用の所だけを摘んで平たく申しあげますと〉とあって、孔子の孫の子思が、自分が離縁した妻は、その妻が生んだ子にとっては母親ではない、といったという条が紹介される。もう一度、引くが〈ここの所は徳川将軍家のお儒者林大覚頭様の仮声《こわいろ》を使わんなければならない所でございますが〉という条は、円朝が常に口演で登場人物の口調や声音を使いわけていることをよく示していよう。が、それだけでなく、この物語が、いま、口演されていることを示している。逆にいえば、これは書かれたものではないというサインなのだ。さて、これを「小説」と呼べるだろうか。呼んでもよいが、いうなれば「口演を擬した小説」である。

古代からの稗史小説の類において、物語内容に対する語り手自身によるコメントは

「草子地」と呼ばれるが、そこで語り手が自己言及することはない。実際には自己言及があったとしても、記録からは削除されるのがふつうである。口演される芸能においてこそ、いま高座に座って口演している語り手自身にまつわる事情に言及されることが起こる。いわば楽屋裏の話も開陳されるわけだ。そしてそれは、事件のありのままを語ろうとする姿勢の強い講釈の場合より、寄席を掛け持ちする仲間の芸人のために口演時間を調節しながら、マクラをふり、場合によっては、当日の天候などに言及したりしながら、即興で語る部分の多い落語家の口演に多く現れやすいことは容易に理解されよう。なお、口演の際、円朝が自身に言及するところ、先に紹介した速記では「円朝《わたくし》」となっていたが、ここでは「私」。このようなところは速記とはちがう。

ところで、冒頭近くで円朝自身が人力車から落ちて湯治に行ったと自己言及があった湯河原、そこで〈図らずも長二の身の上にかゝる委《くわ》しい事を聞出しまして〉とあったが、そこで何を聞き出したのだろうか。ストーリーの上で、長二は、仕事で足を怪我した手伝いの兼松を連れて湯河原に湯治に行くことになっている。〔六〕では、温泉場の様子が詳しく語られ、当時といまの宿のちがいにまで言及し、そして、そこで出あった婆さんから、長二は自分の背中の傷のことを語ったことから、自分がこの地で捨てられた子であったことを知り、そして、捨てたのが贔屓にしてくれる夫婦であることに気づいてゆくという運びである。とすれば、円朝は湯治に行った湯河原で、偶然、長二が捨てられていたいきさつを聞いたことになる。婆さんの話のなかに落語家がちらりと登場はするが、それは、『指物師名人長二』の新聞連載時からいえば、七〇年ほど前にあたるので、ちょっと遊んでみたという部類だろう。しかも、一七九三年頃に生まれた長二が捨てられたのは、それよりも三〇年近く前にあたるはず。いくら名人とうたわれた指物師でも、一〇〇年前の捨て子の話が湯河原に残っていたというのは、人を食った噺家の話の部類ではないか。むろん、それは、落語家が架空の口演速記を書いてみせるのと同じく、何の差しさわりもないことだろう。

最後に、ここに『礼記』が出てきた理由だが、江戸時代、藩という武士集団はそれを率いる大名家の管轄とされていたから、武士の離婚の際の子の所属は藩によりまちまちなところもあったらしく、実のところ、一八九〇（明治二三）年頃から、民法制定、とくにいわゆる家族法に絡んで、この手のことが話題に上せられたことがあったかもしれない。円朝の場合、井上毅あたりから聞いたことも考えられよう。つまり、この裁定は、むしろ帝国憲法が制定され、民法制定に向かうなかであらためて忠孝との関係が取りざたされた「明治の御代」が背景にあってこそつくられたともいえそうだ。

そして、円朝が、明治という時代においても時代錯誤にあたるような古い儒学の父権論を用いて、どんなことがあっても親殺しは許されないと決めつける考えに風穴を開けて見せたのである。それは、むろん実直に過ぎるほどの職人気質の男を救うための方便の外ではなかったが、このころ、むしろ復古調ともいえるような議論が渦巻きはじめていたのもたしかである。

たとえば、『指物師名人長二』の新聞連載の翌年のことだが、日本で無教会派キリスト教運動を起した内村鑑三が『日本及び日本人』(英文 *Japan and Japanese*, 1894, 改訂版『代表的日本人』*Representative Men of Japan*, 1908) において、朱子に対抗した明代の新儒学者・王陽明を東洋で最もイエス・キリストに近づいた人と称賛し、江戸時代の陽明学者たちを称賛した。それは功利主義の世の中の到来を予見し、それに抗して生きる生き方を提案するためだった。文明開化を問い直す思想の動きといってよい。すでに一八八〇年代後半には、松方デフレにより、農村で土地を手放した農民が東京の下町に貧民街をつくりはじめていた。

4・2 露伴との類縁性、「大衆文学」概念のことなど

さて、明治二〇年代の小説界は、尾崎紅葉と幸田露伴の多彩な趣向がリードしたといってよいが、紅葉は最後の『金色夜叉』(一八九七～一九〇二未完)まで、歌舞伎の観客層を想定して書いていた。露伴は少しちがって、小新聞や文芸雑誌に職業作家の道を探っていたようだ。イギリスの翻訳ものめかした短篇探偵小説「あやしやな」では幻燈のトリックを用い、『風流仏』(ともに一八八九)では、修行を積んだ仏師を主人公に彼が失恋に狂い、長く中性をタテマエとしてきた仏像を妖艶な女人の裸像に彫り出すに至る破天荒な芸術小説にしたて、その翌年には、諷刺的小咄『和合楽』(一八九〇)などものしながら、『縁外縁』(一八九〇、のち『対髑髏』)は、雪の日光の金精峠を超えた山岳紀行文前半とし、山奥の離れ屋に停めてもらい、一夜を語り明かした女人が、癩を病んで亡くなった幽霊だったという顚末を、経験談スタイル、すなわち一人称小説に仕立てている。円朝の金

精峠声の旅日記類の公刊は、そののちのことになるが、金精峠の山奥に潜むようにして暮らしていた多助とその両親とに出会う条は『塩原多助一代記』第一篇で語られていた。

露伴は、玄界灘の鯨漁が印象的な老人の回想記『いさなとり』(一八〇二)ののち、円朝『指物師名人長二』の新聞連載の翌年、一八九二年には『五重塔』を新聞『国会』に連載した。愚鈍と見られていた大工が五重塔の建立に勇みたつ話である。谷中感応寺(天王寺)の五重塔の建立は、明和の大火ののち、江戸の大工が一七九一(寛政三)年に再建にあたったことが下敷きになっていよう。

このように見てくると、幸田露伴の明治二〇年代の小説の軌跡が微妙に円朝の口演速記と絡んでいることが知れる。とくに『指物師名人長二』と『五重塔』は、明治中期の功利主義の世の到来に抗するように、ともに江戸後期を舞台にとって、世間態を顧みない職人気質をテーマとし、長二の玄翁でたたいても壊れない仏壇と、嵐にも揺らぐことのない五重塔とは、名人の技能を示して好一対をなしていようし、しかも江戸時代の戯作の気質ものの類型性を、円朝は親殺しの罪を救済する裁きの工夫を組み合わせる機知によって突破したが、露伴は大工の意地の張り合いなど、人間模様と人物像の造形に、いってみれば、二葉亭四迷『浮雲』なみのリアリティをもたせて小説化した。だが、円朝の口語敬体とは異なり、『五重塔』は物語・小説の伝統規範を守って「なり、たり」調である。

露伴の場合、漢籍は独学を重ねていたし、電信学校ではイギリス人技師から英語で科学技術や数学の初歩の手ほどきを受けていたから、その学識の範囲はいわゆる知識層に属していた。そして露伴は、日露戦争後の競争社会の到来に対し、自己啓発を説く修養の季節のなかで『努力論』(東亜堂、一九一二)などを刊行してゆく。大ロングセラーとなった『努力論』には附録として、王陽明が弟に独立自尊の「立志」を説いた手紙についての随筆が添えられていたことを付記しておく(岩波文庫版、一九四〇で割愛された)。

尾崎紅葉の門下から出た泉鏡花は、一種の探偵小説『活人形』(一八九三)、怪談の系譜を引く『化銀杏』(一八九六)。『高野聖』(一九〇〇)、『夜叉ケ池』(一九一三)、落語めいた語りが続く『春昼』(一九〇六)、芸能の世界に題材をとった『照葉狂言』(一八九六)や『歌行燈』(1910)、そして新派に舞台化された『婦系図』(一九〇八)などなど、多彩な作風で活躍をつづけた。第二次世界大戦後には、一種の「大衆文学」のようにいわれもしたが、円朝の作風とは切れた感が強い。露伴と同様、明治前中期と後期の文芸史上の連続性と断絶の機微、おそらくは読み物としての自律性の問題がかかわるだろう。文体の相違と言い換えてよい。

先に円朝『塩原多助一代記』が、修身の検定教科書に反映し、いわば公認されたような扱いを受けたことから、明治二〇年代の一種の「国民文学」に見立てておいた。あるいは、神秘や怪奇幻想を広くミステリー、犯罪に関して謎解きやトリック、探偵が活躍する流れを探偵小説(detective story)と呼んで、一つの流れに括るなら、東洋においても、その系譜は古くからあり、怪談や大岡政談などもふくめて犯罪にまつわる演芸の台本は、江戸時代も盛んだった。円朝の人情噺もその流れに属していた。『指物師名人長二』も実母殺しを巡る裁きが焦点だった。その流れを「大衆文学」の系譜と呼ぶことに、なぜ、疑義があるのか。

『礼記』〔月令《がつりょう》、孟夏〕に〈是月也，継長増高，毋有壊堕，毋起土功，毋発大衆，毋伐大樹〉(四月は植物が成長する月であり、破壊したり、土木工事を始めたり、大勢の人民を徴発したり、大樹を切り倒してはならない)とあり、古く中国で「大衆」は、大勢の人民の意味で用いられていた。が、被支配者全般を指す語としては、百官に対する百姓や人民の語が一般的に用いられてきた。日本でも、それは同じで、「大衆」の語は、古代から「一山の大衆《だいす》」のように、ほとんど仏教用語として同じ宗門の僧侶の群れを指して用いられていた。英語〝people〟は、一般国民を指す語で、被支配者階級、民衆、人民の訳語が与えられていた。イギリスのサミュエル・スマイルズ『*Self Help*』(1859)の中村正直による翻訳書『自助論』(西国立志篇、一八七〇)の〔序文〕で〝people〟の訳語に「大衆」を宛てているのは、文脈からキリスト教徒の集団の意味にとってよく、また夏目漱石『文学論』(一九〇七)〔序〕にケンブリッジ大学トリニティ・コレッジの食堂に集まる学生たちを「大衆」と呼んでいるのも、当時のコレッジの様子を考えれば、同じ意味と推測されよう。

「大衆」の語は、一九二〇年代に社会主義運動家の高畠素之が「人民大衆運動」に用いる〝mass〟の訳語に宛てたのがもと、それを青年知識層のための文壇小説に対して「一般勤労者のための文芸」(文学)の意味に転じて、一九二〇年代半ばに「大衆文芸」運動が勃興すると、瞬く間に大きな勢いをもち、既成文壇に対して白井喬二ら「時代小説」作家たちと捕り物帖を間に挟んで、江戸川乱歩ら「探偵小説」作家が手を組み、「大衆文壇」が結成され、『現代大衆文学全集』(平凡社)の刊行を見た(一九二七年刊行開始、全六〇巻)。改造社の円本、『現代日本文学全集』(一九二六年一二月刊行開始、全六三巻)の予約募集の宣伝パンフレットに「民衆」の語が躍っているのとは対照的で、これによって「大衆」の語が定着したといってよい。一九二〇年に第一次世界大戦時の好景気が後退、資本集中が進み、工場にフォード・システムが導入されはじめ、関東大震災を挟んで東京と大阪の新聞の提携が進んで全国紙化が加速、帝都復興機運が全国に及んで、大量生産／大量宣伝／大量消費の歯車がまわりはじめ、日本でも大衆社会が幕を開けた。その意味で「大衆」は歴史的概念なのである。大衆社会化の進行は先進諸国それぞれに特徴があるが、日本の場合は、活字文化、映画、ラジオ放送など階級を超えた文化の進展が著しいところに特徴がある。なお、当初、「大衆文芸」に当代恋愛小説などは含まれていなかったが、そののち一九三〇〜一九三五年のあいだに文芸雑誌などに再編が起り、ユーモア小説など娯楽的要素の強い小説が「大衆文学」と呼ばれるように概念が組み換えられた。そのころから、芸術的ないし思想的要素の強い知識層向けの小説を芸術小説ないしはいわゆる「純文学」などと呼ぶ傾向が一部に現れるが、そもそも、小説が二つに分類できるはずもなく、文壇は二分されても、新聞小説などの実際は、シリアスなテーマを肩の凝らない文章や運びで展開する中間的なものが多く書かれた。その傾向は、戦後には「中間小説」と呼ばれ、長く「純文学」「中間小説」「大衆文学」の三種の文芸雑誌が併行して刊行されていた。が、「純文学」雑誌を主にする作家でも人気があれば「中間小説」雑誌に筆をとることも稀ではなかったし、「大衆小説」雑誌に掲載されたものが「中間小説」として刊行されることもあった。にもかかわらず、一九六一年に起こった「純文学変質論争」を前後して、あたかも「純文学」対「大衆文学」というスキームが、明治時代から存続してきたかのような、いや、江戸時代後期にそれに似た分岐が生じていたかのような時代錯誤が戦後文壇及びジャーナリズムに定着したのである。

国際的にみれば、神話や伝説類とその伝播は別にして、民間の芸能や読み物の発達が最も早く盛んになったのは中国・宋代であろう。日本では、中世に芸能者の活躍があり、江戸前期の民間には浅井了意の多彩な仮名草子、元禄期から西鶴の好色ものや近松門左衛門の浄瑠璃、また中世からの伝統を引く芭蕉の俳諧と、中国よりも多彩に民間の文芸が盛んになり、江戸中後期には農民層のリテラシーが格段に向上し、そして明治期になれば、それら民衆のあいだの芸能も四民平等に浸透することになった。ヨーロッパ近代の場合、たとえば円朝も翻案ものの原作を得たアレクサンドル・デュマ

（ペール）は『三銃士』（*Les Trois Mousquetaires*, 1844）や『モンテ・クリスト伯』（*Le Comte de Monte-Cristo*, 1844-1846、巌窟王）など歴史小説で人気を博しても、一般民衆向けの教会のパンフレット類、ないしは伝承類を呼ぶ「ポピュラー・リテラチュール」などと同一視しない。二〇世紀後半には、コナン・ドイルの探偵小説なども大学で論じられるようになり、それらが"popular literature"と呼ばれることはあっても、"mass literature"など概念上も制度上も区別しない。それぞれの作品の作家の質を批評すればよいからだ。

それと同時に、明治前中期、ヨーロッパの立憲君主制を参照しつつ、国家神道のもとに国家・社会の秩序づくりの進行するなかで、円朝が庶民の嗜好を汲み上げることを工夫した口演を「封建」の名で呼ぶことにも慎重でなければならないだろう。なぜなら、中国由来の「封建」の語は、地方の豪族の自治権を認め、それを束ねる周の国家制度を指していい、秦代以降、中央集権的国家機構をいう「郡県」に移行したとされてきたからである。江戸時代の儒者には、それと四民制度を混同して論じるきらいがあったが、先にも述べたように、明治維新政府は、はっきり四民平等にすると同時に国家制度は郡県に戻したと宣言した。そののち、江戸時代の幕藩二重権力体制を西欧の皇帝と封建君主の関係に立つフューダリズムとアナロジャイズしたり、また資本制経済の前段階とするマルクス主義の考えが拡がったりした。第二次世界大戦期にファナティックな天皇主義が高まったため、第二次世界大戦後には、帝国憲法で定め、国会承認を経た明治天皇制を西洋の絶対君主と同一視するような歴史学者の見解もまかりとおり、封建思想も絶対主義も立憲君主制も区別することなく、さらに家父長制と同一視する見解なども入り乱れてきたのが一九八〇年代までの実際だった[15]。そんな状態ゆえ、円朝が人気を得た時代の民衆の気風を「封建的」と呼ぶ文学研究者がいてもしかたがなかろう。それに目鯨立ててもしかたあるまい。

ただ、われわれは、もう一度、できる限り、明治前中期の社会・風俗に帰って、円朝の文芸活動の実際に接近し、文芸界と一般文章の「言文一致」の進行の関係とともに、その写実性についても、系譜関係についても、既成の図式にたよることなく、再考する努力を続けたい。円朝の果たした日本文芸史上の役割、その意味を考えるに際して、それ以外の方途はありえないとわたしは思う。そのために邪魔になる、ないしは時代錯誤にあたる概念やスキームは捨てた方がよいというだけ話である。

【注】

1　安野一之編『共益資本社目録』（一八八八年版）再整備版のうち「小説」の項、浅岡邦雄・鈴木貞美編『明治期「新式貸本屋」目録の研究』（日文研叢書46、作品社、2010）を参照。

2　のち演劇批評に転じた坪内雄蔵が勧善懲悪思想を認めてゆき、「文学としての我が在来脚本」（正続、一八九六年『太陽』2巻1号一月二〇日、同5号三月五日号に掲載）では、脚本重視の立場から、装置や演出の工夫に頼る「変化主義」「一種のリアリズム」と呼び、「際物」と退けることになる。鈴木貞美『「日本文学」の成立』（作品社、2009）〔第4章〕を参照。

3　福地桜痴について、今日でも評価が定まっていないところがあるようだ。福地源一郎（1841-1906）は、幕末に幕府の通弁として二回、維新後は政府の書記官として二回、フランス、イギリス、アメリカに渡り、「シヴィル・リベルチ」（人文主義的市民権の確立）と「ポリチカル・リベルチ」（内実は立憲君主制による政権独立）を基本理念に、『東京日日新聞』（一八七四創刊）の主筆として、政府公報の役割を負い、また社説で、西洋の政治・経済・文化全般によく通じ、平明な達意の文章で西洋文明の長所を採り入れる論陣を張り、知識人として福沢諭吉と肩を並べた。ヨーロッパの基礎概念の把握に秀で、“literature”の中義（人文学）を咀嚼して、はじめて「日本文学」（大学の文学部の文学）の範疇を定めたのも、“society”の訳語として「社会」を創始したのも桜痴だった。一八七七年に南九州で西南戦争が起こると、そのルポルタージュで評判をとった。東京府議会議長や商法会議所副会頭などの要職も勤める一方、吉原では通人として知られ、桜痴の号も一時、惚れこんだ芸妓、桜路にちなんだものという。

民権諸派の国会開設に向かう動きには同調したが、明治一四年政変後には、政権とは距離をとり、天皇主権下の君民一体の公党ともいうべき立憲帝政党を結党したが、その意義を鮮明にできず、一八八三年七月、政府官報が発行されると、『東京日日』は存在意義を失い、一八八八年に解職された（『東京日日』は、のち『大阪毎日』と組んで一九二三年前後に全国紙化し、現・『毎日新聞』）。翌一八八九年には歌舞伎座を設立し、市川団十郎と組んで演劇改良に取り組み、リアルな史劇台本を執筆したが、民衆受けするストーリーと見せ場に欠き、また政党を諷刺する小説をや書き、『国民の友』などに幕末・維新期の史論に健筆をふるったが、時流に乗ることなく、論壇では過去の人とされ、日露開戦後の総選挙に打って出て、当選はしたものの病に倒れた。

4　事件の起こった時代の身分に戻して「赤穂浪士」と呼び変えたのは大仏次郎である。『東京日日新聞』連載（一九二七年五月-一九二八年一一月）、刊本は一九二九年。

5　楠正成らは南朝方、薩長は南朝礼賛だったが、明治天皇は北朝系。この矛盾は一九一一年、南北朝正閏問題として取り上げられ、明治天皇が南朝正統論の見解を出し、乗り切った。なお、円朝も御前講演したといわれていたが、永井盛夫『新版 三遊亭円朝』（前掲書）では、なかったとしている。

6　『英国王女イリザベス伝』として遺稿が遺されている。これはイギリスの歴史小説家ウォルター・スコットの『Kenilwirth』を原作とし、エリザベス女王の位を狙う陰謀を、日本のお家騒動にあてはめたもので、「王女」はむろん「女王」。

7　『三遊亭円朝探偵小説選』（論創ミステリ叢書、論叢社、2009）に馬場孤蝶「『名人長二』になる迄―翻案の岐路」（1917）、有島幸子による「親殺し」の翻訳「親殺しの話」を収録。横井司「解題」は、諸家による日本のミステリーの流れとそこにおける円朝作品の位置づけ、及び「名人長二」とモーパッサン「親殺し」との比較論などを紹介している。

8 円朝の口演速記を口語資料として参照する際の問題については、清水康行「速記は『言語を直写』し得たか―若林玵蔵『速記法要訣』に見る速記符号の表語性」『文学』91号、1991）が詳述している。

9 『塩原多助一代記』（岩波文庫、1957）の興津要「解説」は、多助がよくなついた馬、青と別れる場面（後述）について、鈴木古鶴「円朝遺聞」（春陽堂版『円朝全集』第13巻）に、速記が完全にできなかったとあることを引きつつ、それとは別に速記に際して、弟子以外の噺家に真似されることを嫌って〈殊更に円朝がカンタンに演じてしまったのだという話ものこっている〉と記し、父親三世三遊亭円馬から聞いた、その場面の演出を述べている。

10 評点を稼ぐための俳諧をいう「点取り」から転じて、他者の講釈の勘所のメモを「点取り」と称したのが、構想段階の覚書一般に流用されたのだろう。

11 鈴木貞美『歴史と生命―西田幾多郎の苦闘』作品社、2020〔第2章〕7を参照。

12 この登場人物のセリフの前の接続助詞止めは、のち、久保田万太郎や里見弴らの小説に継承される。最近では、高樹のぶ子『小説伊勢物語業平』（日本経済新聞出版、2020）が意識的に用いている

13 「真景」は、天から気が流れて人里に至る構図を規範とする山水画に対して、実写による風景画を指す語として室町時代には雪舟の絵などに用いられていた。本草や鳥の死骸などを精確に写す「写生」（臨模）の対義語は、物語の場面などの観念（理想）を描く「写意」。「神経」の語は『解体新書』（一七七四年刊）から見られるが、岩波書店版『円朝全集5』の延広真治「解題」は、幽霊は神経の病によるもの

という説は明治初年代から一〇年代にかなりの拡がりをもっていたこを説いている。なお、井上円了らが帝国大学で迷信打破を目的に不思議研究会を組織したのは一八八四年、彼の『妖怪玄談』初版は哲学書院、一八八七年五月刊行。

14　江戸の実学思想の展開とあわせ、鈴木貞美『日本人の自然観』(作品社、2018)〔第9章〕を参照されたい。

15　今日では、江戸時代の職分(生まれついた家の職業上の身分)についての議論が覚束なくなっている。まず、幕府が諸藩の取り潰しや国替えの権力を握り、経済は石高制度をとる幕藩二重権力体制は、幕末まで崩れなかったことを確認しておくべきだろう。徳川家康が朱子学を公式の学問と定めたため、四民の規定と職分移動は原則として認められなかったが、武士身分は諸藩の管轄にまかされており、在村の「郷士」などの規定は藩によりまちまちだった。だが、養子縁組による職分移動が認められていたことにより、武家と大商人の婚姻が進んで制度上の穴が次第に拡大していった。とくに後期には、旗本株の実質的売買や町人の漢詩人の取り立ても見られる。それとは別に、一八世紀には農民中間層の都市への出稼ぎ、出戻りが盛んになり、なかには富裕商人層に取り立てられ、養子縁組して商人に移動するケースも見られる。それらと、儒者のあいだに、四民は春秋戦国時代には対等だったという王陽明の議論が中国よりも浸透し、江戸中期、諸藩に殖産興業の機運が起るとともに、民間にも職分対等論を盛んになり、後期には、荻生徂徠の孫弟子にあたる海保青陵が藩のための金儲けを説いてまわり、藩主と武士とは契約による「目の子勘定」説を唱えるに至ったことなど、思想史上の問題は別である。また四民の外に対する制度的差別も、それらとは区別して議論すべきことである。

あとがき

本書は、季刊『iichiko』No.148, Autumn 2020に機会を与えられて寄稿した「明治期『言文一致』再考―二葉亭四迷『余が言文一致の由来』を読み直す」と、同誌No.152, Autumn 2021に寄稿した「三遊亭円朝の位置―明治期『言文一致』再考Ⅱ」を再編集したものである。前者では、第二次世界大戦後の日本の思想界が陥った、日本の「近代化＝西洋化」ストラテジーによる明治期「言文一致」神話を最終的に解体し、明治期「言文一致」運動を日本のエクリチュール史に位置づけなおす課題に挑んだ。

すでに四半世紀以上、取り組んできた課題に決着をつけるつもりで取りかかったが、明治期に関するところにも遺漏が残り、後篇の冒頭に補わなくてはならなかった。前近代のエクリチュール史の見渡しにあった覚束ないところを訂正し、後篇に遺漏として補った部分を本書では第一章の結論部にまとめなおした。前近代の文体様式の見渡しは、今後、歩んでゆく大きな課題であり、明治期に関しても戦後につくられた「近代化＝西洋化」ストラテジーを打ち破る論考を重ねているが、未だ不十分なところを遺していることはいうまでもない。それらについては、このシリーズの三冊目、『エクリチュールへII―レトリック論を超えて』でも少しずつでも補いをつけてゆくつもりでいる。第二次世界大戦後に西欧の学術で猖獗を極めた記号論＝構造主義に対して、歴史性を回復する道を日本文芸史のただなかから発し続けてゆくことになろう。

ただ本書第二章で、モーパッサンの短篇にヒントをえた三遊亭円朝の『指物師名人長二』で「親殺し」の罪の解決を明治という時代相において考察しえたことや、明治期文芸史上において円朝から露伴へという見渡しを新たにつけ加えられたことは、予期しえなかったささやかな成果と想っている。

鈴木貞美　（すずき さだみ）　Sadami Suzuki

1947年、山口生まれ。1972年東京大学文学部仏語仏文学科卒業。創作、評論、出版編集、予備校講師等に従事。
1985年 東洋大学文学部国文科専任講師。1988年 同助教授。同年『新青年』読本（『新青年』研究会編）で大衆文学研究賞。
1989年 国際日本文化研究センター助教授。1997年「梶井基次郎研究」で博士（学術）総合研究大学院大学を取得。
同年 総合研究大学院大学国際日本研究専攻教授（併任）。日文研教授。
2004年　総研大文化科学研究科長等を歴任。
2013年 停年規定により日文研及び総研大を退職退任。同名誉教授。
・パリ社会科学高等研究院客員教授（2回)、中国・清華大学人文科学院特任教授、吉林大学外国文学研究院特座教授を歴任。
・早くから日本文芸史の再編と取り組み、また近現代出版史研究に携わる。
・学際的な視野に立つ文理に跨る各種の国際的共同研究を開発、従事。
・日本の「文学」をはじめ、「歴史」「生命」「自然」等、基礎概念の編制史研究を開拓し、深化に努めている。
著書、編著多数（本書2頁、参照)。

知の新書 J09/L04　　(Act2: 発売 読書人)

鈴木貞美
エクリチュールへ Ⅰ
明治期「言文一致」神話解体　三遊亭円朝考

発行日　2023年12月13日　初版一刷発行
発行　㈱文化科学高等研究院出版局
東京都港区高輪4-10-31　品川PR-530号
郵便番号　108-0074
TEL 03-3580-7784　FAX 050-3383-4106
ホームページ　https://www.ehescjapan.com
https://www.ehescbook.store

発売　読書人

印刷・製本　中央精版印刷

ISBN　978-4-924671-80-5
C0090

Ecole des Hautes Etudes en Sciences Culturelles(EHESC)